回归古典

新世纪伊格尔顿文论研究

阴志科 ◎ 著

中国社会科学出版社

图书在版编目(CIP)数据

回归古典：新世纪伊格尔顿文论研究／阴志科著．—北京：中国社会科学出版社，2019.1

ISBN 978-7-5203-1585-2

Ⅰ.①回…　Ⅱ.①阴…　Ⅲ.①伊格尔顿—文学研究　Ⅳ.①I561.065

中国版本图书馆CIP数据核字(2017)第288098号

出 版 人	赵剑英
责任编辑	慈明亮
责任校对	沈丁晨
责任印制	戴　宽

出　　版	中国社会科学出版社
社　　址	北京鼓楼西大街甲158号
邮　　编	100720
网　　址	http://www.csspw.cn
发 行 部	010-84083685
门 市 部	010-84029450
经　　销	新华书店及其他书店
印刷装订	北京君升印刷有限公司
版　　次	2019年1月第1版
印　　次	2019年1月第1次印刷
开　　本	710×1000　1/16
印　　张	14.75
插　　页	2
字　　数	220千字
定　　价	58.00元

凡购买中国社会科学出版社图书，如有质量问题请与本社营销中心联系调换
电话：010-84083683
版权所有　侵权必究

目　　录

导论 ··· (1)
 一　"可怕的"伊格尔顿 ······································· (1)
 二　如何理解"四面出击"的伊格尔顿 ······················ (8)
 三　回归古典：伊格尔顿与亚里士多德 ······················ (14)
 四　连接亚里士多德与伊格尔顿的"总体性" ················ (31)
 五　古典视野的现代意义：从亚里士多德到伊格尔顿 ······ (40)

第一章　《理论之后》的后四章解读：亚里士多德的浮现 ······ (44)
 第一节　"理论"的现状：沉溺于形而下 ······················ (45)
 第二节　批判"理论"的原因：遗忘政治 ······················ (50)
 第三节　伊格尔顿的"形而上"新视角：伦理与政治 ········ (52)
 第四节　亚里士多德伦理学的浮现：从《理论之后》到
    《文学事件》 ··· (57)

第二章　伊格尔顿论"摹仿"与"虚构" ························ (63)
 第一节　摹仿是什么？ ··· (65)
 第二节　伊格尔顿论摹仿与行动的"双重性"困境 ··········· (67)
 第三节　伊格尔顿论虚构：摹仿中的普遍性与必然性 ······ (72)
 第四节　伊格尔顿论摹仿与虚构：表演、述行与功效 ······ (80)
 第五节　伊格尔顿论摹仿与虚构的意义 ······················ (87)

第三章　伊格尔顿论"审美"与"道德" ························ (96)
 第一节　悲剧摹仿与伦理、道德的关系 ······················ (96)

第二节　伊格尔顿论经验主义美学中的"摹仿" …………（99）
　　第三节　身体、道德、审美：伊格尔顿的
　　　　　　"唯物主义伦理学" ……………………………（102）
　　第四节　伊格尔顿论康德美学中的道德与审美…………（114）
　　第五节　伊格尔顿对康德伦理学与亚里士多德伦理学的
　　　　　　美学解读 ………………………………………（128）
　　第六节　伊格尔顿论德性伦理学与文学
　　　　　　艺术的关系 ……………………………………（145）

第四章　伊格尔顿论"本质"与"形式" …………………（151）
　　第一节　新世纪新"转向"：从"反本质主义"到
　　　　　　"本质主义" ……………………………………（151）
　　第二节　伊格尔顿理解的"本质主义"与"反本质主义"…（155）
　　第三节　重返"本质主义"源头：亚里士多德的本质与
　　　　　　本质主义 ………………………………………（159）
　　第四节　伊格尔顿论文学的"本质"与"功能" …………（168）
　　第五节　从亚里士多德视角解读伊格尔顿的文学
　　　　　　"本质"与"形式" ………………………………（180）

第五章　亚里士多德视野中的伊格尔顿"神学" ………（203）
　　第一节　由隐而显的学术资源：伊格尔顿的"神学" …（203）
　　第二节　对"神学"话语的人文反思 ……………………（207）
　　第三节　对"神学"与"形而上学"误读的反思 …………（214）
　　第四节　余论 ……………………………………………（221）

参考文献 …………………………………………………（225）

后记 ………………………………………………………（232）

导　论

一　"可怕的"伊格尔顿

三十多年前伊格尔顿（Terry Eagleton）的《文学理论导论》（*Literary Theory：An Introdudion*）（以下简称《导论》）甫一出版，很快就成为风靡全球的学术畅销书，传说查尔斯王子曾惊呼：可怕的伊格尔顿（dreadful Eagleton）！《泰晤士报文学增刊》的评价更夸张：《导论》出版之前，英语文学根本就没有什么必读教科书！

《导论》在国内的情况也类似，不但出了三个中译本，而且中国文学、外国文学的教材、硕博士论文的参考文献几乎处处可见其踪影。人们对这本书的常见评价：风趣幽默、深入浅出、视野开阔、逻辑清晰……一言以蔽之：好读！

然而，进入新世纪后，尤其自《理论之后》（*After Theory*）2009年中文版问世以来，我们对伊格尔顿逐渐产生一些新看法，他似乎对形而上学、恐怖主义、基督教神学、伦理学等抽象问题特别感兴趣，被公认为"马克思主义文学批评家"的他在本著后半部分居然没有讨论什么文学话题，俨然一位"全职伦理学家"！那几年，人们一度怀疑：伊格尔顿勾勒的"理论之后"蓝图要逃离文学了？这孙悟空金箍棒式的理论是要变得更大还是更小呢？话音未落，人们忽然又碰到了新的尴尬——伊格尔顿以每年一至两本的速度连续出版了《英国小说导论》（*English Novel：An Introduction*）、《神圣的恐怖》（*Holy Terror*）、《怎样读诗》（*How to Read a Poem*）、《陌生人困境》（*Trouble with Strangers：a Study of Ethics*）、《理性、信仰与革命：对上帝之争的反思》（*Reason，Faith，and Revolution：Reflections on the God Debate*）、

《论邪恶》(On Evil)、《文学事件①》(The Event of Literature)、《文化与上帝之死》(Culture and the Death of God)、《文化》(Culture)——他既谈文学，也谈宗教、哲学、美学、伦理学，话题分散，云山雾罩，如今的伊格尔顿一言以蔽之：难读！

就阅读本身而言，好读或者难读都是有道理的。

"好读"大致有两个原因：作品符合读者期待与认识水准；"难读"同样如此，或者读者与作者差距过大，或者作品与读者的期待严重不符，或者兼而有之。

在中国文学研究作为学科初步发展之时，在文学承载着思想解放甚至意识形态任务之时，在文学研究与哲学、美学、历史甚至其他社会科学研究交叉融合并行前进之时，《文学理论导论》遇上了好年景，人心思齐，众口易调，但更主要的推动力恐怕在于，伊格尔顿在该著作中提出的"政治批评"——一切批评都是政治批评——在一定程度上解决了本土与外部理论的对接问题，既强调作品的审美因素，也不忘记作品的实践功能，还满足了我们迅速掌握西式话语的理论渴望，"好读"简直是一个皆大欢喜的最优结果。

可关键在于，三十多年过去了。

如今，一提到伊格尔顿我们难免有些羞愧，我们的脚步有点"跟不上趟"，尽管国内学界近年来对当代西方理论的译介几乎处于同步状态，可怎么在这个人头上会出现如此尴尬的结果？总有一方出了问题，要么是伊格尔顿，要么是我们：或者他跑得太快，我们跟不上；或者他飞得高、飘得远，我们根本没必要去追赶。

其实，伊格尔顿并没有像我们假想的那般"漂移"到形而上学或者神学的抽象问题领域。单单从其作品所涉及话题的广泛度而言，伊格尔顿那种言在此而意在彼的跳跃式思维其实还是有迹可循的，这种写法恰恰证明了他在不停地读书，他把海量的阅读几乎随时随地转化

---

① 原著 The Event of Literature 由耶鲁大学出版社2012年出版，引进版权后，笔者有幸将其译为中文，但"文学事件"一名在翻译合同签订时便依照约定俗成的译法固定了下来，盛宁先生一再表示应当译为"文学的发生"（参见 http://www.rcgus.com/hzcdysbl/383403.html），笔者也曾试图说服出版社参考盛先生意见，怎奈出版社表示译名已报备出版总署，很难更改。希望这个书名不至于像"理论之后"那样广受争议，甚至造成误读。

成为片段式的、批注式的跨学科思考。我们经常会看到,这里讨论过的问题在此前几部著作都曾经出现过:比如他对亚里士多德的德性伦理学的思考,最早出现于《美学意识形态》,近年又频繁出现在《理论之后》《陌生人困境》《文学事件》等著作当中;比如,拉康想象界、象征界、实在界与近现代美学理论的关系,同样是从《美学意识形态》一直讨论到近几年《陌生人困境》《文学事件》。由于伊格尔顿十分热衷将按语式的推断、猜测、联想置入自己关注的兴趣点和擅长的理论话题当中,出版社又迫切希望快速占领市场,它们自然十分中意这种马赛克式的话语"拼贴",所以我们眼下看到的、脉冲式的、高深理论著作和普及性读本的"轮番轰炸"便是伊格尔顿和出版社倾力打造的战果。

出版社并没有什么错,学术著作受到追捧无论如何是每一个学者求之不得的。但作为读者我们必须把目光投向自身,看看自己是不是在哪里出了状况。伊格尔顿在《理论之后》里打过一个比方,你绝不会在打开一部植物学教科书之后,由于看不懂里面的内容而怒气冲冲地把它扔到一边!同样的,我们不能因为看不懂、读不进伊格尔顿近年的高论,就把责任推到他头上,似乎他在指东打西、左顾右盼的理论兴趣当中随意徜徉、闲庭信步。"行有不得,反求诸己"。我们欠缺的大概是没能及时跟上这位前牛津教授、剑桥高才生的读书速度、深度和广度。如果知道他读了什么,我们当然可以找到共同对话的场域,进而,共同讨论才是可能的,也会更加深入。

大体上,从《美学意识形态》开始,伊格尔顿的"难读"已经显现了出来。《理论之后》是一个比较明确的转折点,《陌生人困境》与《文学事件》则代表了"难读"的新境界。我们要做的,就是从这几本书——我们把它们暂时看作"读书笔记"——当中尽量把他关注的思辨对象还原出来。

在《美学意识形态》(亦译作《审美意识形态》)一书中,伊格尔顿不仅讨论了我们十分熟悉的马克思、康德、席勒、尼采、弗洛伊德,还专设章节分析了莎夫茨博里、休谟、叔本华、克尔凯郭尔,如果说本著的核心话题是讨论美学观念参与了现代社会意识形态和新秩序下人类主体性的建构,阐释启蒙时代美学与资产阶级政治之间的复杂关系，但在结论部分，伊格尔顿为什么又从古希腊城邦一直讨论到后现代思潮中的利奥塔、福柯呢？他自己声明，这本书不是美学史，可我们从头到尾看，它依然还是一种总体化的、寻求美学支撑的政治观念史。在细读此著作时，应当把注意力放在伊格尔顿对某一个理论家的论断，还是应该把握他对于现代美学本身的看法？如果是后者，我们拿什么当作"整体"？美学既服从于意识形态，又对后者进行了质疑与挑战——得出这样一个看似辩证又略显简化的结论是否意味着万事大吉？我们对莎夫茨博里、休谟、克尔凯郭尔这条线有什么新的认知吗？这本书蕴含的悖论：非美学的美学、反历史的历史，有没有给我们其他方面的启示？显然这类问题没有得到令人满意的回答。

这本书还有一个更复杂的问题没有得到深入讨论。从18世纪英国经验主义美学到康德、黑格尔、马克思、克尔凯郭尔、尼采、弗洛伊德、福柯，这些理论家们以各自不同的术语一起阐释了身体与艺术品（人工制品）之间的伦理学关联，要么排斥身体，要么呼唤身体，要么压制身体，要么解放身体……诸如此类的"身体"话题应该如何理解？在最后一章伊格尔顿为什么又要呼吁建立一门基于身体的唯物主义伦理学？这与舍勒的"质料伦理学"有没有关系？这说法是不是亚里士多德伦理学和马克思"人的自由全面发展"理论的变体呢？总之，这些问题及其概念并没有得到类似于知识考古学的清晰梳理。

虽说《美学意识形态》一书在人文学科中的被引用率高高在上，但陈陈相因的重复引用偏多，确切地说，从这本书开始伊格尔顿理论兴趣的"触角"已经伸向了18世纪以来的美学史与哲学史，甚至返回到了古希腊时期的政治/伦理学，我们这些曾经像孩子一般观赏"西洋景"的读者，还没有适应这种逆流而上的读书方法。伊格尔顿这条大鱼开始洄游了，我们还停留在现代理论概念的海洋里，苍苍茫茫，水天一色。

2000年以后，随着更多译著的出版，大家都知道伊格尔顿对所谓的反本质、反普遍性的后现代主义颇有微词。在后现代主义者们看来，所谓的宏大话题：本质、真理、道德、邪恶、理性之类，不过是一些空空如也的"词"，它们背后没有指涉物，没有相应的"实体"，讨论这类问题不是陷入形而上学的泥淖,就是堕入神学的深渊。后现代主义者们关心的是当下,关心的是身体、接吻、交欢、亚文化、电子游戏、吸血鬼电影……这些才是实实在在的"现实"。原本在《文学理论导论》发表的年代,伊格尔顿还对反本质主义的后现代思想有些兴趣,抱着希望,可是随着时代变迁,在《理论之后》一书中,他忽然发现类似于"文化研究"之类的反本质主义,打着回归日常生活、尊重差异性的旗号,最终却把自己"怎么都行"(anything-goes-ism)的口号当成了"本质",这岂不是自欺欺人?普遍性的话题被视为本质,意味着霸权,但后现代推崇的个别性、差异性问题在这个年代不也摇身一变成了霸权?不讨论这些"形而下的""有关欲望的""个别的"话题在政治上就不正确了吗?①

在《文化的观念》中伊格尔顿将"读者反应批评"理论的代表人物斯坦利·费什(Stanley Fish)称为"文化主义者",因为后者认为人是文化的囚徒,伊格尔顿反驳说,绝非如此,人的本性可以自我反思,重塑自我;到了《理论之后》,他依然对这位一贯"反理论"的美国人不依不饶,因为后者坚信理论是解释的产物,就如同文化是信仰和生活方式的产物一样,自我反思是不可能的,不同文化共同体(意识形态)中的解释千差万别,如何解释作品本身就是理论,如何解释信仰本身就是信仰,你的理论就是你的解释行动,阐释理论就如同拔着头发把自己拽出地球一样可笑;② 所以在《异端人物》这部评论集中伊格尔顿嘲讽说:费什被人们追捧为左派,可实际上他是个大大的"右派",③ 他以美国式的骄傲自大否定了人们试图反思自身现状的可能,费什口头上说要尊重不同的文化信仰,可他骨子里并不希望现状有任何改变,因为改变现状就意味着否定自我、质疑信仰、反思文化,而这一切都是"不好的"。

貌似激进实则保守的后现代理论家斯坦利·费什讨厌普遍性、拒绝本质,他是一位彻头彻尾的反本质主义者,反本质主义者认为差异

---

① 《理论之后》,商正译,商务印书馆2009年版,第98页。
② 同上书,第53—54页。
③ [英]特里·伊格尔顿:《异端人物》,刘超等译,江苏人民出版社2014年版,第192—193页。

性、个别性才是终极性的，① 可是真正激进的伊格尔顿却始终强调着普遍性和本质性，而这普遍性和本质性的问题就是他那种专注本身、塑造未来、改变生活的"自我反思"。不同文化、不同信仰、不同阶级之间的男男女女是可以沟通的，彼此之间的思想与行动方式是可以反思的，否则怎么解释近年来不断发生的信仰冲突甚至恐怖主义问题？

不理解"反思"二字就很难准确理解伊格尔顿。

他对理论本身和现实生活的反思简直停不下来。在《理论之后》一书中，伊格尔顿曾说，不把恐怖主义者们划到"非理性"的框架中，我们就必须客观评估"我们"和"他们"之间有什么共同之处，只有"共性"作为基础才有"沟通"的可能，可是这样的工作我们不愿意做，粗暴地把"他们"归入"他者"，归入"物自体"那个不可言喻的领域，我们才能"舒服一点"，因为那样恐怖主义者就成了"难以理解"的纯粹邪恶。② 然而，这样做是不是放弃了反思呢？这样做能够解决问题吗？

都说近年来作为马克思主义者的伊格尔顿，转向"神学"了，开始讨论基督教问题了，可在《文化与上帝之死》这部书中，伊格尔顿讨论的仅仅"宗教"或者"神学"吗？显然不是。伊格尔顿详细梳理了启蒙主义、德国唯心主义、浪漫主义、现代主义以及它们提出的理性、人性、想象力、美学、文化之类的"终极"范畴，这些"大词"都试图替代宗教并行使其意识形态整合功能，可最终结果都失败了，为什么呢？因为当我们回顾历史的时候就会发现，在整合理论与实践、精英与大众、理性与经验、有限与永恒等二元对立的问题上，没有哪个范畴可以取代"宗教"。我们被那个近现代以来畅通无阻的、简化版的、擅长运用"稻草人"谬误的"无神论"蒙蔽了双眼，却不愿意主动摘下这个貌似合理的有色眼镜。

还有更难读的，有豆瓣豆友哀叹：读着读着就睡着了——伊格尔

---

① ［英］特里·伊格尔顿：《异端人物》，刘超等译，江苏人民出版社2014年版，第199页。

② 《理论之后》，商正译，商务印书馆2009年版，第207—208页。

导 论

顿的《文学事件》第一章标题是"唯名论与实在论",在哲学界鼎鼎大名的阿奎那、"奥康的威廉"、邓斯·司各脱纷纷出现在文学理论的著作里。二十多页的篇幅过后,伊格尔顿直到第二章才阐明其真实意图,他说自己三十年前认为文学没有本质,但现如今发现文学还是有本质的。要理解这个貌似矛盾的论断就得先理解实在论与唯名论之争,实在论者认为(大体上)本质决定了现象,本质是一种实体,没有本质就没有现象,但本质是一种独立的"共相"(the universals);唯名论者则认为(大体上)现象当中就有本质,本质并非独立的实体,每一个个体就意味着独立存在,"殊相"(the particulars)也是本质性的,事物的此性(thisness)直接与上帝沟通。对文学及其本质的讨论而言,此论争最大的启发就在于:一方面,文学有本质,不讨论人类道德问题、不注重语言本体价值的文字必定不属于文学;另一方面,文学又没有本质,文学是评价性的术语,不同时代有不同的评价标准,莎士比亚在当时绝非高雅文学,但我们也不敢保证若干年后他不被踢出经典序列,[①] 文学的"本质"是被发现的,并非天然存在在那里的。也就是说,文学既是"共相"也是"殊相",既是普遍性的范畴,也是特殊性的范畴,一方面,古今中外的读者都会从某些固定的策略或者角度出发定义文学;可另一方面,随着时代变迁,文学的内涵和外延又处在不断变动中。因此,历经三十载,伊格尔顿对自己进行了"反思",但我们对自己的"前理解"是否做了足够的反思?

早在《美学意识形态》一书中,伊格尔顿曾谈到克尔凯郭尔的"审美境界"(或称审美的人生观),并指出:审美的人生是病态的。[②] 被称作"存在主义先驱"的克尔凯郭尔,其文字既有文学性又有思想性,但伊格尔顿的"凶狠"之处在于,他把克尔凯郭尔和拉康煮成了一锅"杂拌汤":拉康的"镜像阶段"理论认为,孩童在镜子面前会惊异于自己的影像,他迷恋于那个镜中像,但继而又会对其产生恐惧,因为镜像是完整的、和谐的,而自己的身体却是分裂的、不协调的,孩童的焦虑式"反思"本质上是一种镜像式"折射";而克尔

[①]《二十世纪西方文学理论》,伍晓明译,北京大学出版社2007年版,第11页。
[②]《美学意识形态》,王杰等译,中央编译出版社2013年版,第160页。

凯郭尔曾表示，审美的人生是直接的、不考虑时间的、没有计划且随遇而安的，这种人生观最终会让人绝望，因为在这个阶段中，人是环境的猎物，貌似随遇而安，实则是断梗流萍，这种绝望就源自主体对那种不确定性的深深恐惧，这种恐惧和绝望可以看作另一种形式的自我"反思"。① 不得不说，伊格尔顿这一招给自己那源源不断的"反思"找到了一个很不错的哲学"借口"。

三十多年来，伊格尔顿不停对自己的理论进行着反思，这些反思呈现出某种进三步退两步的逻辑状态，那些电光石火式的思考火花难免灼人，因为我们确实很难一下子从上下文来判断它的来源。可事实上，如果我们再耐心一些，再细致一些，多往前走一步，想必这种"难读"的表象不过是障眼法，伊格尔顿并不可怕，可怕的是我们在阅读精度与广度上面的懒惰。

二　如何理解"四面出击"的伊格尔顿

2015年1月8日，《泰晤士高等教育》刊出一篇题为《局外人》(The Outsider) 的采访②，该文提出，伊格尔顿年轻时是一位庄重、高傲、冷酷的知识分子，可自打20世纪80年代以来，他竟将"浅薄"（low-minded）的拿腔捏调、讽刺挖苦、插科打诨奉献给世人。

伊格尔顿的冷嘲热讽确实有些刻薄，比如，他说斯坦利·费什是一位"厚脸皮的唯心主义哲学家"③；"没有上帝，理查德·道金斯就失业了"④；理查德·罗蒂和斯坦利·费什等人的反理论观点，在伊格尔顿看来则是"中世纪唯信论这种异端邪说的最新形式"⑤；他还对大洋彼岸的知识界颇有微词："美国脑力衰退的次要症状之一便是，

---

① 《美学意识形态》，王杰等译，中央编译出版社2013年版，第156页。
② 参见 http://www.timeshighereducation.co.uk/features/interview-terry-eagleton/2017733.fullarticle。
③ Terry Eagleton, *The Event of Literature*, New Haven and London: Yale University Press, 2012, p.192.
④ Terry Eagleton, *Reason, Faith, and Revolution (Reflections on the God Debate)*, New Haven and London: Yale University Press, 2009, p.9.
⑤ [英]伊格尔顿：《理论之后》，商正译，商务印书馆2009年版，第54页。

斯坦利·费什被当成一个左派"①。

这位毕业于剑桥又曾执教于牛津的沃顿英文与文论讲席教授，怎会如此热衷于唇枪舌剑？

为了把握新世纪伊格尔顿文论的基本脉络，我们需要采用某种本质主义的视角去研究这些问题，从"流动的"现象下面寻找"不变的"本质是本研究的宗旨，否则，凭着某种后现代主义"怎么都行"的思路，将这些表象理解为"随口说说""口无遮拦"，用"任其自然""一笑了之"的态度去把握伊格尔顿的学术思想必定会被这些洋洋洒洒的"奇谈怪论"牵着鼻子到处跑，更将陷入一片混沌。

所以，斯坦利·费什被称为"厚脸皮的唯心主义哲学家"不能被简单地视为一句气话，相反，它大有深意可挖；一贯反宗教的生物学家道金斯眼中的"上帝"和伊格尔顿理解的"上帝"之间有怎样的区别与联系，同样值得深思；反理论者的信条为什么被伊格尔顿称为"唯信论"，费什在伊格尔顿眼中为何算不上左派，这些问题同样值得继续讨论——而如何理解并回答这些问题，我们只有站在某种"本质主义"的立场上方可厘清此中纷繁复杂的思想脉络。

这仅仅是困惑之一，它要求我们务必找到一个有效的支点或者杠杆。

困惑之二：自21世纪《理论之后》发表以来，伊格尔顿忽而关注文化理论、批判后现代主义，忽而讨论神学、邪恶问题、恐怖主义，忽而又研究英国小说、诗歌理论、伦理学，偶尔还写自传、出书评……他以几乎每年出版一两本的速度，从这个领域跳到那个领域，人们不由得认为他的理论转向仍在继续着②。

难道在这位坚定的马克思主义者身上，真的发生了什么"变化"甚至"转向"？

显然，从我们非常熟悉的马克思主义视角出发，伊格尔顿是一位研究文化政治与意识形态的重量级学者，可他经常"跑题"，竟然去

---

① [英]伊格尔顿：《异端人物》，刘超等译，江苏人民出版社2014年版，第192页。原文中的minor symptom被译为微小症状。

② 曾艳兵：《理论之后与理论转向》，《中国图书评论》2011年第2期。

回归古典

关注马克思主义与基督教神学、原教旨主义间的联系,2009年伊格尔顿在《理性、信念与革命(对上帝之争的反思)》一书中讨论了神学与科学之间的渊源;在《论邪恶》一书中,他又讨论了恐怖主义和原教旨主义的由来。有人于是提出,伊格尔顿发生了"神学转向"[①],我们感到奇怪的是:伊格尔顿跑进基督教神学的领地去做什么?

从我们更为熟悉的文论视角出发,伊格尔顿是一位出色理论阐释者,30多年前的《文学理论导论》居然很"畅销",21世纪初那本影响深远的《理论之后》则在后四章大谈特谈道德、基础、真理、本质、死亡、邪恶、非存在,以至于人们认为现如今的伊格尔顿已经偏离了文学主题[②],可话音未落,几年之后《英国小说:导论》(2005)、《如何读诗》(2007)又出版了,难道我们因此便下结论说,伊格尔顿"回归文学"了?

2012年,伊格尔顿又出版了一部艰深的文学理论著作:《文学事件》(*The Event of Literature*),但本书讨论了大量哲学、伦理学甚至神学话题,第一章标题即为《实在论与唯名论》,伊格尔顿从经院哲学当中常见的"共相"与"殊相"入手讨论了哲学、语言学、文学和理论当中的普遍性与个别性问题;他还提到托马斯·阿奎那对于世界本原的看法,提到了唯名论者对于上帝如何存在的种种观点;而在第三章"什么是文学(2)"中,伊格尔顿又比较了康德义务论伦理学和亚里士多德德性伦理学之间的差异,并以此为基点讨论了文学与道德之间的关系。我们的不解之处在于:他为什么要隔三岔五地讨论哲学、形而上学甚至伦理学问题呢?在《文学事件》一书中,伊格尔

---

① 参见耿幼壮《编者絮语:西方马克思主义与神学》,《基督教文化学刊》2010年第2期,第4页;《奇迹与革命性反转:特里·伊格尔顿的神学转向》,《汉语基督教学术评论》第14期,台湾中原大学出版社2010年版,第111—130页;以及耿幼壮《唯美、道德、政治:读伊格尔顿的〈圣奥斯卡〉》,《外国文学评论》2014年第4期,第136页。

② 比如拉曼·塞尔登等人便这样认为,参见《当代文学理论导读》,北京大学出版社2006年版,第338页。再如汤拥华《理论如何反思?——由伊格尔顿〈理论之后〉引出的思考》,《文艺理论研究》2009年第6期。

· 10 ·

顿为何打算"通过伦理学的途径去探讨本质主义话题"[①]呢？他所说的"伦理学途径"究竟又指向哪一条途径呢？

而在美学领域，伊格尔顿对美学史的理解可谓别出心裁，他发现了现代社会当中艺术审美与伦理（道德）、政治之间的隐秘连接，尤其在《美学意识形态》一书中，他敏锐地看出18世纪英国经验主义美学、康德美学和资产阶级意识形态之间的关联，可是在这本书结尾部分，他又清楚明白地提到了亚里士多德所处的那个"认识、伦理—政治和利比多—审美三个重要领域紧密结合"的时代[②]，伊格尔顿此举有何用意？他为何如此反感伦理（道德）与政治各行其是的"现代伦理思想"[③]？他为什么在《美学意识形态》与《理论之后》当中，对现代性的"超越""无限性""自由意志"表现出强烈的批判态度？

在2009年的《陌生人困境》（*Trouble with Strangers: A Study of Ethics*）一书中，伊格尔顿明确把亚里士多德的德性伦理学[④]和康德的伦理学[⑤]放在一起进行比较，他还将"摹仿"（Mimesis）视为亚里士多德和18世纪英国经验主义美学之间的关键联结点；在《批评家的任务》一书中，他更是直截了当地说："康德一脉相承至今的伦理意识形态，可以用糟糕透顶来形容，它是相当反政治的，……由于康德的那一脉危害极大的世系，从亚里士多德和阿奎那到黑格尔、马克思和尼采的另一脉系举步维艰。"[⑥]伊格尔顿为什么要激烈反对康德的

[①] Terry Eagleton, *The Event of Literature*, New Haven and London: Yale University Press, 2012, p. 17.

[②] ［英］伊格尔顿：《审美意识形态》，王杰等译，中央编译出版社2013年版，第349页。

[③] 同上书，第397页。

[④] 近年来，已有学者敏锐地感受到伊格尔顿和亚里士多德之间的隐秘关系，如朱彦振《晚期马克思主义之意识形态理论评析》，《哲学研究》2011年第7期；胡小燕《论伊格尔顿理论的重建策略》，《江西社会科学》2012年第2期；以及王金林《美国马克思主义研究的新视点》，《学术月刊》2009年第11期。

[⑤] 最早提出伊格尔顿批判康德伦理学的文章是黄应全《特里·伊格尔顿的意识形态观》，《北京行政学院学报》2004年第4期，本书将深入讨论伊格尔顿对亚里士多德和康德两种伦理学思想体系的扬弃。

[⑥] ［英］伊格尔顿：《批评家的任务》，王杰等译，北京大学出版社2014年版，第276页。

伦理学体系？他为什么又对亚里士多德情有独钟？而这些伦理学思考又和文学研究有何关联？

总体来看，这些问题在令我们绞尽脑汁的同时，似乎又透露出几束指向远方的微弱亮光。

首先，伊格尔顿没有远离文学，但也没有就文学谈文学，他认为文学理论和哲学、神学一样，只是提供了某种"别样的理性思考的机会"，文学承担了"被其他学科放弃了的、知识分子的任务"①。同样，"神学"也不是伊格尔顿的"终极目的"，它只是提出了一些"根本性问题"（fundamental questions），为伊格尔顿提供了某种"元话语"（meta‐discourse）。所以，即便在《论邪恶》这样的著作当中，第一章标题仍然是"文学经典中的邪恶"，伊格尔顿选取了戈尔丁的《品彻·马丁》、奥威尔的《动物庄园》、托马斯·曼的《浮士德博士》作为例证，此举是为了论证无限性与有限性、自主性与依赖性、自由与必然之间的永恒矛盾，理解了这些问题，才能理解"邪恶"之存在实际上是对"因果必然性"的某种抵抗形式。与之类似，在《理性、信念与革命（对上帝之争的反思）》列举托马斯·曼的《魔山》、艾略特的《米德尔马契》、劳伦斯的《虹》、《恋爱中的女人》，也可以说明同样的问题。也就是说，我们所理解的"文学""神学""哲学"在伊格尔顿这里不过是其整个思想建筑中异彩纷呈的不同侧面。

其次，伊格尔顿所讨论的哲学、美学、伦理学以及文学问题，往往是相互交织，甚至前后照应的，比如说，哲学当中关于共相（普遍性）与殊相（个别性）的讨论和文学当中对理论（普遍性）和作品（个别性）的讨论相映成趣；同样，美学当中关于感性（特殊性）与理性（抽象性、概念性）的讨论与伦理学当中关于个人品性（道德）与公共责任（伦理）的讨论也有不少共通之处。这种横跨多个学科，同时又能利用某个话题来扩展思考空间的学术讨论方式，伊格尔顿运用起来颇有些得心应手。21世纪以来，伊格尔顿又在诸多领域发表

---

① ［英］伊格尔顿：《批评家的任务》，王杰等译，北京大学出版社2014年版，第78页。

自己的独到见解，这些看似互不相关的观点，其实完全可以适当地聚焦到某个体系当中来进行审视，而这个体系若能同时覆盖哲学、美学、伦理学甚至政治学等领域，那将会是一个非常有效的切入点。

如果我们继续被伊格尔顿"东一榔头、西一棒槌"的话题牵着走，必定会走更多弯路。而当大家以为伊格尔顿的理论兴致天马行空、无所依傍时，伊格尔顿自己却非常明确地反对这种看法，他认为："人们有时会指责我写作显得飘忽不定，但我自认为写书始终具有内在的连贯性。"① 这种连贯性如何呈现出来呢？本研究便试图从某种体系化的视角出发去勾勒出这种"内在连贯性"。

显然，自20世纪《美学意识形态》发表之后，伊格尔顿频繁而且明确地提到了亚里士多德，这位古典思想集大成者恰恰在我们现代意义上的各个学科均有着开创性的历史地位，那么他在美学（诗学）、伦理学、政治学甚至形而上学领域的诸多见解能否用来阐释伊格尔顿在新世纪的观点呢？从亚里士多德的视角出发，能否描绘出伊格尔顿的"内在连贯性"呢？

答案是肯定的。一方面，伊格尔顿对亚里士多德的推崇与借鉴，不是近年来突然"爆发"的，而是有一个比较清晰的发展脉络；另一方面，伊格尔顿对不同学科话题的探讨看似天马行空，实则有章可循、有据可依，在本研究看来，亚里士多德的诗学、伦理学、形而上学思想正是21世纪伊格尔顿文论思想的主要源头。

众所周知，亚里士多德思想是"百科全书"式的，从生物学、气象学、物理学、逻辑学，到哲学（形而上学）、伦理学、政治学、修辞学、诗学，几乎可以称为现代科学的古希腊源头，尤其是他的形而上学、逻辑学、伦理学、政治学和诗学观点，经过中世纪基督教、伊斯兰教神学家们的继承与发扬后，至今仍然对现代思想具有巨大而深远的影响，可以毫不夸张地说，近现代几乎所有思想家、哲学家、政治学家、文学家们都多少受惠于亚里士多德思想的浸润与滋养，他的三段论、因果必然性、经验主义、本质主义、实践哲学、城邦政治

---

① ［英］伊格尔顿：《批评家的任务》，王杰等译，北京大学出版社2014年版，第77页。

学、德性伦理学、摹仿论对现代意义上的主要学科都具有重要的理论源头意义。

而伊格尔顿与亚里士多德之间，绝对不是浮于表面的、灵光乍现的偶然对接，自《美学意识形态》发表以来，伊格尔顿在21世纪出版的《理论之后》《甜蜜的暴力》《怎样读诗》《英国小说》《陌生人困境》《理性、信仰与革命》《文学事件》《怎样读文学》等多部著作在核心观念、理论资源方面均与亚里士多德的思想体系有着不解的渊源，本研究将要论述伊格尔顿在21世纪对亚里士多德思想进行了非常明确的借鉴、承续与发展。

三 回归古典：伊格尔顿与亚里士多德

伊格尔顿和亚里士多德的关系并不是在21世纪才骤然涌现、横空出世的，而是有一条比较明晰的脉络。

首先，亚里士多德在伊格尔顿的著作中是经常被提到并大受赞赏的古代哲学家。在1990年出版的《美学意识形态》中，伊格尔顿就指出："现代伦理思想错误地假定爱情是最个人化的事情而与政治无关"，"它忘记了亚里士多德的观点，伦理学是政治学的分支，是有关和谐生活的问题，以及在全社会达到幸福和宁静生活的问题"[①]，伊格尔顿当时提出的唯物主义伦理学设想正是政治学、美学和伦理学的三位一体，这是一种基于马克思和亚里士多德基础之上的解放与自由思想。可以说，此时的伊格尔顿已经注意到了亚里士多德伦理学与审美、政治之间的关联。

到了2003年的《理论之后》，他说："在亚里士多德看来，伦理学是和人类欲望有关的学科，因为欲望是推动我们所有行动的动机。……因为我们所有的欲望都具有社会性，所以必须放在一个更宽阔的背景之下，这个背景就是政治。"[②] 这个阶段，为了重新强调被后现代主义

[①] ［英］伊格尔顿：《审美意识形态》，王杰等译，广西师范大学出版社2001年版，第417页。此书中译名多次更改，2013年最新修订版再次改为"美学意识形态"。

[②] ［英］伊格尔顿：《理论之后》，商正译，商务印书馆2009年版，第125页。

者们遗忘了的政治话题,伊格尔顿想起了亚里士多德,因为在后者那里,独善其身是不可能的,人总是政治的动物,欲望和伦理一样,既是个人化的,也是社会化的,必须放到政治的大背景当中,而在亚里士多德所处的古希腊时期,这些问题是浑然一体的。

同样出版于2003年的《甜蜜的暴力》中,伊格尔顿更是明确表示:"如果在亚里士多德的悲剧当中,行动是高于性格的,那么他的美学与其伦理学就达成了引人注目的和谐一致。康德义务论伦理学关注的是具有普遍性的原则与功利与结果,而亚里士多德式的德性伦理学则把对行动的道德评价置于性格的语境当中。"① 伊格尔顿对悲剧的研究必然要从亚里士多德的《诗学》开始,但他关注的是亚里士多德美学观念(悲剧观)与伦理学观念的一致之处,即人的行动更能彰显出他本人的品性,是否具备美德不是由抽象性格决定的,而是由具体行动决定的,这种强调具体语境与行为的伦理学观念恰恰体现在亚里士多德的美学(悲剧)观念当中,伊格尔顿指出了二者间的关系。

在2009年的《陌生人困境》一书中,伊格尔顿又指出:"与亚里士多德或者阿奎那一样,哈奇生认为,道德话语所要探究的是怎样最快乐地、富足地活着,去实现那些真正属于我们自己的欲望。"② 在这部著作中,伊格尔顿把18世纪英国道德哲学与亚里士多德的德性伦理学用"摹仿"联结了起来,比如,哈奇生就认为,"道德,就像艺术摹仿那样,包含着一种对他人状态的复写或者扮演"。③ 哈奇生自己明确提出:"当我们在道德上形成了一个善行观念或看见它在戏剧、叙事史诗或传奇故事中得以表现时,我们会感到一种要做类似行为的欲望。它把大部分性情引入到想象的系列冒险中,人们在其中仍然扮演着类似于他们所接受观念中慷慨和高尚角色。如果我们已经执行了善良的规划,我们会由衷地感到喜悦;如果因我们的疏忽而未

---

① Terry Eagleton, *Sweet Violence: The Idea of the Tragic*, Oxford: Blackwell Publishing, 2003, p. 78.
② Terry Eagleton, *Trouble with Strangers: a Study of Ethics*, Oxford: Wiley - Blackwell, 2009, p. 33.
③ Ibid., p. 36.

执行它或因怎么想法而偏离了它,我们将会感到一种被称为懊悔的悲伤。"① 显然,哈奇生这里所谈到的"做出类似行为"就相当于"摹仿",此处的"扮演"完全可以理解为"摹仿"并付诸实际行动,这里的伦理问题和审美问题是合二为一的,而这样的观点恰恰与亚里士多德强调的悲剧摹仿产生了一致性,因为悲剧便是台上表演与台下生活之间的相互摹仿。在这里,伊格尔顿再一次发现了亚里士多德的美学(悲剧)理论与其伦理学思想的紧密联系。

而到了 2012 年的《文学事件》中,他又从另外一个视角展示了亚里士多德的伦理学和文学之间的联系:"文学作品代表着一种实践或者行动中的知识,在此意义上它类似于古典意义上的美德。文学作品在实践意义而非理论意义上,其形式与道德知识相同……像美德一样,文学作品有它们自身的目的……在现实世界当中,美德有自己的效力——对亚里士多德来说,只有通过美德这种方式,人类的生活才能繁荣兴旺——但是只有在它自己的法则当中,这才是真实准确的。文学艺术作品与此类似。"② 众所周知,在亚里士多德的伦理学体系当中,美德的目的是美德自身,不为获取功利,亦不为履行责任,是去"行"而不仅是去"知",美德也是一种"实践智慧"(phronesis),在完成有德行的行为当中人才能展现自己的美德,在这意义上,文学的目的不在文学之外,就在文学之内。此时,就文学的目的与意义而言,伊格尔顿不但反复强调了亚里士多德的"伦理学",更明确地突出了亚里士多德的"形而上学",因为在后面这个体系当中,事物的本质并不像柏拉图所设想的,是一种与具体事物相分离的"相"(eidos),事物的本质就在事物本身,因而文学这种"实践"并没有什么来自外部的目的,文学实践本身就是一种自我完善。理解了亚里士多德的"目的",有助于我们理解伊格尔顿对文学之"目的"与"功能"的看法。到了这个阶段,我们才可以比较有把握地说:新世纪伊格尔顿的种种观点确实有一个非常坚实的基础,那便是亚里士多

---

① [英]哈奇森:《论激情和感情的本性与表现,以及对道德感官的阐明》,戴茂堂等译,浙江大学出版社 2009 年版,第 51 页。
② Terry Eagleton, *The Event of Literature*, New Haven and London: Yale University Press, 2012, p. 64.

导 论

德的思想体系，后者的美学、伦理学、政治学乃至形而上学思想都对伊格尔顿产生了比较明确的影响。

就 21 世纪出版的多部著作来说，从亚里士多德的视角出发，伊格尔顿在各个领域提出的观点可以进行如下解读。

（一）亚里士多德诗学与《文学事件》（2012）、《怎样读诗》（2007）与《甜蜜的暴力》（2003）

在 2012 年出版的《文学事件》中，伊格尔顿表示："没有摹仿（mimesis）就没有人类现实。"[①] 他还指出："既在做一件事情，同时又在假装完成它，这是有可能的。幼童们可以轻而易举地在假扮游戏当中出戏入戏，这个事实提醒我们，事实与幻想之间的界限其实微乎其微。"[②]

我们知道，摹仿（mimesis，本书将 imitation 另译为模仿）在柏拉图那儿之所以受到谴责，除了我们熟知的原因，即诗人、画家之类的模仿者只是对影像进行摹仿，与真理相差三级之外，另外一个往往被我们忽视的原因是，柏拉图主要想批评诗人们在悲剧（喜剧）当中摹仿了种种承担不同社会分工的角色，同时，他们还要在摹仿的同时承担叙事之责，柏拉图认为，同一人不能既担任吟诵诗人的角色，又担任剧中演员的角色，更不能既在悲剧中当演员，又在喜剧中当演员——此禁令的根本理由在于："每一个人只能干好某一项专业，不能干多项专业"，[③] 城邦当中"没有操双重职业的人，也没有操多种职业的人"。[④] 在柏拉图看来，摹仿就是要力图与被摹仿对象相似，不论是在语言上还是在外形上，倘若被摹仿对象属于低等人（比如奴隶或者懦夫，疯子或者女人），那么，这种摹仿只会导致一个败坏城邦的消极作用，而那些容易激发群公众观看兴趣的摹仿，往往与冷静、沉默、理性、克制相距千里，人们爱看的总是一些低级的感官刺激，这必定与理想世界中的理性、理智、智慧背道而驰；而如果有一

---

① Terry Eagleton, *The Event of Literature*, New Haven and London: Yale University Press, 2012, p. 30.

② Ibid., pp. 113 – 114.

③ ［古希腊］柏拉图：《理想国》，王扬译，华夏出版社 2012 年版，第 97 页。

④ 同上书，第 101 页。

种摹仿是有积极意义的，那么它一定要去摹仿高尚之人，摹仿正直之士，柏拉图强调，假如非要摹仿，也要"从幼儿时期就开始模仿那些和他们的本质相称的东西，勇猛、明智、虔诚、自由，以及所有与此相似的品德"。① 所以我们说，柏拉图对"摹仿"的负面态度主要是出于政治考量的。

但与柏拉图的论证不同，亚里士多德强调了悲剧、喜剧之类艺术形式对稳定城邦的积极作用，这种积极作用来自观看之后的"宣泄"（即"卡塔西斯"）。柏拉图把诗人、画家们贬低成"镜子"，仿佛后者拥有的"技艺"没有多少有益于城邦的价值，他的论证是自上而下的，既然城邦稳定需要分工，而分工必然要求专注，要求各司其职，各阶层职业之间不可僭越，否则城邦就会因此而瓦解，那么诗人、画家的"摹仿"就相当于放肆，这是不可容忍的；而亚里士多德走了另外一条从独特个体上升到政治共同体的论证理路，他觉得既然"摹仿"是人的天性，既然下层人民钟爱这种天赋，为什么不积极地利用它呢？柏拉图反对的是不同阶层、不同分工之间的、人物对人物的"摹仿"，而亚里士多德推崇的却是这种"摹仿"行为本身彰显出来的、人类所独有的创造性本能，柏拉图担心原封不动、照搬照抄式的摹仿会让城邦公民"学坏"，亚里士多德希望的却是，对坏情绪、坏性格、有缺陷人物的"摹仿"反而可以激发观众的向善之心，毕竟"摹仿"本身也是一种"学习"。所以亚里士多德指出："作为一个整体，诗艺的产生似乎有两个原因，都与人的天性有关。首先，从孩提时代人就有摹仿的本能。人和动物的一个区别就在于人最善摹仿，并通过摹仿获得了最初的知识。"②

在亚里士多德那里，"摹仿"既是人类天性，也是人类获取知识的手段，而艺术（古希腊属于"技艺"）的本质就是"摹仿"。这种"摹仿"不是现实的克隆镜像，而是一种具有创造性的再现行为，是一种表现悲剧人物之"行动"（而非"性格"）的再创作或者再生

---

① ［古希腊］柏拉图：《理想国》，王扬译，华夏出版社2012年版，第98页。
② ［古希腊］亚里士多德：《诗学》，陈中梅译，商务印书馆1999年版，第47页。

产①。因此,"摹仿"是行动和表演的复合体,它必然蕴含着现代意义上的"虚构"成分,亚里士多德非但不反对虚构,反而很赞赏这种举动,他之所以推崇荷马,一个原因就在于荷马能"教诗人以合宜的方式讲述虚假之事"②。

伊格尔顿在《文学事件》中显然也持有这种观点,他认为:"通过某种创造性的伪造,虚构作品可能更忠实于现实"③,"那些歪曲篡改事实的历史小说,在某种意义上可能比那些未曾歪曲事实的小说更加真实,虚构化历史的价值在于,它重构事实是为了突出某些潜在的隐晦的意义"。④

之所以说歪曲事实的小说要比未曾歪曲事实的作品更真实,原因就在于这些所谓的"歪曲"其实就是一种再创作或者再生产,这观点恰恰延续了亚里士多德所提出的诗比历史更严肃、更能表现普遍性的思想,他一直强调:"诗是一种比历史更富哲学性、更严肃的艺术,因为诗倾向于表现带普遍性的事,而历史却倾向于记载具体事件。"⑤所谓普遍性之事,便是具有潜在意义的事,而这种意义不可能是个别的,只能是普遍的,要反映人类生存的必然性与偶然性。

亚里士多德《诗学》的研究对象是古希腊悲剧,而后者在古希腊并不是我们现代意义上所理解的、超然的、自主的"纯艺术",它具有明确的政治意义、教育意义。因此,借鉴了亚里士多德看待悲剧的观点,伊格尔顿也把诗视为一种有目的的功能,"诗是一种用于产生某种效果的语言组织方式","诗组织言辞的部分目的就在于展现言辞的本质","诗是一种讲究修辞的表演(performance)"⑥,"诗皆表演,而不仅仅是纸面上的实物"⑦,"诗歌形式都有其明确的目的,比

---

① 详见本书第二章论述。
② [古希腊] 亚里士多德:《诗学》,陈中梅译,商务印书馆1999年版,第169页。
③ Terry Eagleton, *The Event of Literature*, New Haven and London: Yale University Press, 2012, pp. 116–117.
④ Ibid., p. 116.
⑤ [古希腊] 亚里士多德:《诗学》,陈中梅译,商务印书馆1999年版,第81页。
⑥ Terry Eagleton, *How to Read a Poem*, Oxford: Blackwell Publishing, 2007, p. 89.
⑦ Ibid., p. 88.

如表扬、诅咒、抚慰、鼓舞、祝福、庆祝、谴责、提出道德忠告，等等"[1]。毋庸置疑，古希腊悲剧是"表演"（Performance），这种表演是有目的的，尽管作者、演员、观众的出发点各不相同，最终却是实现了精神（身体）上的净化（宣泄）。而在伊格尔顿这里，"诗"这种现代意义上的艺术品，同样不是纯粹的、无外在目的的、自主的"存在"，它有明确的道德意味。进而，在《文学事件》一书中，伊格尔顿把作为"表演"的诗与古希腊悲剧，与奥斯汀（J. L. Austin）的"言语行为理论"（Speech Act Theory）联系了起来，他认为：

> 总体来说，和述行行为一样，虚构也是一种与其言说行为本身无法分割的事件。……虚构制造的特定客体看起来似乎是有所指涉的。它悄无声息地改变了意图描述的东西。它看起来像是一条报道，可实际上只是一组修辞。用奥斯汀式的术语来说，这是一种伪装成述事行为的述行行为。[2]

之所以强调"表演"（Performance），很重要的原因是，诗这种艺术关注的不是"事实命题"，而是"道德命题"，诗（广义上的文学）的最大意义不在于它所提出命题的真假，而在于它所提出命题是否对人们的生活、实践、思想意识产生了影响，这种"述行行为"没有真假之别，只有有效和无效、适当和不适当的区别，这正是奥斯汀的"述行行为"和亚里士多德悲剧理论带给伊格尔顿的最大启发。

最终，悲剧（摹仿）、虚构、述行行为在本质上都具有哲学与伦理学价值，所以伊格尔顿说："归根到底，悲剧不过是虚构，对我们这种胆小怕事之人，为了被迫去承认好日子也不过是向死而生的，悲剧毕竟还是一种可以忍受的方式。否则，真实存在（Real Thing）带来的创伤将会异常可怕，那样我们根本无法苟活。"[3] 虚构、摹仿、

---

[1] Terry Eagleton, *How to Read a Poem*, Oxford: Blackwell Publishing, 2007, p. 89.
[2] Terry Eagleton, *The Event of Literature*, New Haven and London: Yale University Press, 2012, p. 137.
[3] Terry Eagleton, *Sweet Violence: The Idea of the Tragic*, Oxford: Blackwell Publishing, 2003, p. 169.

导 论

表演、述行行为都是人类反思自身行动的另外一种行动方式，这是人类所独有的存在特质，从文学（艺术）、哲学甚至伦理学的视角出发，伊格尔顿对上述问题的探讨在一定程度上表现了他跨学科的学术素养与整体式探究的古典主义情结。

（二）亚里士多德伦理学与《理论之后》（2003）、《陌生人困境》（2009）、《文学事件》、《美学意识形态》（1990）

伊格尔顿喜欢谈论"政治"几乎是学界共识，当年那本学术"畅销书"《文学理论导论》的最后一章结论部分即以"政治批评"为题，而他的学术生涯、学术旨趣也从未离开过"政治"，但进入21世纪以后，他用了另外一种话语方式来继续谈论"政治"。

伊格尔顿在《理论之后》中提到：

> 在亚里士多德看来，伦理学是和人类欲望有关的学科，因为欲望是推动我们所有行动的动机。伦理教育的任务就是重新教育我们的欲望，使我们能在行善中收获愉悦，而在作恶时感受痛苦。……因为我们所有的欲望都具有社会性，所以必须放在一个更宽阔的背景之下，这个背景就是政治。……积极投身政治有助于我们为德性创造社会条件，积极投向政治本质上也是德性的一种形式。它既是手段，也是目的。[①]

在伊格尔顿看来，亚里士多德的伦理学规范的是人的欲望，人都有愉悦和痛苦的本能，但如果能让每个人在行善中愉悦，在作恶时痛苦，那么，这就轻而易举地实现了伦理学和政治学上的双重规范，行善不仅仅是个人问题，也是一个公共问题。

借助于亚里士多德的思想，伊格尔顿此时把自己的"政治"过渡到了"伦理"的语境中来：

> 能否过上道德的生活，也就是说人类独有的一种臻于完善的

[①] ［英］伊格尔顿：《理论之后》，商正译，商务印书馆2009年版，第125页。着重号系引者加。

生活，最终取决于政治。这也是亚里士多德在伦理学和政治学之间不做严格区别的原因之一。他的《尼各马可伦理学》开篇就告诉我们，有"一门研究人类至善的学问"，然后出人意料地补充说这门学问就是政治学。伦理学在他看来，是政治学的分支。①

在亚里士多德那里，政治学和伦理学都是研究"实践"的学科，政治学研究最高的善，而伦理学既是政治学的一个部分，也为它提供基本出发点，因为学习政治学的人，必须要培养良好的道德品性："爱所当爱的事物，恨所当恨的事物。"②

既然伦理在个人层面上与"欲望"、在公共层面上与"政治"密不可分，那么它本身便建立在人的本能之上，人的本能是收获愉悦、躲避痛苦、追求美好、厌恶丑陋，于是在《美学意识形态》当中，伊格尔顿又将18世纪英国经验主义美学家们强调经验、审美与政治三方一致性的观点呈现给世人，因为这一批思想家与亚里士多德在相信人本能和判断力的前提是一致的：

> 对伯克和休谟来说，把社会联系起来的纽带是摹仿（mimesis）这种审美现象，……通过愉悦地摹仿（imitate）社会生活的实际形式，我们成为人类主体，而把我们与整体强行联系起来的关系就存在于这种快乐之中。摹仿就是要屈从法则，但该法则应是令人愉悦的，因而自由也就存在于这种看似奴役的状态当中。③

亚里士多德的"摹仿说"强调了人的本能，"宣泄说"重视人的

---

① ［英］伊格尔顿：《理论之后》，商正译，商务印书馆2009年版，第124页。着重号系引者加。当然，现代意义上伦理主要指向软性的约束力，而政治具有硬性的强制力。另外，亚里士多德对伦理和政治的适用范围也是有区分的，有学者认为：伦理与政治分别适用于个人与城邦、贤人与大众。但这是有关伦理学研究的话题，不在本书研究范围内。详见李涛《亚里士多德的伦理性政治学》，《哲学动态》2012年第11期。

② 廖申白：《译注者序》，亚里士多德《尼各马可伦理学》，廖申白译，商务印书馆2012年版，第XXV页。

③ ［英］伊格尔顿：《美学意识形态》，王杰等译，中央编译出版社2013年版，第42页，略有改动。原文参考 The Ideology of The Aesthetic, Blackwell Publishing, 1990, p.53。

肉体经验，而对于以夏夫茨伯里、哈奇生、休谟、亚当·斯密、伯克等人来说，"摹仿"不仅仅是情感与审美现象，更是一种道德伦理行为、一种政治行动，"如果我们在乐善好施和温情迸发之中就能如体验美味一样直接地体验我们与他人的关系，我们还需要那些无机地把我们联系起来的笨重的法律和国家机器吗？"① 愉悦和痛苦对于这批经验主义美学家和亚里士多德一样，都是趋利避害、分辨美丑这类"本能"或者"本性"的结果，摹仿产生的是具有反思性的高级愉悦，而不仅仅是身体快感，因此，伊格尔顿提出，伦理（道德）、审美和政治在此处具有非常明确的一致性："道德准则被审美化了，通过以下实际行动表现了出来：时尚、风度、智慧、精致、优雅、率真、审慎、亲切、好脾气、对伙伴的爱、态度举止的不受拘束、不出风头。……对哈奇生来说，身体和表情就直接表现了主人的道德状况。"② 审美是道德的，因为美的东西期待他人共享，同样，道德也是审美的，优雅、审慎、不受拘束却也不出风头，这类美好的事物每个人都愿意追求。所以审美问题在伊格尔顿这里就可以放到政治和伦理的大语境中去讨论了——

> 所有人类都通过相似性彼此联系在一起，我们的共同本性因此便对利己主义作了平衡。我们会可怜陌生人甚至那些与我们无任何干系之人，甚至不过是听到了一点关于他们的苦难消息。③

"摹仿"的前提是二者之间的相似性或者一致性，同时，它是人的本能，这本能又是所有人的共同本性，所以对他人的同情关爱也是相互摹仿的对象和结果，极端的利己主义并不考虑自身之外的任何他者，故而摹仿是伦理问题的重要组成部分这便是身体（力比多）、审美与政治（伦理）密不可分的原因。当18世纪的英国道德学家们提

---

① [英]伊格尔顿：《审美意识形态》，王杰等译，中央编译出版社2013年版，第25页。
② Terry Eagleton, *Trouble with Strangers: A Study of Ethics*, Oxford: Wiley - Blackwell, 2009, p. 17.
③ Ibid., p. 54.

出:"出于慈悲和怜悯等自然本能,我们凭借天定的、对理性来说不可思议的法则而达到相互和谐。身体的感受决不是纯粹的主观幻想,而是秩序良好的国家的关键。"① 伊格尔顿认为,伦理学、美学、政治学是同一个问题的三个不同侧面,而这些问题的思想根源都在亚里士多德那里:"好的生活以优雅、安逸和幸福为主要目的,这些启蒙思想家们和亚里士多德或者阿奎那一样,以自己的方式明确无误地理解了这一点。"② 既然好的生活要享受优雅和幸福,那么,从身体出发,从人天生便具有的分辨美丑、享受愉悦、躲避痛苦的本性(本能)出发,便具有重要的理论价值和现实意义。

伦理学、美学与政治学在伊格尔顿这里的关系不仅如此一致,后者还据此阐述了亚里士多德伦理学与文学艺术的关联。

在《文学事件》一书中,伊格尔顿指出:"我们要做的是在德性伦理学而不是康德义务论的基础上考察道德意义上的'文学'。和德性伦理学一样,诗或者小说中的道德判断对象,并不是孤立的行为或者一组命题,而是某种生活形式的品质(quality)。"③ 亚里士多德的伦理学思想被称为"德性伦理学",而康德的伦理学思想被称为"义务论伦理学"④,伊格尔顿认为,康德的伦理学思想强调的是命题与抽象性,但亚里士多德伦理学强调的是语境和具体性,抽象的命题判断总要从具体的行动或者语境当中抽取出来,它必然是普遍化的,但若强行用命题式的规范对文学中的道德判断对象指手画脚,就走向了道德的反面,原因在于:"鲜活的生活经验并不能被简单转化为法则与规范。"⑤ 伊格尔顿理解的道德是亚里士多德意义上的道德,这种

---

① [英]伊格尔顿:《审美意识形态》,王杰等译,中央编译出版社 2013 年版,第 21 页。

② Terry Eagleton, *Trouble with Strangers: A Study of Ethics*, Oxford: Wiley-Blackwell, 2009, p. 60.

③ Terry Eagleton, *The Event of Literature*, New Haven and London: Yale University Press, 2012, pp. 63-64.

④ 伊格尔顿论述了这二者对文学艺术甚至现代思想观念的不同影响,详见本书第三章。

⑤ Terry Eagleton, *The Event of Literature*, New Haven and London: Yale University Press, 2012, p. 64.

导 论

道德的目的在自身之内,和具体性、个别性紧密结合,但它又不排斥抽象性、普遍性,所以此时的"文学就像美德一样,其目的就在自身之内,只有在文学所表征的语言表现行为之内,也只有通过这种行为,文学才能实现自身的目的。在现实世界当中美德有自己的效力——对亚里士多德而言,只有通过美德人类生活才能繁荣兴旺——但是,也只有在美德自己的法则当中,这才是真实准确的。文学艺术作品与此类似"。① 文学不是要从生活当中抽取出什么原则,而是要读者去认真体味作品本身展现出来的言语表现行为(performance),正像伊格尔顿在《理论之后》中所提出的:

> 像伟大的小说家那样来理解道德,就是要把它看成差别细微、性质与层次错综交织的结构……亨利·詹姆斯的小说中确实也有好些规则、原则和义务,但这样做是为了把它们置于不一样的背景当中去审视,……它们是美好生活基本框架的一部分,但本身并不是目的。②

伊格尔顿认为,"文学作品代表着一种实践的或者行动中的知识,而这种知识和古代对于道德的理解是类似的。文学作品是道德知识的形式,但这是在其实践而不是理论意义上的判断","像美德一样,文学作品有它们自身的目的,在此意义上,只有通过并且只有在它们所意指的言语行为过程当中,文学才能实现自身的目的"。③ 在伊格尔顿眼里,在古代(其实就是亚里士多德所处的时代),美德是一种具体的实践,而不是什么抽象的道德律令,文学也是这样,它不是用来反映或者再现现实的工具,它也不抽象什么文学法则,文学自己就是目的,就像亚里士多德所向往的最高的善或幸福一样,文学最大的

---

① Terry Eagleton, *The Event of Literature*, New Haven and London: Yale University Press, 2012, p. 64.

② [英]伊格尔顿:《理论之后》,商正译,商务印书馆2009年版,第139页。引用时略有修改。

③ Terry Eagleton, *The Event of Literature*, New Haven and London: Yale University Press, 2012, p. 64.

价值在于它作为一种实践（praxis），本身就体现了自己的价值，这种价值体现在"做"而不是"知"当中，只有去"做"才能达到"善"或者"幸福"。

（三）亚里士多德形而上学与《理论之后》、《文学事件》、《英国小说》（2005）、《怎样读诗》（2007）、《文学阅读指南》（2013）

在《后现代主义的幻象》中，伊格尔顿曾指出，后现代主义者认为本质主义是这样一种信念，即"事物是由某些属性构成的，其中某些属性实际上是它们的基本构成，以至于如果把它们去除或者加以改变的话，这些事物就会变成某种其他东西，或者什么也不是"，而这正是"后现代主义著作中提到的最为十恶不赦的罪恶之一，几乎是首要罪行"，① 这些后现代主义者认为，根本就不存在那些所谓的"本质"，"本质"不但无法归纳，而且没有什么东西不可以去除，或者不能够加以改变，即便有些"本质"被归纳出来了，它们也是宏大的元叙事，这些貌似普遍的、永恒的、自诩为真理的东西事实上都是不存在的，这种"本质主义"是不可靠的。

但问题在于："本质主义"中的"本质"确实像后现代主义者们所描述的那样吗？"本质"就是一些基本的、不可改变的、共同的属性吗？这就必须回到"本质主义"和"本质"二词的根源上来，必须回到亚里士多德的"形而上学"体系当中去讨论这两个概论的内涵。

首先，亚里士多德的"本质"与事物的定义不可分割，定义是"揭示事物本质的短语"②，在这个前提下，若要给事物下定义，就必须用一个命题来言说它的本质，也正因为如此，后现代主义者们认为：如果事物无法归纳出本质，那么，这样的事物是不可定义的，进而，这样的事物是不合法的、无意义的甚至是不存在的。把这个逻辑应用到文学当中，斯坦利·费什便提出："所有虚构作品并没有某个

---

① ［英］伊格尔顿：《后现代主义的幻象》，华明译，商务印书馆 2005 年版，第 112 页。

② 苗力田主编：《亚里士多德全集》（第 1 卷），中国人民大学出版社 1990 年版，第 357 页。

或者某组共同特点,后者是虚构作品成立的必要与充分条件。"①
E. D. 赫希认为:"文学并没有展现出共同特征,它们并未能被定义成亚里士多德意义上的'种'(species)。"② 其他诸如莫里斯·韦茨、罗伯特·L. 布朗和马丁·斯坦曼、柯林·莱斯、彼得·拉马克皆纷纷提出,文学并没有什么共同具备的本质属性③。

可是,"游戏"同样不能归纳出共同具备的本质特性,游戏便因此不能定义吗?此时人们想起了维特根斯坦的"家族类似"说,然而,这样的结论必然类似于伊格尔顿在30多年前所说的:"在由于各种原因而被称为'文学'的一切中,想分离出一些永恒的内在特征也许不太容易。事实上,这就像试图确定一切游戏所共有的唯一区别性特征一样地不可能。文学根本就没有什么'本质'。"④ 文学无法定义,没有本质,它不过是家族类似的产物。

似乎应验了"三十年河东,三十年河西"的老话,伊格尔顿在2012年出版的《文学事件》当中,又重新审视了自己当年的观点:

> 大约三十年前,在《文学理论导论》中我曾提出一种坚决的、关于文学本质的反本质主义观点。彼时我坚称文学是没有本质的。那些被命名为"文学"的写作并没有一个或者一组共同的属性。尽管我还会捍卫这一说法,但如今我比过去更加清楚地认识到,唯名论并不是实在论的唯一替代物。但这并非导致下列说法:文学没有本质,故而这个范畴根本没有合法性。⑤

这个时候,伊格尔顿说,文学即便没有那种所谓的共性本质,文学也是合法的,文学甚至是有本质的,他为文学总结出五种本质性特

---

① Terry Eagleton, *The Event of Literature*, New Haven and London: Yale University Press, 2012, p. 19.
② Ibid., p. 20.
③ Ibid., p. 21.
④ [英]伊格尔顿:《二十世纪西方文学理论》,伍晓明译,北京大学出版社2007年版,第8页。
⑤ Terry Eagleton, *The Event of Literature*, New Haven and London: Yale University Press, 2012, p. 19.

征：虚构性、道德性、语言性、非实用性、规范性①。

我们彻底迷糊了：文学到底有没有本质呢？

其实，这个问题同样要求我们回到亚里士多德对于"本质"的看法上来。对亚里士多德而言，事物的本质不是它们之间的"共性"，不是一种性质，而是事物"成其自身"或者"是其所是"的根源，根据亚里士多德的"十范畴论"②，实体有实体的"本质"，性质有性质的"本质"，如果在实体意义上谈论文学，那么，文学作品本身就是它的本质，而如果在性质意义上谈论文学，那么，文学就是它所具备的种种性质，比如虚构性、道德性等。

伊格尔顿认为："极端顽固的本质主义形式宣称，令某一事物属于某一特定种类的，是它所拥有的某个或者某组特征，而后者就是该事物属于这一种类的必要与充分条件。"③ 因此，从这个意义上说，后现代主义者们表面上是反本质主义者（反对共同本质的存在），可实际上，他们也是本质主义者（本质是事物的充分或必要条件），而单单理解了亚里士多德的"四谓词"说（定义揭示事物本质）是不够的，必须在结合了亚里士多德"十范畴"说（实体是存在之根本）之后，才能彻底理解亚里士多德的本质主义思想，也才能彻底理解伊格尔顿的下列说法：

> 费什是一个颠倒了的本质主义者。他和托马斯·阿奎那一样都相信，没有本质的事物是不存在的；可问题在于，阿奎那认为实际上拥有本质的那些事物，费什却认为它们没有本质。④

为什么斯坦利·费什是颠倒的本质主义者呢？因为他觉得所有虚构作品（文学）并没有什么共同特点构成其充分或者必要条件，故

---

① Terry Eagleton, *The Event of Literature*, New Haven and London: Yale University Press, 2012, p. 25.

② 本书第四章将详细讨论之。

③ Terry Eagleton, *The Event of Literature*, New Haven and London: Yale University Press, 2012, p. 22.

④ Ibid., p. 19.

而虚构作品（文学）是无法定义的，是随意的。此时费什认为文学若作为某种存在，它必须具有"本质"，在这点上，他显然属于"本质主义者"阵营；但是，他认为文学的"本质"便是它存在的充分或者必要条件，没有本质便不存在文学，此时，他就成了典型的、反本质的后现代主义者了，因为他把认识论上"本质"当成了"文学"存在的前提条件——伊格尔顿所说的"颠倒"便是存在论与认识论上的颠倒。

其次，亚里士多德的形而上学思想还给了伊格尔顿另一重启发，那便是对文学"形式"的哲学思考。

在亚里士多德那里，简单地说，事物的本质与其"形式"是合一的，事物之"是其所是"便相当于它的"形式"，形式赋予其意义，拥有特定形式的个体才能实现自己的目的与价值。而借助于这个哲学体系，伊格尔顿重新思考了文学"形式"的哲学意义。

伊格尔顿认为：文学是特殊的文字，但要"依其表达方式来理解其表达内容"，"文学的内容和呈现它的措辞不可分割"[1]，不仅如此，文学和日常语言在形式的问题上，也没有什么明显差异，"在日常生活当中，说话的内容也是由说话形式决定的。……文学和生活之间并没有什么清晰的隔断界限"[2]。在日常语言当中，"内容是形式的产物。或者说，所指（意义）是能指（言语）的产物。意义便是我们如何去使用词汇，而不是词汇把自身单独代表的意义转达出来"[3]。所以，不论是文学语言，还是日常语言，都是形式起着主导作用而不是所谓的内容，形式决定着意义的有效性。

而考虑到亚里士多德的形而上学思想，本质就是定义，是一种言辞与赋形，事物的形式指向了"这一个"事物：事物的形式便相当于它之所以如此，这个形式是其目的的实现，也是其存在于世的原动力，对其之所以如此的言说，即是事物的定义，所谓的定义揭示了事物的本质，其实就是揭示了它的形式，它为什么在这里，它在这里如

---

[1] Terry Eagleton, *How to Read Literature*, Yale University Press, New Haven and London, 2013, p. 3.

[2] Terry Eagleton, *How to Read a Poem*, Oxford: Blackwell Publishing, 2007, p. 67.

[3] Ibid., p. 68.

何存在，因此，"形式恰恰是规定事物之为'这一个'的那个本质"①，在亚里士多德的哲学当中，形式与质料相对，铜是铜像的质料，但铜像之所以能展现出它的本质，呈现出"这一个"铜像所具有的意义，正是因为建造者为铜赋予了一种"形式"，这种形式就是它的本质。

海德格尔认为，亚里士多德的定义其实仍然是一种"言辞"（logos），"是对某物的一种言说"，言辞（logos）是"使一种实事得见"，言辞（logos）是"对人之为人的存在的基本规定"，"人正是通过言辞而得到规定的"。② 就此而言，如果事物形式就是事物之本质的话，那么，人对事物之本质的言说其实就是一个永不停止的反思与实践，是一个运动过程，因为人的认识是不断深化的，同样，人的存在也是永续不断的，文学作为人类言说世界的方式，当然具有与科学、神学一样的存在论地位，因为它们都属于言辞（logos）。

人必然要在语言中存在，而语言不是私人化的，必定是公共的、约定俗成的具体实践，所以伊格尔顿说，文学和日常语言一样，都是"反讽性的存在"："为了抓住个别事物的'本质'，即令其独一无二的东西，我们不可避免地要用到一般化的措辞术语。对文学和日常语言来说都是如此。有时候文学作品被认为关注具体性与特殊性，而这仍是一种反讽。"③ 为事物下定义，是一种言辞，这必定要用普遍性的语言来描述具体性、特殊性，这就必然要面对那个普遍与个别的永恒矛盾，任何事物皆如此，文学亦不例外。

因此，理解了亚里士多德的形而上学思想，理解了他的本质学说，有助于我们更深刻地掌握人类言说世界方式之一：文学对于普遍性与特殊性的探讨。伊格尔顿还在《英国小说》中深入地讨论了现实主义"典型化"的问题：

---

① 聂敏里：《存在与实体》，华东师大出版社 2011 年版，第 138 页。
② ［德］海德格尔：《亚里士多德哲学的基本概念》，黄瑞成译，华夏出版社 2014 年版，第 18—20 页。
③ Terry Eagleton, *How to Read Literature*, New Haven and London：Yale University Press, 2013, p. 55.

了解某事物的典型特征便是拥有了一种知道该事物通常将如何运行的知识，这对现实主义来说尤为关键。现实主义讨论的是可能发生之事，这是典型行为的另外说法。事物的"典型"或"本质"可被视为它所特有的可能性范围，我们可以确切地预料到它的行为形式，这种形式属于它所属的那一类事物。①

伊格尔顿认为，现实主义之所以关注典型，原因就在于它想要讨论事物的本质问题，掌握了事物的本质，就可能预料到事物在下一步继续行动的可能性：把握了这一个本质，就可以掌握这一类事物。而要展现"这一类"事物的特征，就必须先掌握许多"这一个"事物的特征，必须先把许多"这一个"事物浓缩成为"典型"，"典型"就是"本质"，这就是一个从特殊到抽象，再从抽象返回到特殊的辩证法。

总而言之，从亚里士多德的"形而上学"思想出发去解读伊格尔顿新世纪对于文学本质与形式的看法是富有成效的。

四 连接亚里士多德与伊格尔顿的"总体性"

首先，亚里士多德的思想体系不是各自为政、支离破碎的，他的所谓"政治学""伦理学""修辞学""诗学"，甚至"形而上学"不是现代意义上的独立学科，恰恰相反，亚里士多德的思想是互相印证、互为表里的有机整体。

比如说，在《尼各马可伦理学》中亚里士多德认为："人在本性上是社会性的。"② 而在《政治学》中，他提出城邦就是共同体，而任何共同体都是为了实现某种"善"才建立的，人的行为也是以他认为的善为目的，但城邦的善是最高的善，政治学研究的就是这种最高的善，那句"人是政治的动物"，意思便是，人不能离开共同体而

---

① Terry Eagleton, *English Novel: an Introduction*, Blackwell Publishing, 2005, p. 58.
② [古希腊] 亚里士多德：《尼各马可伦理学》，廖申白译，商务印书馆2003年版，第18—19页。

独自生活，城邦高于个人，只有实现了共同体的善，个体的才能实现。

在这里，亚里士多德的政治学观念与他的"形而上学"思想是互相印证的，比如他认为，锐角要用直角来定义，半圆要用圆来定义，手掌要用全身来定义，所以，部分要靠整体来定义。亚里士多德认为事物的定义要用"属差+种"来说明，"苏格拉底"这个事物要用"人"（种）和"会说话的"（属差）来定义，也就是说，要想区别某一个事物，必须先将其放到某个具有普遍性的类别当中，才能把握它。在其《尼各马可伦理学》当中，亚里士多德同样把德性用"属差+种"的方式来研究其定义。

相应地，伊格尔顿也提到了个别性对于普遍性的依赖，比如他说：

> 我们只能在语言当中来确定客体对象，语言就其本身而言正具有普遍性。如果语言不具有普遍性，我们就需要为世上每个橡皮鸭子和大黄枝条来找不同的词汇。像"这样""这里""现在"以及"彻底的独特性"这些词汇也不是专有词汇。①

认识任何个别性的事物，都必须依赖于整体性观念，如果两个完全不相关的事物放在一起，这两个事物都得不到确切的认识，所以差异性的前提是普遍性，而这正是伊格尔顿对后现代主义、反本质主义思想大为光火的根本原因，因为他们过于强调差异性，忘记了共同性才是差异的前提。文学同样也彰显出个别与普遍之间的永恒矛盾，伊格尔顿明确指出：

> 认为诗歌只能去关注具体个别事物的偏见其实在最近才产生出来。……亚里士多德认为诗歌谈论的是普遍性……伴随着18世纪中叶以来现代美学的发展以及浪漫主义的勃兴，那种认为具

---

① Terry Eagleton, *How to Read Literature*, New Haven and London: Yale University Press, 2013, p.57.

体的个别事物尤为珍贵的思想瞬间就彻底占领了文学舞台。诗歌致力于它所感受到的独特性，对普遍化的观念保持怀疑，这种假设毫无疑问会让亚里士多德、但丁、莎士比亚、弥尔顿、蒲柏、约翰逊等人大吃一惊。①

独特性、个别性并不是与众不同，而是不可分割，个别事物是指从认识上"到此为止"的事物，但这种独特性必须放到更大的"种"或者"属"当中才能得到确认，风格独特的摇滚歌星只能放到歌星的"属"当中才是可比较的、有意义的。因此，从认识世界的角度来看，普遍性优先于个别性，伊格尔顿正是从这个逻辑出发，讨论了人和文学的本质问题，人首先是一种类存在，是一种有生有灭的肉体存在，是一种有欲望的存在，只有在这些前提下，差异性、个别性、自主性才是有意义的。

这样，从整体上把握伊格尔顿新世纪的文论思想是本书的逻辑起点，将整体性的、不可分割的亚里士多德思想作为出发点，去审视新世纪伊格尔顿文论思想，既符合伊格尔顿本人学术观点的内在逻辑，也符合亚里士多德思想的体系化要求。

那么，具体地讲，本研究如何从整体上去把握亚里士多德与伊格尔顿思想呢？我们必须从几个立足点出发，深入这个体系中。

（一）马克思的"自身目的性"与亚里士多德的"自我实现"

2000年《新文学史》刊载了一篇题为《评伊格尔顿之〈再论基础与上层建筑〉》②的文章，作者是伦敦大学伯贝克学院科学哲学教授约翰·杜普雷（John Dupré），该文结尾对"功能"一词的内涵提出了质疑，杜普雷认为"功能"一词与"目的"密切相关，心脏的功能是泵血，因为这有益于身体健康，泵血功能是为了实现了身体健康运行的目的。按照通常理解，这是再正常不过的解释，X的功能必然是它能实现F目的，而X的价值（意义）也在于它能否实现F这

---

① Terry Eagleton, *How to Read a Poem*, Oxford: Blackwell Publishing, 2007, p. 13.
② John Dupré, "Comments on Eagleton, Terry's 'Base and Superstructure Revisited'", *New Literary History*, Vol. 31, (2) 2000: pp. 241–245.

个目的。但我们发现,这里的 F 和 X 分属两个领域,心脏的"功能"是泵血,但其"目的"不是泵血,目的是身体健康。功能是一个"事实"问题,而"目的"却是一个"价值"问题。

杜普雷举这个例子是为了反驳伊格尔顿对"功能"的理解,因为在伊格尔顿看来,"上层建筑的功能便是依据统治阶级的利益去处理阶级矛盾"[1]。杜普雷不认同这种理解,他觉得社会(历史)的发展并没有什么目的,上层建筑没有"目的",它不应该具备什么"功能",所以杜普雷承认自己能想到的唯一解释就是生物学上对心脏功能的描述,功能是一种自然选择,是价值无涉的,自然选择既是必然的,又是无目的的(nonintentional)。目的是价值判断,功能不是。

那么,我们必须先去理解:伊格尔顿如何理解功能和目的?

马克思与亚里士多德在伊格尔顿的著作里经常同时出现[2],他认为,马克思在"自身目的性"(autotelism)的问题上是一位纯粹的(full-blooded)唯美主义者[3],唯美主义宣扬为艺术而艺术,艺术本身就是至高无上的,以自身为目的,而社会主义就是对人类之感性力量和潜能的全面实现,这种对自身力量的运用不是工具理性的,它的目的就是展现自身,它没有什么外部目的。也就是说,如果承认唯美主义者把艺术自身当作目的,那么,马克思也是一名唯美主义者,因为他把人自身力量的展现当成了自身的目的,社会主义(共产主义)就是要去展现人全部的潜能。在这意义上,"自身目的性"便和理性、世界精神、历史、义务、功利之类的现代范畴大相径庭了,因为后面这些范畴都溢出人类这种"类存在"之外,这些现代范畴都是外在于人本身的"外部目的",它们在某种程度上都具有一个共性:

---

[1] Terry Eagleton, "Base and Superstructure Revisited", *New Literary History*, Vol. 31, (2) 2000: pp. 231 - 240.

[2] 伊格尔顿以下著作均有讨论:《理论之后》,商正译,商务印书馆2009年版,第118、119、137、138、147、164 页。*The Event of Literature*, Yale University Press, 2012, pp. 64, 206; *Trouble with Strangers: A Study of Ethics*, Wiley - Blackwell, 2009, pp. 177, 307; *The Meaning of Life*, Oxford University Press, 2007, p. 149; *Sweet Violence: The Idea of the Tragic*, Blackwell Publishing, 2003, p. 220。

[3] Terry Eagleton, "Base and Superstructure Revisited", *New Literary History*, Vol. 31, (2) 2000, p. 235.

千方百计对人的本性予以压制。换句话说，伊格尔顿理解的"功能"和"目的"既是事实判断，也是价值判断，艺术的功能便是实现自身的目的，人类也应当如此。

伊格尔顿想用"目的"和"功能"说明什么问题呢？他认为的"本性"源自何处？有何特定含义？

在2012年的《文学事件》一书中，伊格尔顿说，有一种人类活动，它自身就内含了目的，没有外部目的：

> 这种活动的形式有一个古老的名称，即实践（praxis），意思是这项活动的目的就在内在于自身。对亚里士多德来说，美德就是这样一种至高无上的行动实例。有道德的人们并不是为了什么功利目的才去施展自身的能力和才智，而是为了实现自身这个目的。这种观念拆解了功能性与自身目的性之间的差别。人能够依据某种目的而行动，但这种目的却是行动本身。①

在亚里士多德的德性伦理学（Virtue Ethics）体系当中，美德是一种实践，这种实践不为别的，就为它本身存在，行善事不为回报（功利主义伦理学），也不是尽责（义务论伦理学），美德实践的目的和手段是合一的。它完成了自身的功能便实现了自身的目的。

在马克思看来，社会主义是为了把工作这种人类劳动从交换价值的逻辑置换到使用价值中来，资本主义让人把劳动视为消费的手段，劳动此时是一种交换价值；而社会主义（共产主义）是让人在劳动中享受，人只有在这种未被异化的劳动当中才能全面实现个人的感性力量与潜能，此时劳动就是劳动本身，它体现为一种使用价值。自由自觉的劳动是最终的"目的"，只有在这种劳动当中，人既实现了自身的功能，也实现了自身的目的。

在《理论之后》中，伊格尔顿说："伦理学论述如何善于为人，但没人能单独做到这一点，……马克思继承的正是这种道德思想，甚

---

① Terry Eagleton, *The Event of Literature*, New Haven and London: Yale University Press, 2012, p.204.

回归古典

至他的经济思想也继承亚里士多德……马克思就是古典意义上的道德学家。"① 而在2013年的一篇题为《身体、艺术品与交换价值》的文章中,伊格尔顿再一次提到亚里士多德的美德观和马克思的交换价值,美德为自身而存在,劳动亦如此,在亚里士多德那儿,"美德不是善,而是一种卓越的习惯。和所有美德行为类似,它们都是自我实现的形式,也是一种服务于他人的方式"。② 而在马克思那儿,"对客体对象而言,使用价值强调的是它在感性上的特殊属性,而交换价值则强调它的抽象属性"③,未被异化的劳动强调活动本身带来的感性愉悦,是对个人潜能的充分发掘与全面实现,但异化的劳动却强调劳动能否带来一些额外的回报,劳动只是工具而非目的。只为本身而存在,强调的是感性上的特殊属性;而为自身之外的事物而存在,强调的就是一种抽象的交换性——这是身体、艺术品和交换价值给予伊格尔顿这位马克思主义者的最大启发。

充分施展身体的潜能和获取感官愉悦是密不可分的,同样,艺术作为一种亚里士多德意义上的实践形式,自身之内也包含着目的,这就是所谓的"自我实现"与"自我决定",这也是亚里士多德和马克思、18世纪英国经验主义美学家甚至唯美主义者们都会承认的共识④,所以在《文学事件》中,伊格尔顿明确说:"如同身体一样,艺术也是一种策略式的实践,换言之,它组织自身是为了实现某些目的……艺术类似于那个自我实现、自我决定的人体活动,就亚里士多德、阿奎那、黑格尔和马克思而论,这种自我实现的实践包含着感官

---

① [英]伊格尔顿:《理论之后》,商正译,商务印书馆2009年,第137页。
② Terry Eagleton, "Bodies, Artworks, and Use Values", *New Literary History*, Volume 44, Number 4, Autumn 2013, pp. 561–573.
③ Ibid., p. 570.
④ 在博士学位论文《超越文化政治:走向宗教伦理的批评——特里·伊格尔顿的批评理论研究》中,赵光慧(南京师范大学,比较文学与世界文学,2007)提出:伊格尔顿的批评背后的真实话语是一种对全人类的爱。这种爱可以从促成他者的自我实现中完成自我实现,并最终促使整个社会走向理想状态。在博士学位论文《文学·文化·意识形态——特里·伊格尔顿文学意识形态观研究》中,陈春敏(北京大学,文艺学,2012)提出,伊格尔顿对文化做了伦理学维度的阐发,文化的伦理学意义与文学审美具有较为一致的追求,即人按自己的本性自由发展。可以说,这两位学者已经敏锐地感受到了伊格尔顿文学与文化观念中的伦理学向度。

愉悦，故而在艺术当中它也是适用的。"① 如此看来，如果我们忽视掉"功能"与"目的"之间的关系，如果我们不能理解亚里士多德"自我实现"的内涵，不能掌握马克思所谓"非异化的劳动"，进而，如果我们继续站在现代立场上，认为事实与价值各行其是，如果我们不能回到整个西方思想史的源头之一，无法理解亚里士多德将实然与应然紧密结合的"实践"（praxis）观念，那么，我们就不能理解伊格尔顿。

（二）从质料/形式、潜能/现实的视角去审视伊格尔顿文论

在亚里士多德的思想体系当中，"质料/形式"和"潜能/现实"在其"形而上学"思想中是两组非常核心的理论关键词，而它们也反映在伊格尔顿的理论阐释过程中。

在《文学事件》中，伊格尔顿指出：

> 作品受现实约束，与作品反映现实，这二者有差别。一名舞蹈演员要受很多因素的限制——身体、舞蹈编排、移动空间、自己的艺术创造力等。但是，她的舞蹈绝不是"反映"出这些条件，而是要把这些因素转换成自我实现的素材。她和现实世界之间的恒定关系便是，为了她自己活动的内在、自主逻辑而存在，不是为了类似于劳动或者政治活动那样的实用目的。②

在这里，伊格尔顿换了另一种方式来解释"自我实现"：文学作品和现实的关系，不是反映后者，而是受后者的约束，现实不过是为文学提供素材，文学以自我为目的，是"自我实现"的，拥有"自身目的性"。而站在亚里士多德"形而上学"的立场上，我们可以发现，文学作品不过是在为现实生活"赋形"，把现实生活当作"质料"，文学本身就是它的另外一种"形式"，形式本身才是文学的价值所在，现实世界可看作原材料，但文学作品是一种再生产，是另外

---

① Terry Eagleton, *The Event of Literature*, New Haven and London: Yale University Press, 2012, pp. 205–206.
② Ibid., p. 142.

一种"新的形式",也正因为如此,从亚里士多德的形而上学观念出发,我们才能更容易地理解作品与现实之间的关系,作品有它自己的逻辑、它自己的目的,但这种逻辑和目的不是外部事物强加给它的,文学"形式"本身就是它的逻辑和目的。

理解了这个大前提,我们更容易理解伊格尔顿的下列说法:"虚构首先是一个本体论范畴,一首热情洋溢的抒情诗和《洛丽塔》一样都是虚构的。虚构关乎文本如何起作用,并非文学类型问题,更不是它们的真假问题"。① 依据亚里士多德的悲剧观,虚构是一种"表演"或者"述行行为"(performance),虚构的目的不是要与现实进行简单对照,而是要对现实进行理性反思,要对现实施加影响,要对人生存的世界进行改造,所以"虚构"绝不是什么文类问题、真假问题,而是一种本体论上的存在,因为"虚构"和"摹仿"都是有意义的人类行动,虚构出来的文本若对现实产生了影响,它就不再是"虚无",而是一种"实存",此时的虚构不是一个逻辑问题,而是一个存在问题。"生活世界"是虚构的"质料",虚构本身才是"形式",而虚构这种形式恰恰就是虚构的本质。

此外,当伊格尔顿论断说:"如果在亚里士多德的悲剧当中,行动是高于性格的,那么他的美学思想与伦理学思想就达成了一致。"②他的意思是,根据亚里士多德的伦理学思想,行动是主要的,性格是次要的,以德性为例,只有先运用德性才能获得德性,也就是说,德性只有转化为行动才是有意义的,停留在概念意义的德性是虚无,在亚里士多德的伦理学体系中,"通过做公正的事成为公正的人,通过节制成为节制的人,通过做事勇敢成为勇敢的人"③,可见,公正、节制、勇敢不是人的性格导致,而是由人的行动造就,于是伊格尔顿看出了亚里士多德诗学(悲剧理论)中行动高于性格,与伦理学中

---

① Terry Eagleton, *The Event of Literature*, New Haven and London: Yale University Press, 2012, p. 111.

② Terry Eagleton, *Sweet Violence: The Idea of the Tragic*, Oxford: Blackwell Publishing, 2003, p. 78.

③ [古希腊]亚里士多德:《尼各马可伦理学》,廖申白译,商务印书馆2003年版,第36页。

导 论

行动先于德性的一致之处。

事实上，不仅如此，亚里士多德的诗学、伦理学还与他的形而上学不可分割，因为具体的行动是一种"现实"，抽象的德性则是一种"潜能"，"合乎德性的活动包含着德性"①，不去行善的善人是自相矛盾的，只有在善行中才有善存在，行善是善这种潜能的实现。正因为"现实"是优先于"潜能"的，故此，亚里士多德才在《诗学》中认为，人物行动高于性格，而在《伦理学》中又认为行动高于德性。

当我们理解了亚里士多德的思想体系，再返回来审视伊格尔顿新世纪文论的时候，就可以通过如下途径去理解伊格尔顿在近十余年来提及的几个重要的核心概念："摹仿""审美"与"文学形式"。

技艺、实践、理论反思——就"摹仿"而言，它首先是一种亚里士多德所说的"技艺"，在古希腊悲剧中，起着强化社会联系的纽带作用，摹仿还把不存在的事物创造了出来，这相当于现代意义上的"虚构"。但更重要的是，"摹仿"的对象不是自然，不是社会，不是人的性格，而是人的行动，但行动都是具体的、不可还原的，摹仿只能是一种再现，故而摹仿具备伦理学价值，它把那些不可认知的事物再现了出来，表达了普遍化的意义，这样摹仿作为审美的范畴就具备了认识论价值。而如果把舞台下观众的观赏和舞台后面作者的创作视为一种沉思，那么，这种"摹仿"就成了一种思辨性的理论活动，它不但要对实践产生影响，还成了人类反思的对象。而对英国经验主义美学家而言，作为本能的摹仿还具有重要的政治意义，它延伸至道德与社会领域当中，摹仿遵从于某种法则，但这种法则不是人为制定的契约，而是一种人与人之间天生具有的、自发的相似性，摹仿此时就起到了现代意义上"意识形态"的功能。

美德、身体、政治——就"审美"来说，伊格尔顿在《甜蜜的暴力》中探讨的古希腊悲剧并不同于现代意义上的纯艺术，在他看来，那种号称只为自身而存在的纯艺术事实上仍然是一种道德命题，绝非事实命题，它不是纯粹理性的产物，也不可能被概念化，艺术品作为

---

① ［古希腊］亚里士多德：《尼各马可伦理学》，廖申白译，商务印书馆2003年版，第23页。

审美对象必然要求他人的赞同,这是现代话语体系当中,审美与道德不可分割的原因之一,这也是审美具有的伦理学意味。伊格尔顿在《美学意识形态》和《陌生人困境》当中讨论的美学与政治、道德伦理之间的关系延续了伊格尔顿一贯的思考路径。从亚里士多德的宣泄说开始,到18世纪英国经验主义美学对移情、共感的强调,再到马克思主义对人类未被异化的劳动、人类自由全面发展的阐释,伊格尔顿发现,这些基于人类肉体的审美(自由)观念皆与道德观念有着千丝万缕的联系。作为对照,康德的义务论伦理学体现出某种形式上的美学意味,道德律只为它自身而存在,并不重视个体感受与福利,伊格尔顿认为这种观念对现代思想带来了消极后果。

意义、自由、必然——就文学形式而言,它不是意义的"容器",相反,形式就代表着意义,面对纷繁复杂且变化无常的世界,为了把握命运、认识外界,人类必须为某种不具备特定意义的事物(质料)赋予其特定意义。按照亚里士多德的观念,形式既是一种技艺,也是一种知识,更是一种实践:技艺是从无到有的生成,知识要彰显某种普遍性,实践则说明这种行为本身就具备价值:文学形式既是创制之物,在技艺层面,它展示了人的自由,也要受到各种客观条件的限制;在知识层面,它提供了认识世界的多种可能,具有普遍性意义;在实践层面上,文学的价值不为别的,它只是自身而存在,而最终与人类实现了共在,因为文学就是人类"言说"世界的一种方式。因此,文学形式具有非常重要的认识论甚至伦理学价值。

五 古典视野的现代意义:从亚里士多德到伊格尔顿

当我们回到古典,回到那个在哲学发展史初期认识并区分现象(事物)和本质(认识)问题的古希腊时代,尤其是要回到亚里士多德的思想体系当中去寻求帮助的时候,我们可以得到如下收获。

其一,就人类世界而言,存在论上的"实体"与认识论上的"本质",这二者之间的关系并非一目了然,从亚里士多德的自然哲学、形而上学出发,我们可以梳理清楚所谓"本质主义"思想的源流,从亚里士多德的实体与本质,到托马斯·阿奎那的存在与本质,到马克思的类本质,再到后现代主义者们的共性本质,这是一条必须得到疏浚的思想理路。国外已有学者借助伊格尔顿的意识形态观念,探讨了亚里士多德的本质主义思想以及后现代主义的反本质主义思想[①],本研究希望能把这个话题深入下去。

其二,伊格尔顿批判后现代主义,讨论大众文化与意识形态,阐释文学艺术,关心人的自由与解放,畅想乌托邦政治,反思基督教神学观念……这些具体的理论实践(theorital practice)绝不是一种随心所欲的思维游戏,这些行动本身就具有非常重要的政治学与伦理学意义,在亚里士多德那里,政治学这门学问研究的是最高的善,人不是孤立的个体,必须与他人共在,人天生就是政治动物,政治学的目的是达到至善,是实现每个人的幸福(好生活),政治学和伦理学一样都是关于"实践"的学问。因此,站在亚里士多德的立场上看,伊格尔顿多年来对多个学科话题的参与,其实并不是要进入这些各自为政的学科领域,他的目的绝非成为"专家",他更类似于利维斯、特里林、威廉斯这样的公共知识分子,任何话题的终极目的不是学问,而是真实的生活,从讨论到辩论甚至嘲弄的目的不是话语本身,而是实实在在的生活和芸芸众生的福祉。

其三,亚里士多德是所谓的经验主义、唯物主义思想鼻祖,他把人类的活动分成了三个领域:理论沉思、技艺和实践,理论沉思的对象就是思想本身,技艺属于一种从无到有的创造,而实践则是目的与手段合一的行动,但是,这三种活动是割裂的吗?拿悲剧来说,悲剧本身难道不是一种对人类存在的反思?悲剧作品难道不是艺术家们从无到有的创造?悲剧难道不是城邦团结并教育民众的道德实践?我们切不可运用现代观念去衡量古典思想,这种所谓的"古典主义"不是守旧,不是追求形式完美,而是一种利用感性认识和理性反思去改善现状的思维与实践方式,这是一种目的与手段、理性与感性、知识与道德的统一,所以,当现代人把亚里士多德的思想分成一个又一个

---

① Angela Curran, "Form as Norm: Aristotelian Essentialism as Ideology (Critique)", *Apeiron*, 2000 (4): pp. 327 – 363.

回归古典

看上去高深莫测的学科时,我们就和亚里士多德的思想南辕北辙了,同样,如果从现代意义上的文学、美学、伦理学甚至修辞学、政治学、神学(形而上学)等单一学科视角去理解伊格尔顿时,我们注定会走进死胡同,必定要对他产生"丈二和尚摸不着头脑"的感觉。但是,经过本书的探索,当我们从亚里士多德的思想体系出发,从这个看似各行其是、实则殊途同归的"本质主义"视角出发,来审视新世纪伊格尔顿的文论观点时,收获是丰盛的,结论也是有意义的。

2000年至今,伊格尔顿出版近20部著作,而在这些广泛涉及文化理论、小说、诗歌、文学理论、伦理学、哲学甚至神学著作当中,亚里士多德是一个频繁显现的关键词,他在诗学、伦理学、形而上学中的思想——看待悲剧摹仿的观点、看待美德实践的观点、看待本质与形式的观点——都恰如其分地体现在伊格尔顿看似错综复杂、实则清晰明了的论述当中。

伊格尔顿始终关心的是此岸世界,但我们不能被他时常挂在嘴边的、抽象形而上术语"吓倒",他和亚里士多德、马克思甚至英国经验主义美学家们一样,关心的是每个独特个体的自由解放,"好的生活以优雅、安逸和幸福为主要目的",莎夫茨伯里、哈奇生、休谟和伯克等人"和亚里士多德或者阿奎那一样,以自己的方式明确无误地理解了这一点"[1],但是,自由和幸福是有前提的,最根本前提就是人的身体,伊格尔顿在《美学意识形态》和《陌生人困境》两部著作中用相当长的篇幅来讨论18世纪英国启蒙思想家们的道德哲学,目的是要说明一个关注人之本质的思想史脉络:从亚里士多德的"宣泄说",到18世纪英国道德情感主义(moral sentimentalism)对于"身体"的强调,再到劳动的身体(马克思)、权力的身体(尼采)、欲望的身体(弗洛伊德)[2]……从20世纪90年代到21世纪,伊格尔顿都试图在"身体"的基础上重建伦理、历史、政治、理性,建立一门真正的"唯物主义伦理学",这是他不懈努力的一个方向。

---

[1] Terry Eagleton, *Trouble with Strangers: a Study of Ethics*, Oxford: Wiley-Blackwell, 2009, p.60.

[2] [英]伊格尔顿:《美学意识形态》,王杰等译,中央编译出版社2013年版,第178页。

总之，从亚里士多德的诗学、伦理学、政治学、形而上学观点入手重新审视新世纪伊格尔顿文论，不仅行之有效，而且有所裨益：亚里士多德的"摹仿"说和"技艺"说深深地影响了伊格尔顿对于虚构的看法；亚里士多德的"美德"观与"实践"观强调了目的与手段合二为一，而这激发了伊格尔顿对康德义务论伦理学的反思，也支持了伊格尔顿自始至终对于"文学"之实践意义和乌托邦价值的强调；亚里士多德的"本质"强调了存在论上的个别性与认识论上的普遍性，这为伊格尔顿反思文学观念的生成、文学理论的价值提供了必要的理论支撑；亚里士多德的理性"神学"观更是与伊格尔顿的批判性二度反思不谋而合。

第一章 《理论之后》的后四章解读：亚里士多德的浮现

作为西方马克思主义美学和文学理论的代表人物，特里·伊格尔顿在国内受到了持续不断的广泛关注，但在学界印象中，伊格尔顿是一位略显另类的学者，既与英美传统风格迥异，也与大陆传统相去甚远；更重要的是，他展现给世人的是一种言辞犀利、爱好论战、故意与主流拉开距离的文风；新世纪以来，伊格尔顿又把理论"触角"探到了伦理学、形而上学（神学）等看似与文学不相关的领域，甚至与无神论者激辩"上帝"是否存在；因此，在人们眼中，除去意识形态批判或者文化政治批评这两个标签之外，伊格尔顿似乎并没有提出一套相对完整的思想主张或者比较清晰的理论体系，他的学术视角是多维度的，他的关注对象游移不定，理论背景杂乱无章。

然而，这类看法略显表面化，事实上，自20世纪90年代《美学意识形态》《意识形态导论》，再到21世纪的《甜蜜的暴力》《怎样读诗》《英国小说》《陌生人困境》《文学事件》，伊格尔顿的理论背景是一以贯之的，正所谓"草蛇灰线，伏脉千里"，本书将要论证的是：伊格尔顿与亚里士多德的诗学（悲剧理论）、伦理学、政治学、形而上学有着千丝万缕的、密切且深入的联系。

这种联系在2003年出版的《理论之后》当中，已经比较明确地呈现于世人面前，但十余年来人们对"理论之后"的看法存在不少误读，大家注意力主要集中于"理论"与"文化理论""文学理论""后理论""抵制理论""反理论""理论终结"等话题的复杂关系上，很多人误解了伊格尔顿对"理论"和"文化理论"之功能的探讨，以为他仅仅是在期待某种文学和审美的"回归"，无意中忽视了伊格尔顿在此书中对于亚里士多德伦理学、政治学、形而上学观点的扬弃。事实上，正是在《理论之后》一书中，伊格尔顿期待着某种基于人本身的善与美、知与行、现象与本质、价值与事实、目的与手段合二为一的、古典主义式"回归"，这种古典主义思想的源头就在亚里士多德那里。

因此，我们必须重新细读伊格尔顿在《理论之后》的后四章中的形而上学与伦理学内容，这四章是整体把握21世纪伊格尔顿文论观点的基点。接下来，本书将通过梳理"理论之后"在学界引起的争鸣入手，一方面展示并回顾国内近年来伊格尔顿研究的成果与不足，另一方面尽量把伊格尔顿和亚里士多德在学理层面上的联系较为清晰地呈现出来。

第一节 "理论"的现状：沉溺于形而下

首先，伊格尔顿在《理论之后》一书中批判的"理论"既不是严格意义上的"大理论""法国理论"，也不是有人所理解的"文学理论"[①]，这个"理论"有多重含义。有学者发现，"作为一种理论发展趋向，'理论之后'最开始并不具备文学研究上的普遍性，它并非直接针对文学理论研究而言"[②]；伊格尔顿批判的其实是后现代主义阶段的"文化理论"——不仅包括通常所指的以"解构主义"为代表的"高深理论"（high theory），也包括由后现代、后殖民、女性主义、少数族裔主义等掺和在一起的整个"文化研究"阶段[③]，这一点学界是公认的。

而在一篇广为引用的文章中，有学者把理论"之后"等同于

[①] 如"伊格尔顿近来出版《后理论》一书，宣布文艺理论在离我们远去，西方文论出现了危机"。这是一种想当然的看法。见《后理论时代的西方文论症候》，《文艺研究》2009年第3期。

[②] 段吉方：《理论的终结？——"后理论时代"的文学理论形态及其历史走向》，《文学评论》2011年第5期。

[③] 盛宁：《"理论热"的消退与文学理论研究的出路》，《南京大学学报》（哲学人文社会科学版）2007年第1期。

"后理论",认为"后理论"在很大程度上只是此前"理论"的延续;作者还认为"理论"是大写的、单数的概念,偏于总体性、全局性,表现为宏大叙事;"后理论"是小写的、复数的概念,偏于分支性、局部性,往往是一种琐细叙事。这位学者还提出:"'理论'在宏观层面上对于社会人生大关节目表现出的关心,在'后理论'中已经延伸到具体的、个别的社会事件和生活琐事之中。……'后理论'的琐细性决定了它所看重的行动和实践往往流于世俗、繁琐和卑微,趋向欲望化、官能化、肉身化。"[1]

然而,这个判断造成了理解上的困惑。

第一,该文将伊格尔顿批判的"理论"和他期待的"后理论"颠倒了:他批判的理论恰恰是琐细叙事,他期待的理论之后才是宏大叙事。或者说,这个"后"字并不对应于"理论之后"中的"后"字,这里的"后理论"其实就是文化理论。《理论之后》全书前半部分集中火力批判的后现代主义"文化理论"正是欲望化、官能化、肉身化的,而他向往的"理论"却是基础主义的、形而上的,甚至是彼岸化的——因为伊格尔顿在全书第四章总结理论的"失与得"时,痛心疾首地指出,"文化理论许诺要尽力解决的一些基本问题,总的来说没能兑现诺言","在道德和形而上学问题上它面带羞愧","在邪恶的问题上它更多的是沉默无言,在死亡和苦难上它讳莫如深","对本质、普遍性和基本原则它固执己见"[2]……可见,伊格尔顿对于文化理论未能实现的诺言充满了期待,可这些有关基本问题的诺言却在文化理论热衷的欲望、官能、肉身问题当中迷失了,伊格尔顿真正关心的是"基本问题",比如道德、形而上学、死亡、苦难、本质、普遍性等,但这些问题被文化理论故意忽略了。

第二,这篇流传甚广的文章还错误地使用了一个参考文献,即伊格尔顿本人的《文学理论导论》(中译本为《二十世纪西方文学理论》)。在此书"后记"当中,伊格尔顿说:"如果所有的理论天生就

---

[1] 姚文放:《从文学理论到理论——晚近文学理论变局的深层机理探究》,《文学评论》2009年第2期。

[2] [英]伊格尔顿:《理论之后》,商正译,商务印书馆2009年版,第98页。

第一章 《理论之后》的后四章解读：亚里士多德的浮现

都是总体化的，那种种新型的理论就得是一些反理论：局域性的（local）、部门性的（sectoral）、从主体出发的、依赖个人经验的、审美化的、自传性的、而非客观主义和全知性的。"① ——此处的新型理论是局域性的、部门性的。正因为有这个说法，论者错把伊格尔顿1996年的观点当成了《理论之后》（2003）的观点，把"理论"之后的"理论"当成了局域性、部门性的"反理论"（anti-theory），并强行将之命名为"后理论"。而实际上，伊格尔顿在《理论之后》中期待的理论并不是这本《文学理论导论》所提到的东西。此处的"后"理论更接近后期的从事低级文化（Low Culture）研究的文化理论。

同样的道理，在另一篇影响甚大的文章当中，有论者提出："后理论的特征之一就是告别'大理论'，不再雄心勃勃地创造某种解释一切的大叙事，转而进入各种可能的'小理论'探索"；"'大理论'的知识构成往往具有一种'学科帝国主义'的局限性，这种'学科帝国主义'缺乏自身的反思批判性。"② 此处，论者期待的"小理论"更接近于伊格尔顿批判的后现代主义"文化理论"，和他期待的理论未来之路相去甚远。虽然我们知道，文化理论脱胎于大叙事的、总体性的"大理论"，但是，正因为文化理论在后现代主义语境中堕落成为关注细枝末节，关注吸血鬼、挖眼怪、避孕套之类的小叙事，伊格尔顿才猛烈地批判它——如此，"理论之后"的理论怎么可能依然是各种"小理论"呢？更何况，《理论之后》全书的后半部分，整个四章讲的几乎都是形而上问题，诸如真理、德性、客观性、道德、基础、死亡、邪恶等，这些"大叙事"、大问题怎么能划到"小理论"的范畴中去呢？因此，这些所谓的"后理论"仍然不是我们期待的，

---

① ［英］伊格尔顿：《二十世纪西方文学理论》（第2版），伍晓明译，北京大学出版社2007年版，第227页。

② 周宪：《文学理论、理论与后理论》，《文学评论》2008年第5期。与此观点类似的说法还有："大理论的消退与小写的众多的理论形态的孵化与生成是一个重要的转向……单数的大写的理论迅速地发展成了小写的众多的理论……伊格尔顿的后理论其实是更多的理论。"见李西建《理论之后：文学理论的知识图景与知识生产》，《陕西师范大学学报》（哲学社会科学版）2012年第2期。

更不是伊格尔顿期待的超越当下理论现状的"未来走向"。

第三，前述二文中的"理论"和"大理论"并不等同于伊格尔顿所说的"理论"，这两篇文章其实都有相同的理论渊源，即二位论者都把拉曼·塞尔登的"理论"和乔纳森·卡勒的"理论"误当作伊格尔顿的"理论"。拉曼·塞尔登在其《当代文学理论导读》最后一章《结论：后理论》①当中，曾将伊格尔顿的《理论之后》放到"理论终结"的大语境里，将伊格尔顿对文化理论的批判和文学理论的终结混为一谈，并认为理论自说自话的现状将得到改变，理论必将重新回归文学本身，可实际上，《理论之后》的最终落脚点并不在文学上，这一"奇异"现象已被广大读者所发现（下文将详细论述之）。塞尔登的"理论"是那种远离了文学的理论，而这话题属于"理论终结"或者"抵制理论"的范畴，和伊格尔顿的旨趣相去甚远。

而乔纳森·卡勒则认为"理论是跨学科的；是分析式的、纯思辨的；是对常识的批判；是反思性的，是对思想的思想，是对一些范畴的探索，在文学和其他话语实践当中，这些范畴是用来理解事物的"②，在卡勒那儿，理论基于结构主义，跨学科的、反思性的理论往往会把注意力转移到文学以外，文学因而对理论颇有微词。如今我们知道，伊格尔顿在《理论之后》一书中虽然批判了文化理论的剑走偏锋，可他更期待理论能够有所作为，应当"终结"的是文化理论的不务正业，而不是理论自身的反思，伊格尔顿批判的"理论"和广泛应用于文学领域的"理论"并不等同。

其实，"理论之后"（After Theory）中的"理论"同时有两重内涵，一是细枝末节、雕虫小技般的"文化理论"，二是勇于批判、不断反思的"理论"，前一个词反映了后现代主义语境下的理论现状，后一个则是强调回归到理论的反思本质。尽管塞尔登和卡勒的两本著作都把"理论"看作一种逐渐脱离文学的、以反思常识为己任的、

---

① ［英］拉曼·塞尔登等：《当代文学理论导读》，刘象愚译，北京大学出版社2006年版，第326页。

② Jonathan Culler, *Literary Theory: A Very Short Introduction*, Oxford: Oxford University Press, 1997, pp. 14–15.

结构主义式的抽象思辨，但他俩的观点和伊格尔顿在《理论之后》提出问题的论域只有一丝关联，那便是，文化理论本身也在远离文学而扬长而去。塞尔登和卡勒的"理论"放到"抵制理论"或者"理论终结"的语境当中更合适。

如今，认真读过《理论之后》后四章我们发现，伊格尔顿所讲的理论之后（after theory）和抵制理论（against theory）、理论终结（end of theory）[①]根本就不是一回事，起码这三者不应置于同一语境当中。有学者明确指出："'后理论'[②]不是'理论的终结'，不是'抵制理论'，也不意味着'后理论时代'的来临，这些有意无意的误读，都是从自己的理论范式和兴趣期待出发提出的一些理论转折主张。'后理论'在作者看来，意味着对理论的反思。"[③] 这个理解应该是符合作者原意的，"理论之后"首先遗传了理论的反思基因，理论便是对自身的反思，批判文化理论或者走向形而上学，都属于对理论本身的反思。

伊格尔顿没有把理论之后（after theory）等同于后理论（post-

[①] 关于理论和反理论、后理论之间的关系，可参见陆涛、陶水平《理论·反理论·后理论——关于理论的一种批判性考察》，《长江学术》2010年第3期。在该文中，作者清晰地指出，理论之后的理论有二种走向，一种是走向小理论，即关注现实的理论，以巴特勒为代表；另一种就是伊格尔顿期待的、新的、关注形而上学等重大问题的文化理论。而反理论主要以美国学者 Steven Knapp 以及斯坦利·费什等人为代表，他们认为理论所试图实现的普遍性是不可能的，"反理论"和"理论终结"都是美国新实用主义的口号，对这个话题的探讨可参见汤拥华《文学理论如何实用？——以美国新实用主义者对"理论"的批判为中心》，《文学评论》2012年第6期，以及 Steven Knapp and Walter Benn Michaels, "Against Theory", Critical Inquiry, Vol. 8, No. 4. (Summer, 1982), pp. 723-742。

[②] 此处的"后理论"即伊格尔顿的 after theory，而不是 post-theory。根据不少学者的一致看法，伊格尔顿深受当代伦理学家麦金太尔影响，而麦金太尔那本影响巨大的著作《德性之后》(After Virtue) 在1995年由中国人民大学龚群教授译出中文版，译者在2010年《伦理学简史》（商务印书馆）的《译者前言》中提到，之所以把 After Virtue 译为德行之后，是由于原作者麦金太尔认为 After 有两层含义，一是"之后"，二是"追随"。因此，现在看来，伊格尔顿的"理论之后"其实也有"追随"之义。这样，在英文中的 post-theory 和 after theory 虽然都可译为"后理论"，但含义与适用范围有所区别，post 并无追随之意。另外，post theory 在国内最初译为"后理论"出现在《后理论：重建电影研究》（大卫·鲍德韦尔等编，中国社会科学出版社2000年版）一书中，原著为 David Bordwell and Noel Carroll: Post-Theory: Reconstructing Film Studies. University of Wisconsin Press, 1996。

[③] 邢建昌、苗吉友：《"后理论"是什么？》，中国中外文艺理论研究（2011）国际会议论文集。

theory）①。虽然"后理论"同样关注文化理论，尤其是后现代文化研究对于文学研究本身的侵蚀，但它的着眼点主要在于理论对文学作品和文学经典的故意忽视之上，后理论期待经典价值的回归，期待伟大作品对于精神世界的提升。所以在这个问题上，伊格尔顿的《理论之后》和"后理论"对于文化研究的批判立场是一致的。区别在于，二者对于未来的解决方案有所差别。伊格尔顿在《理论之后》当中期待的是反思性的理论能在宏大问题上挺身而出，勇于担当。早在2004年已有学者正确指出："尽管伊格尔顿在《理论之后》中宣布文化理论的黄金时代早已经成为过去，但这并不意味着文化理论的影响会即刻销声匿迹，更不意味着理论的死亡，西方个别媒体借评论该书之际宣称理论的终结或死亡完全是对伊氏著作的误读。"②可惜这篇文章未得到应有的重视，国内期刊被引率并不高，国外对伊格尔顿的曲解在中国同样存在。

第二节 批判"理论"的原因：遗忘政治

伊格尔顿为何要批判后现代的"文化理论"呢？

我们知道，"理论"产生于政治运动之后，伊格尔顿在接受访谈时谈道："理论是20世纪60年代那些政治事件的继续，是在这些运动结束之后，让那些观点保持热度的一种方式"③。可惜的是，"理论"在后来蜕变了，"种种批判性和创新性的'理论'已经在体制化和消费化的过程中失去了它的魅力"④，理论不再具有批判性，而是局限于一些无关紧要甚至缺少意义的细节当中，伊格尔顿将之称为对

---

① 关于"后理论"请参见［美］大卫·L. 杰弗里《后理论语境中的文学研究》，《国外文学》2007年第4期。当然，也可以说："后理论的文学范式把研究重心又重新转向文学本体"，参见徐志强《理论之后的文学存在方式——以大卫·辛普森和乔纳森·卡勒的后理论为例》，《学习与探索》2013年第4期。
② 王晓群：《理论的现状与未来》，《外国文学》2004年第6期。
③ 王杰、徐方赋：《我不是后马克思主义者，我是马克思主义者——特里·伊格尔顿访录录》，《文艺研究》2008年第12期。
④ 段吉方：《面向现实的文学理论：意义及其限度——"泛理论"与"反理论"时代文艺学的历史反思与批判》，《文艺争鸣》2011年第5期。

第一章 《理论之后》的后四章解读：亚里士多德的浮现

法国式接吻的迷恋，对手淫的政治的着迷，或者研究施虐受虐狂、色情片；① 更重要的是，理论曾经以标榜自身的政治性获得了人们的支持，但在实践过程中它却偷梁换柱，把宏大的、严肃的涉及人类终极关怀的政治问题换成了人类琐碎的生活形式。打着尊重差异性、个别性的旗号，打扮成政治正确的样子，可实际上这种拐弯抹角的敲边鼓政治策略不但于事无补，反而让人迷失在细枝末节的生活下脚料当中，出发点是政治行动，结局却是自欺欺人，因此伊格尔顿试图证明走向终结的正是这一类"后现代主义理论"②。盛宁先生早在2005年即表示："伊格尔顿对欧美文论界的现状是不满的。'文化研究'一向标榜自己政治性很强，然而，在伊格尔顿看来，它恰恰忘记了更重要的政治。用他在此书另一处的话说，就是'想得小'，不仅眼界小，器局小，而且'玩'字当头。"③ 大卫·杰弗里干脆说："伊格尔顿越是感到职业性文学研究逃离了公众和政治目的，走向彻底无序的孤芳自赏，他的怒气就越高。"④ 所以，有学者总结道，后现代主义对日常生活琐碎细节的热衷反而把理论最初的政治诉求给丢弃了："伊格尔顿宣示理论已经走向了终结，其实是在控诉理论的衰败，控诉后现代主义对理论的漠视。"⑤ 伊格尔顿控诉的原因就在于理论在当代的走向已经违背了它的初衷，而这个初衷正是"政治"。

伊格尔顿为什么仍要强调"政治"？除了他一贯的左派立场之外，《理论之后》为什么要控诉"文化理论"对政治的躲躲闪闪甚至视而不见呢？在伊格尔顿看来："由于世界形势的变化，人类面临前所未遇的挑战，学者应放弃狭小的问题，去深入思考重大问题。"⑥ 后现代主义的文化理论太生活化了，太世俗化了，太关注此岸世界了，反

---

① ［英］伊格尔顿：《理论之后》，商正译，商务印书馆2009年版，第4页。
② 柴焰、金鑫：《后现代文化理论的省思与理论的重建》，《中国海洋大学学报》（社会科学版）2010年第1期。
③ 盛宁：《是起点还是终点：〈理论之后〉的启示》，《社会科学报》2005年12月1日第5版。
④ ［美］大卫·L.杰弗里：《后理论语境中的文学研究》，《国外文学》2007年第4期。
⑤ 王涌：《论伊格尔顿的几个理论贡献》，《国外文学》2013年第1期。
⑥ 王晓群：《理论的现状与未来》，《外国文学》2004年第6期。

而忘记人生的意义，忽视了差异性存在的根本原因。所以有学者提出："文化理论不是马克思主义，它无法从总体上把握资本主义，所以它只有转向边缘与缝隙，试图在这些地方发现资本主义的神经痛点和通往乌托邦的道路。这本是理论游击战的权宜之计，却被文化理论当作了常规武器。最终排斥总体性的文化理论不但不能改造世界，甚至已经不能有效地解释世界了。"[1] 这种看法无疑是正确的，伊格尔顿的最终目的并不是解释世界，而是改造世界，他追求某种形而上的总体性。

作为一名左派学者，伊格尔顿始终对理论的政治功能抱有期待，这是学者们普遍承认的。伊格尔顿认为，20世纪理论热本身有着明确的政治取向，理论是理论家们从街头退守到书斋中的实践工作——即阿尔都塞所说的"理论实践"——"理论的崛起是伴随着政治左派的衰落同步进行的，社会的政治实践转变为书本与课堂的理论论争。"[2] 他在《理论之后》非常期待理论能够发挥作用，而由于对"理论"盛行的那个时代充满怀念之情，他说："我们目前谈论理论，实际上是在谈论历史现象；之所以如此，部分原因是理论的兴起同西方左派的上升紧密相关。"[3] 这便再次证明了这位马克思主义者的品格：理论诉求是实践性的，面向现实、面向人生。

问题的关键之处在于，伊格尔顿在新世纪采用了另外一种策略来讨论"实践性"和"政治性"。

第三节 伊格尔顿的"形而上"新视角：伦理与政治

为什么伊格尔顿"在驳斥了有关理论远离文学、损害文学的谬论

---

[1] 李长生：《文化理论的限度与"理论之后"的超克》，《文艺理论研究》2011年第6期。
[2] 周宪：《文学理论、理论与后理论》，《文学评论》2008年第5期。
[3] 王杰、徐方赋：《我不是后马克思主义者，我是马克思主义者特里·伊格尔顿访谈录》，《文艺研究》2008年第12期。

之后，便把注意力完全放到了文学之外，直接谈真理、道德等问题去了"①？难道伊格尔顿真的"没有为当代文化理论的发展指出确切的应对方案"②吗？为何产生如此疑问？只有完整阅读了《理论之后》的后四章，才能准确把握伊格尔顿的学术思路，可为什么《理论之后》的后四章在学界没有得到应有的关注和深入的探讨？为什么伊格尔顿要走这条看似"过时"的"形而上学"之路？

这必须从伊格尔顿本人的学术背景和理论资源上说起。

众所周知，伊格尔顿曾明确坦白说："我一直对研究神学（形而上学）和政治之间的关系感兴趣。我的著作曾一度离开这个主题，但近年以来，我又回到这个主题。……可以说，研究上升到了更为哲学的层次。"③有学者发现"早在1965年，伊格尔顿出版的第一部著作《新左派教会》就表明他的学术生涯从一开始就是关注基督教神学的"；"从基督教神学，到马克思主义、后现代主义，再到伦理学和神学，伊格尔顿在《理论之后》又理论转向了"。④可是，在中国语境中，一位当代赫赫有名的马克思主义者怎么会同时对神学、形而上学产生兴趣并以此作为终身"事业"呢？

对于这个问题，曾有学者作过阐释："伊格尔顿长期以来关注的是神学的解放潜力，他发现宗教神学在这方面与马克思主义有异曲同工之处。"⑤"伊格尔顿是在一种形而上的意义上拓展了马克思主义的'政治'概念，这种伦理学意义上的追求美好、自由生活的政治与宗教、道德、伦理、美学在人文关怀的终极处可以融通。"⑥应该说，这些理解都是符合伊格尔顿原意的。

---

① 汤拥华：《理论如何反思？——由伊格尔顿〈理论之后〉引出的思考》，《文艺理论研究》2009年第6期。

② 段吉方：《理论之后的批评旅途——伊格尔顿"理论之后"观念的文化解析与批判》，《文艺理论与批评》2010年第4期。

③ 王杰、徐方赋：《"我的平台是整个世界"——特里·伊格尔顿访谈录》，《文艺理论与批评》2008年第5期。

④ 曾艳兵：《理论之后与理论转向》，《中国图书评论》2011年第2期。

⑤ 贾洁：《批评家的任务——论特里·伊格尔顿》，《文艺理论与批评》2012年第2期。

⑥ 范永康：《超越后现代文化政治——伊格尔顿"政治批评"的后期走向及其启示》，《东方丛刊》2010年第2期。

回归古典

那么，伊格尔顿如何实现其形而上学与伦理学的终极关怀？

首先，在 21 世纪初，人们已经发现了伊格尔顿与亚里士多德及其伦理学的关联，有学者指出，"伊格尔顿同亚里士多德的伦理学、启蒙思想、解构主义、犹太教的救赎力量模式、乌托邦思想的传统、批评理论、文学艺术、人文主义等等都有着复杂的联系"[1]；"伊格尔顿十分赞同亚里士多德的幸福观"，从亚里士多德的观点出发，伊格尔顿"认为人类之所以成为万物之灵，是因为有着追求有德性的生活这样一种特别的生活方式"[2]；"伊格尔顿从亚里士多德政治学和伦理学的观念出发，认为道德与政治之间存在着千丝万缕的联系，两者并不是格格不入的"[3]；"伊格尔顿试图把亚里士多德经典的伦理生活概念同马克思社会理论联结起来"[4]。这些观点在确立伊格尔顿的理论地基方面很有启发，但若想深入理解了这个问题，真正地弄清楚伊格尔顿如何上溯至亚里士多德，我们就需要把人们观念中几乎已经固化的、把伊格尔顿视为"意识形态批评""政治批评"[5] 代言人的刻板印象扭转过来，从而顺利地过渡到新世纪。

---

[1] 朱彦振：《晚期马克思主义之意识形态理论评析》，《哲学研究》2011 年第 7 期。
[2] 柴焰：《抵抗后现代主义与保卫马克思——伊格尔顿的资本主义文化批判》，《山东社会科学》2012 年第 10 期。
[3] 胡小燕：《论伊格尔顿理论的重建策略》，《江西社会科学》2012 年第 2 期。
[4] 王金林：《美国马克思主义研究的新视点》，《学术月刊》2009 年第 11 期。
[5] 近十余年来的博士学位论文当中，大多数论者仍从意识形态与政治、审美的关系来探讨伊格尔顿的学术观念，比如温恕（《文学生产论：从布莱希特到伊格尔顿》，四川大学，文艺学，2003 年）在文化唯物主义的基础上探讨了伊格尔顿的文学生产论；段吉方（《意识形态与政治批评——伊格尔顿文学思想研究》，浙江大学，2004）认为伊格尔顿用"意识形态"为一般生产方式和文学生产方式建立了连接，伊格尔顿的意识形态批评是一种政治批评；方珏（《伊格尔顿意识形态理论探要》，复旦大学，2006）则考察了伊格尔顿的文学意识形态理论；肖寒（《革命的政治批评——论伊格尔顿的审美意识形态理论》，首都师范大学，文艺学，2008）认为伊格尔顿的审美意识形态理论具有一种"革命的政治批评"特征；李映冰（《审美意识形态的模式研究》，苏州大学，2013）也认为伊格尔顿把审美当作一种特殊的意识形态，它发挥着政治批判功能；蒋继华（《论生产性批评——以"西马"、"新马"四批评家为例》，扬州大学，2014）认为，伊格尔顿在文学生产和意识形态之间建立起一种辩证关系，把文学形式与意识形态内容联系了起来；薛稷（《伊格尔顿文化批判思想研究》，山西大学，2013）则认为伊格尔顿的文本批判理论是意识形态理论在文学艺术领域的具体运用。在笔者看来，此类研究自然具有非常重要的理论价值和现实意义，不过，这种研究路径对伊格尔顿建构理论体系方面的重视程度不够，尤其未能深入阐释伊格尔顿 21 世纪以来的观点。

第一章 《理论之后》的后四章解读：亚里士多德的浮现

伊格尔顿曾提醒我们说：

> 我们有一套非常古老的颇受敬重的话语，那就是伦理学。这个领域被政治左翼们大大忽视了。他们犯了个致命错误，认为伦理学主要是关于人际关系的学说，与政治无关。美国的基督教右翼也这么认为：伦理学关注卧室，而非议院，关注胎儿问题，而非费卢杰战斗，关注私情，而非军备。我认为，在主流的伦理学传统中，从亚里士多德到阿奎那和马克思，伦理学总是意味着政治伦理学。[①]

伊格尔顿对伦理学的态度是古希腊式的，他对康德义务论有明确的批判态度（本书第三章将深入探讨这个话题），因为在亚里士多德那里，伦理学和政治学密不可分，追求最高的善的科学是政治学，伦理学致力于使公民成为有德性的人、能做出高尚行为的人，伦理学是政治学的一个部分，服务于政治学，为政治学提供出发点，培养人们良好的道德品性是伦理学的任务。因此，伊格尔顿利用亚里士多德的《尼各马可伦理学》，试图实现从"政治"到"伦理"这两个关键词之间，也是自己理论"地基"之间的顺利过渡[②]。这是理解《理论之后》后四章的关键。

[①] [英]伊格尔顿：《赛义德、文化政治与批评理论——伊格尔顿访谈》，吴格非译，《国外理论动态》2007年第8期。

[②] 在近年来已经公开的博士学位论文当中，有两位学者讨论伊格尔顿伦理学的论点值得重视。在《超越文化政治：走向宗教伦理的批评——特里·伊格尔顿的批评理论研究》中，赵光慧（南京师范大学，2007）提出：伊格尔顿的批评背后的真实话语是一种对全人类的爱。这种爱可以从促成他者的自我实现中完成自我实现，并最终促使整个社会走向理想状态。在《文学·文化·意识形态——特里·伊格尔顿文学意识形态观研究》中，陈春敏（北京大学，2012）提出，伊格尔顿对文化做了伦理学维度的阐发，文化的伦理学意义与文学审美具有较为一致的追求，即人按自己的本性自由发展。可以说，这两位学者已经敏锐地感受到了伊格尔顿文学（文化）研究的伦理学向度。伊格尔顿并非神学家，他探讨的神学问题可以视为某种伦理学问题，关系到人的自由与必然、选择与命运、利己与利他、人与环境、信仰与科学之间的关系，等等，本书结尾部分将对此进行讨论。而根据亚里士多德的伦理学，人的本性就是完善自我，这种完善就是人之本质的实现，亚里士多德的德性伦理学在自我实现的意义上与现代意义上的美学及与马克思主义有许多共通之处，本书将继续深入这个话题。

回归古典

有学者指出，《理论之后》"后四章对真理、道德、客观性、非存在、邪恶、革命、基础等问题的解读，是伊格尔顿寻找理论重建的关键之处，这往往被研究者所忽略，……他强调的是道德、个人德性、客观性的政治维度。……从亚里士多德出发，他认为道德与政治之间联系密切"。[1] 有学者认为："在《理论之后》的后半部分，他俨然成为一个全职的伦理学家，讨论了真理、德行与客观性、道德、革命、基础与基要主义、死亡、邪恶与非存有等主题，其宗旨是要建立一种沟通事实与价值的真理观，一种沟通观念与身体、自我与他人的道德观以及一种同时超越本质主义、教条主义与虚无主义、相对主义的实践论。""伊格尔顿明显是在响应美国伦理学家麦金太尔的呼吁，后者提出回到亚里士多德，即恢复道德生活与政治生活的统一，通过某种新形式的共同体的建设维持道德，同时将'规则'放入以德性为中心的更大的体系中。"[2] 还有学者指出："伊格尔顿运用自己天主教背景以及马克思本人与亚里士多德学派的联系，认为研究宗教和伦理学是开展理论重建的一种可能途径。……伦理学与政治的密切关系，为了追求道德的完善，我们需要的是实际行动。"[3]

以上这些观点基本准确地把握了伊格尔顿在《理论之后》后四章的学术轨迹，伊格尔顿正是要通过道德生活和政治生活的统一、伦理和政治的统一，甚至美学与伦理学的统一来拓展自己的学术视野，只是上述研究的不足之处在于：第一，忽视了伊格尔顿对"基础主义"和"本质主义"的一再强调；第二，虽然这些研究发现了伊格尔顿在本著中的古典伦理学倾向，但未能将这些隐约暴露出的"苗头"和伊格尔顿近年著作（尤其是《陌生人困境》《文学事件》）中的观点联系起来。

在《文学理论导论》（1983）发表的年代，伊格尔顿以一名反本质主义者的面貌出现，那时他认为："文学并没有什么'本质'"，试

---

[1] 胡小燕：《论伊格尔顿理论的重建策略》，《江西社会科学》2012年第2期。
[2] 汤拥华：《理论如何反思？——由伊格尔顿〈理论之后〉引出的思考》，《文艺理论研究》2009年第6期。
[3] 柴焰、金鑫：《后现代文化理论的省思与理论的重建》，《中国海洋大学学报》（社会科学版）2010年第1期。

图从文学当中"分离出一些永恒的内在特征"就像试图"确定一切游戏所共有的唯一区别性特征一样不可能"①。但是,从《理论之后》开始,伊格尔顿发生了理论"转向",他俨然以一副本质主义者的面孔出现在读者面前,原因在于,此时亚里士多德成了他的理论基石,在亚里士多德看来,有一些事物本身就具有价值,这类事物不是因为其他事物的存在而存在,这一类被称为"实体"的事物就是"基础"和"本质"。将某一类事物的共性提炼成"本质特征",进而用所谓的本质来代替具体事物,似乎不具备这种特征的事物便是不合法的,甚至不存在的,这种观点非常类似于柏拉图的型相论(理念论)。它把认识论上的"本质"当成了事物存在的前提,这种观点显然是唯心主义的(本书第四章将讨论此话题)。在《理论之后》一书中,他说:"本性这个概念,就像是条底线:你不能问长颈鹿为什么如此这般行事。答曰'这是本性'就足矣。你无法问出更深的答案。同样,你不能问为什么人们要想感到幸福感或有成就感。……幸福不是达到目的的手段。"②借助于亚里士多德的本质主义观念,伊格尔顿认为,本质就是本性。对文学而言,其本质不在文学之外,文学自身就是目的,这种文学本质论更接近于亚里士多德的目的论。在《理论之后》中被大加挞伐的"文化理论"正是由于其反本质主义、反基础主义的哲学取向才令伊格尔顿大为光火,在2012年出版的《文学事件》,伊格尔顿改口提出文学其实是有本质的,还列举了五个文学的本质性特征。所以,只有从亚里士多德的本质观出发,从亚里士多德对于最高善的论述出发,从伊格尔顿近几年著作中的理论回应出发,才能更好地理解《理论之后》后四章的内容。

第四节　亚里士多德伦理学的浮现:从《理论之后》到《文学事件》

在《理论之后》一书中,伊格尔顿比较明确地表达了自己古典

---

① [英]伊格尔顿:《二十世纪西方文学理论》,伍晓明译,北京大学出版社2007年版,第8页。
② [英]伊格尔顿:《理论之后》,商正译,商务印书馆2009年版,第112页。

主义的德性伦理学（Virtue Ethics）①取向，比如他认为："资本主义社会的每件事情必定会有意义和目的。干得好，你就想要奖赏。对比之下，对亚里士多德来说，干得好本身就是奖赏。……干得漂亮就是享受来自满足自己本性的那种深深的幸福。"②在古希腊，幸福是一种善，是目的与手段的合二为一，但在资本主义社会，幸福只是目的，需要其他手段来实现，伊格尔顿显然痛恨这种异化的局面，他需要继续寻找一个更为坚实的理论基石。有学者提醒道："在谈及德行和伦理时，伊格尔顿在亚里士多德的幸福、犹太—基督教的爱和马克思的社会主义之间找到了一种关联。"③亚里士多德就是伊格尔顿的巨人肩膀，可伊格尔顿为什么要特别提到亚里士多德的伦理学呢？

对亚里士多德而言，善的事物有两种，一种是因其自身而被我们所追求的事物，另一种则是因其他事物而被我们追求的，前一种是作为目的的善，后一种是作为手段的善，对亚里士多德来说，作为目的的善是最高的善。比如说，幸福本身不是手段，不能问一个人为什么去追求幸福，幸福本身就是最高目的。亚里士多德说："那些因自身而值得欲求的东西比那些因它物而值得欲求的东西更完善。"他将"那些始终因其自身而从不因它物而值得欲求的东西称为最完善的"。④ 对亚里士多德而言，最高的善是人的好生活，或者人的幸福，这些应该由政治学来把握，政治学研究哪些是人的幸福，以及哪种生活方式能带来幸福，而这些必然要涉及对人的道德和习惯的研究，后者正是伦理学要从事的工作，因此伊格尔顿认为：

---

① 亚里士多德的伦理学被称为"德性伦理学"（virtue ethics），强调人的品质和德性以及怎样成为有德性的人，和强调责任和义务的义务论伦理学（deontology）以及强调行为结果的功利论伦理学（utilitarianism）相对，义务论强调人的行为是否符合道德规则，功利论强调行为结果能否导致福利最大化。可参考斯坦福哲学百科 http://plato.stanford.edu/entries/ethics-virtue/。

② [英]伊格尔顿：《理论之后》，商正译，商务印书馆2009年版，第113页。

③ 耿幼壮：《编者絮语：西方马克思主义与神学》，《基督教文化学刊》2010年第2期。

④ [古希腊]亚里士多德：《尼各马可伦理学》，廖申白译，商务印书馆2003年版，第18页。

第一章 《理论之后》的后四章解读：亚里士多德的浮现

> 在亚里士多德看来，伦理学是和人类欲望有关的学科，因为欲望是推动我们所有行动的动机。伦理教育的任务就是重新教育我们的欲望，使我们能在行善中收获愉悦，而在作恶时感受痛苦。……因为我们所有的欲望都具有社会性，所以必须放在一个更宽阔的背景之下，这个背景就是政治。……积极投身政治有助于我们为德性创造社会条件，积极投向政治本质上也是德性的一种形式。它既是手段，也是目的。①

伊格尔顿认为，投身政治和培养德性都是"善"，而且这种善既是值得追求的目的，也可在追求过程中实现之，这便是他和亚里士多德的契合之处。作为一名马克思主义者，伊格尔顿自始至终都在强调政治，而在亚里士多德那里，他把自己的政治立场和实践取向以及理论反思统一了起来。他在《理论之后》一书中继续为自己找到一个全新的理论基石辩解道：

> 能否过上道德的生活，也就是说人类独有的一种臻于完善的生活，最终取决于政治。这也是亚里士多德在伦理学和政治学之间不做严格区别的原因之一。他的《尼各马可伦理学》开篇就告诉我们，有"一门研究人类至善的学问"，然后出人意料地补充说这门学问就是政治学。伦理学在他看来，是政治学的分支。②

至此，我们终于可以清晰地看到，一贯强调"政治"立场的伊格尔顿早在2003年出版《理论之后》一书时，就已经出现了某种可以称之为"古典伦理学转向"的苗头。

那么，亚里士多德的伦理学和伊格尔顿谈论的文学之间有什么联系呢？

---

① ［英］伊格尔顿：《理论之后》，商正译，商务印书馆2009年版，第125页。
② 同上书，第124页。当然，现代意义上伦理主要指向软性的约束力，而政治具有硬性的强制力。另外，亚里士多德对伦理和政治的适用范围也是有区分的，有学者认为：伦理与政治分别适用于个人与城邦、贤人与大众。但这是有关伦理学研究的话题，不在本文论述范围之内。详见李涛《亚里士多德的伦理性政治学》，《哲学动态》2012年第11期。

回归古典

根据亚里士多德对政治学和伦理学的理解，政治学的目的不是知识而是行为，最高的善在于实现行动，伦理学研究"不是为了了解德性，而是为了使自己有德性"①，而"德性成于活动"②，有德性很重要，但去行动更重要，这是亚里士多德"实践"概念带给伊格尔顿的最大启发。因为政治学和伦理学研究的对象就是那种内置了善的具体行动，行动不是行善的手段，善行善举便是"善"，它不是知，而是行。

伊格尔顿顺着这个思路认为，文学无须外在事物作为自身的依据，文学不是什么外在事物的手段，文学自己就是目的，文学就是那种因其自身而被追求的事物，这些看法在2012年由耶鲁大学出版的《文学事件》一书中得到了验证，他提出：

> 文学作品代表着一种实践的或者行动中的知识，而这种知识和古代对于道德的理解是类似的。文学作品是道德知识的形式，但这是在其实践而不是理论意义上的判断。……像美德一样，文学作品有它们自身的目的，在此意义上，只有通过并且只有在它们所意指（signify）的言语行为过程当中，文学才能实现自身的目的。③

在伊格尔顿眼里，文学不是用来反映或者再现现实的工具，文学自己就是目的，就像亚里士多德所向往的最高的善或幸福一样，一方面文学以自身为目的；另一方面文学作为一种话语实践，其最大的价值并不在于它具有的工具性价值，比如反映或反思生活的价值等等，文学最大的价值在于它作为一种实践，作为一种言语行为，本身的生成就体现了自己的价值，这种价值体现在"做"而不是"知"当中，只有去"做"才能达到"善"或者"幸福"。

---

① ［古希腊］亚里士多德：《尼各马可伦理学》，廖申白译，商务印书馆2003年版，第37页。
② 同上书，第41页。
③ Terry Eagleton, *The Event of Literature*, New Haven and London: Yale University Press, 2012, p. 64.

第一章 《理论之后》的后四章解读：亚里士多德的浮现

文学这种"言语行为"所具有的实践价值又体现在哪里呢？

首先，伊格尔顿在《文学事件》中反问："不去谈论人类生活中的价值和意义问题，文学还会存在吗？"[1] 他举例说："许多现实主义作品传递了某种特殊生活形式的厚度（thickness），这是一种和社会学、人类学思潮共通的美德。"[2] 他的意思是，文学不仅仅是思维的产物，更具有重塑现实的作用，文学作为一种描述甚至重构世界的语言，本身就是一种实践："文学的意义，就像艺术作品或者道德价值那样，不仅仅是主观心理状态的表达，它们都是真实世界的组成部分。"[3] 真实世界和文学之间不仅是一种基于认识的反映关系，更是一种基于行动的实践关系。所以伊格尔顿进一步指出："文学并不把生动的经验简单地转译为法则和规范，相反，文学通过某种理论和实践的一体化，为我们提供了一种道德认识的方法。"[4] 从这个意义上看，审美、认识、道德是合一的，文学具有本体论价值，它通过重建世界改变了我们既定的认识自身和世界的视角，所以，它又在伦理学的维度参与了对人类主客观世界的建构，具有伦理学价值。

其次，文学的伦理学价值还体现在它对既定规则的突破甚至反抗之上，这和伊格尔顿一直以来的政治解放思想一脉相承。在《文学事件》一书中，他说："文学作品通过揭露我们生活于其中的法则、规范、传统、意识形态和文化形式的专制性本质来完成自己的道德工作。"[5] 换句话说文学从事的道德工作及其具备的伦理学价值恰恰在于其对专制性力量的反抗之上。我们都知道，文学是一个很难下定义的艺术形式，这个特征很大程度上源于，不同时代有不同时代的认定标准与规范，比如，曾经不登大雅之堂的《西厢记》、艾略特之前的玄言诗、金庸小说等，都是在特定的情况下才被"招安"进文学甚至经典序列的。所以说，文学既是一种体制，更孕育着一种反体制的

---

[1] Terry Eagleton, *The Event of Literature*, New Haven and London: Yale University Press, 2012, p. 70.
[2] Ibid., p. 159.
[3] Ibid., p. 63.
[4] Ibid., p. 64.
[5] Ibid., p. 103.

力量，文学当中反专制化的力量既体现在作家和作品对于前辈的超越之上，也体现在理论家和批评家对于文学概念本身的反思之上。这正是伊格尔顿在21世纪对于文学及其伦理学价值的前沿看法，类似话题尚未得到广泛持续的关注。

有学者提出，"理论之后"的理论有三种走向[①]：其一是"反对理论"，这类观点以Steven Snapp等新实用主义者为代表，他们认为理论应当被抛弃；其二是"发展理论"，分别以伊格尔顿和茱迪斯·巴特勒为代表，前者希望回到宏大叙事当中去，后者则认为必须研究具体的小问题，这两种态度是对立的；其三则是"走向文学"，理查德·罗蒂和乔纳森·卡勒是其代表，他们认为理论"之后"是理论与文学不分彼此的新型写作。

伊格尔顿在《理论之后》中探讨理论的未来，其主要目的不是"反理论"，也不是要反对那些关注世俗生活鸡零狗碎的"小理论"，更不是走向泛文学性的"理论"，他号召的是回归形而上学、回归人本身，回归每个人都必须面对的本质问题，比如真与善、生与死、人与自然、自由与必然、道德与审美、艺术与科学、事实与价值、肉身（欲望）与法则（伦理）之间的复杂关系，而这就必须采用一种更加宏大的形而上学视角，这就需要我们回到亚里士多德这个"形而上学"宏大体系的源头上来，全面审视其诗学、伦理学、政治学、修辞学乃至形而上学（神学）对于伊格尔顿的影响。

---

① 徐亮：《理论之后与中国诗学的前景》，《文艺研究》2013年第5期。

第二章 伊格尔顿论"摹仿"与"虚构"

在文论研究中,摹仿和虚构这两个关键词向来备受研究者们青睐,特里·伊格尔顿也不例外。此前曾有人探讨了他在《文学事件》一书中对于"虚构"与现实之关系的看法,并初步谈及伊格尔顿所理解的奥斯汀(J. L. Austin)言语行为理论[①]。而在2012年由耶鲁大学出版社出版的《文学事件》第四章《虚构的本质》中,特里·伊格尔顿举例说:

> 婴儿在他们咿呀学语的时候,通过重复排演整个范围内的人类声音来学习说话。诗人们无非也是那些在情感上具有吸引力的生物,他们持续不断地把自己的力比多通过文字而不是客体对象释放出来,……"反常态"(婴儿语)反而成了"正常态"(成人语)的前提条件,这类似于说"游戏"是"非游戏"的前提、非实用性是实用性的前提。儿童的谎言、幻想、说话、摹仿(mimesis)以及假扮(make–believe)并非认知偏差,它们恰恰就是成人知识与行为的发源地。[②]

咿呀学语的孩童通过想象并摹仿成人的行为与言语实现了成长,摹仿虽为假扮,可它影响了现实,可以"弄假成真";进而,剧本虽为虚构,演戏虽为模拟,我们却要用"逼真"来评价它。所以,"没

[①] 李晋:《"结构化"文学阅读策略——评伊格尔顿的〈文学事件〉》,《外国文学》2013年第2期。

[②] Terry Eagleton, *The Event of Literature*, New Haven and London: Yale University Press, 2012, pp. 29–30.

有摹仿（mimesis）就没有人类现实，……就摹仿（mimesis）来说，在某个特定的社交生活仪式当中出生，摹仿（miming）其特殊的做派，直至它们成为自然而然的东西，经过这个过程，儿童将学会如何思考、感受并行动。"① 也就是说，儿童的摹仿打破了事实和幻想之间的界限，假装、幻想、虚构、模拟……这些词本身就蕴含着某种行动的潜能，一旦付诸行动，便会产生实际效果。

伊格尔顿指出，在文学里，"某个文本可能在同一时刻既是事实，又是虚构"。② 为了引人入胜，作者要重组真实事件，这样事实就被虚构化了；为了某种实用目的，研究者会从《麦克白》当中寻找史料，这样虚构反而变成事实；作品的真实感源自它符合主体经验或者认知水平；但即便是《史记》，仍然不可能完整还原那个变动不居的真实世界……这样的话，何为事实？何为虚构？

显然，摹仿（mimesis）③ 在伊格尔顿这里是一个重要关键词，对于文学理论研究而言，这个词汇并不陌生，因为亚里士多德在其《诗学》第四章中说：

> 作为一个整体，诗艺的产生似乎有两个原因，都与人的天性有关。首先，从孩提时代人就有摹仿的本能。人和动物的一个区别就在于人最善摹仿，并通过摹仿获得了最初的知识。④

亚里士多德不但提到了孩童的摹仿，还提到了人类通过摹仿来求知。那么，伊格尔顿和亚里士多德对"摹仿"的理解有没有共通之处？伊格尔顿为什么要讨论"摹仿"？

所以我们必须讨论下面的问题，即伊格尔顿论及的"摹仿"可以解决哪些困惑，而理解亚里士多德的"摹仿"对于吃透伊格尔顿又

---

① Terry Eagleton, *The Event of Literature*, New Haven and London：Yale University Press, 2012, p. 30.
② Ibid., p. 114.
③ 学界在大多数情况下将 Mimesis 译为摹仿，"模仿"（mimesis）在本书中皆被改为"摹仿"。
④ ［古希腊］亚里士多德：《诗学》，陈中梅译，商务印书馆1999年版，第47页。

第二章 伊格尔顿论"摹仿"与"虚构"

能起到哪些帮助。

第一节 摹仿是什么？

亚里士多德在《诗学》第一章开宗明义道：

> 史诗的编制，悲剧、喜剧……音乐，这一切总的说来都是摹仿。

> 有一种艺术仅以语言摹仿，所用的是无音乐伴奏的话语或格律文，此种艺术至今没有名称。①

古希腊的艺术，在亚里士多德看来，皆属"技艺"，都是"摹仿"，是他所说的"没有名称"的艺术，在今天我们可称其为文学。亚里士多德把诗学视为一门"技艺"② 是要说明，这种技艺本质上是关乎摹仿的，这是一般意义上理解的所谓艺术起源之"摹仿说"。

一切摹仿都要有摹仿内容，但对亚里士多德来说，悲剧摹仿的内容不是自然之物，也不是我们现代所理解的社会现实，而是人的行动：

> 悲剧摹仿的不是人，而是行动和生活……人物不是为了表现性格才行动，而是为了行动才需要性格的配合。③

> 悲剧是对行动的摹仿，它之摹仿行动中的人物，是出于摹仿行动的需要。④

---

① ［古希腊］亚里士多德：《诗学》，陈中梅译，商务印书馆1999年版，第27页。
② 此概念包含技术与艺术，亚里士多德把诗歌、绘画、雕塑、演奏等艺术活动和医疗、航海、战争等专门职业的活动都划入工匠的制作活动的范畴，参见廖申白《亚里士多德的技艺概念：图景与问题》，《哲学动态》2006年第1期。
③ ［古希腊］亚里士多德：《诗学》，陈中梅译，商务印书馆1999年版，第64页。
④ 同上书，第65页。

在诗学中，行动高于性格，我们可以将性格理解为某种潜在的、伺机而动的禀性状态，只有在具体行动当中，这种禀性状态才能表现出来，也就是说，性格要靠行动来实现。所以，那种认为文学摹仿了自然的近现代观念是一种曲解，对亚里士多德而言，摹仿是一种具有哲学意味的人类行动，行动表现人物的性格，而不是性格主导人物的行动，这种诗学观念和他的哲学与伦理学观念关系密切，因为在亚里士多德的形而上学中，现实高于潜能，而在其伦理学中，德性要靠实践来表现。

我们还知道，悲剧是亚里士多德在现存《诗学》一书中最受推崇的诗歌形式，其"摹仿说"在一定程度上就是悲剧理论，而悲剧关注人类命运，对古希腊人而言，"悲剧似乎能够彰显某种不朽的意义，能够提供某种慰藉，并为人类的苦楚赋予尊严甚至美丽"①，所以研究悲剧的《诗学》绝不会是一部仅仅探讨技艺②的著作，我们应当去发现它的哲学与伦理学意味。伊格尔顿指出：

> 如果在亚里士多德的悲剧当中，行动是高于性格的，那么他的美学与其伦理学就达成了引人注目的和谐一致，伦理学以行动为中心运行，悲剧也是如此，"戏剧性事件"就意味着"某事已完成"。③

亚里士多德的伦理学被称为德性伦理学（virtue ethics），这种伦理学说评价人的美德更多依据于行动。美德不是具备某种状态，而是在行动中去实践美德，让美德从一种稳定的品性变为现实行动去影响

---

① [英]塔普林：《借表演传播价值》，熊宸译，[英]戈尔希尔、奥斯本编《表演文化与雅典民主政制》，李向利等译，华夏出版社2014年版，第69页。原文将tragedg译为肃剧，本文按通行译法仍用悲剧。

② 王柯平认为，古希腊雅典城邦公民的艺术教育，尤其是青少年教育包括诗乐欣赏和体操训练两部分，而关于摹仿的技艺与此密切相关。《古希腊艺术教育与摹仿理论》，《美育学刊》2013年第3期。

③ Terry Eagleton, *Sweet Violence: The Idea of the Tragic*, Oxford: Blackwell Publishing, 2003, p. 78.

他人，因此，《诗学》对行动的强调其实是亚里士多德整个思想体系的有机组成部分，原因在于：第一，对悲剧的创作者来说，对行动的摹仿本身依然是一种行动，这种行动必须产出一个制成品，而不是仅仅停留在思辨的层面，因此创作就是在实践美德；第二，悲剧不仅仅是一部作品，它还需要搬到舞台上表演，接受观众的审视，因此这种表演行动也对观众情绪、思维甚至实践施加了影响，这还是一种实践中的美德；第三，对悲剧的观众来说，悲剧中的人物及其行动具有普遍性的典范意义，对它们的反思或者摹仿将有助于自身美德的形成，所以观看悲剧并反思剧情同样是一种美德实践。

综合上述原因，这种对"行动"[①]的"摹仿"就是一种伦理学意义上的行动，美国学者戴维斯（Michael Davis）精确地评论道："不管什么时候我们选择做什么，我们总是为自己设想了一个行动，仿佛我们在从外面审视着这个行动似的。……所有行动都是行动之摹仿"，而这本身便是"诗性的"（poetic）[②]。悲剧作者和观众都在审视悲剧中的人物行动，从诗学角度看，摹仿的内容是行动，诗即行动；而从伦理学的角度看，所有行动都是在摹仿，行动即诗——因而，诗学（美学）、伦理学在亚里士多德这里保持了一致——不论是在舞台上，还是在生活中，我们都是在"摹仿"，行动与表演、摹仿与创造、真实与虚构之间并不存在绝对界限。悲剧（诗）其实为我们提供了一种反思自身"摹仿"与"虚构"能力及其成果的机会。

第二节　伊格尔顿论摹仿与行动的"双重性"困境

伊格尔顿通过讨论"摹仿"为我们引入了文学甚至哲学中某些相

[①] 有学者提出，亚里士多德《诗学》摹仿的对象是诗中存在的人和他们的行动，与现实生活无干："摹仿应被理解为依据形式或正在形成之中的事物的目的，按照事物应当的样子去创造。套用亚里士多德本人的说法就是，对依据可然律或必然律将会发生的事情的创造。"见徐平《亚里士多德"摹仿说"再考察》，《云南大学学报》（社会科学版）2009年第1期。

[②] ［美］戴维斯：《哲学之诗：亚里士多德〈诗学〉解诂》，陈明珠译，华夏出版社2012年版，第13页。

反相成的"双重性"问题：诸如摹仿与真实、虚构与事实、实用与非实用、偶然与必然，等等。

儿童的摹仿是从幼稚到成熟的必经过程，没有作为重复训练过程的摹仿就不会产生自主行为和自由思考。没有幼稚就没有成熟，没有摹仿就没有自主，没有反常态就没有正常态，摹仿、假扮之类的范畴，和事实、真实是相反相成的。在伊格尔顿看来，婴儿语是成人语的前提，也就是说，若把婴儿的语言视为一种幼稚的、非自觉的、异常的、非实用的嬉戏（假扮），那么，所谓成熟的、自觉的、正常的、成人的、实用的语言必须以其为前提。事实上，就像硬币的两面，摹仿和真实不可分割，伊格尔顿强调："既在做一件事情，同时又在假装完成它，这是有可能的。幼童们可以轻而易举地在假扮游戏当中出戏入戏，这个事实提醒我们，事实与幻想之间的界限其实微乎其微。"[1] 通过儿童在语言摹仿、假扮游戏方面的例子，伊格尔顿提出了人类行为既是完成（doing）又是表演（performing）的双重性（duality），人们既是演员，又是自己的观众。[2] 人类对于语言的学习，从某种程度上说，就是把自己既当演员，又当观众的过程。这种双重意识（doubled consciousness）不仅体现在日常生活里，也体现在抽象思辨当中，若要进一步理解这个人类行为的双重性，我们仍需求助亚里士多德。

在《诗学》第四章，亚里士多德解释了诗艺产生的一个原因，即人最善摹仿，且能"从摹仿中获得知识"，在此过程中，"求知不仅于哲学家，而且对一般人来说都是一件最快乐的事"，"人们乐于观看艺术形象，因为通过对作品的观察，他们可以学到东西"。[3]

这几句话里的"知识""求知""学到东西"非常重要，在古希腊思想体系当中，知识（Episteme）高于技艺（Tekhne），而技艺高于一般的经验，技艺是尚未经过"哲学纯化的知识"，知识（Epis-

---

[1] Terry Eagleton, *The Event of Literature*, New Haven and London: Yale University Press, 2012, pp. 113 – 114.
[2] Ibid., p. 120.
[3] [古希腊] 亚里士多德：《诗学》，陈中梅译，商务印书馆1999年版，第47页。

第二章 伊格尔顿论"摹仿"与"虚构"

teme)则"有自己的系统并且经过纯度较高的理论抽象"。① 尽管《诗学》关注的对象是以悲剧为代表的艺术形式,但亚里士多德看出,从技艺当中学到知识,是"摹仿"这种行动对于人类更重要的意义。"知识"经过了理论的抽象和哲学的纯化,所以此时的知识主体是有意识的、清醒的,在观察艺术作品和艺术形式的时候,作为观众的人们没有让自己单纯地陷入那种相对初级的"快感"当中,而是收获到了更进一步的理性知识。

美国学者戴维斯指出,儿童的摹仿更多是一种"自然倾向","以自己的行为去复制他人的行为","这种行为全神贯注,无须意识到自己在摹仿"。② 儿童几乎不会清晰地意识到自己确确实实是在进行摹仿,这个阶段的摹仿是一种本能或者天性,这种天性可以让人学到"知识"。不仅儿童,成人的世界同样离不开摹仿,不论是思维层面的求知,还是行动层面的生活,从美德到情绪,从知识到技艺,从个体到社群,都需要摹仿,"每人都能从摹仿的成果中得到快感"③。所以亚里士多德认为,通过摹仿来进行求知的天性不仅对哲学家,而且对普通人来说都是一件快乐的事,这种快乐既包括面对外部世界的惊奇,更源于对自我能力的肯定与自我成长的赞赏。如此,亚里士多德便从感性和理性、先天天赋和后天养成两个方面的关系上,说明了人类的生存问题,生存是一种行动,而行动必须去摹仿。

那么,如何从"人的摹仿"推导到"悲剧(艺术)的摹仿"呢?

所有的摹仿都有摹仿制品产生,摹仿的结果或为实物,或为行动,否则我们无法判断摹仿这个活动是否曾经存在。同样,人类生存中的种种行动不可能都敞开给每个观众去观看和反思,我们必须从中摘取出一部分用于揭示其理由、选择与结果,选择"悲剧"这种关乎人生且源自摹仿的"摹仿制品",便是一件对人类极有意义之事,"悲剧"让我们用直观的形式看到了无法直接看到的事物。"摹仿总

---

① 陈中梅:《诗学·附录》,[古希腊]亚里士多德《诗学》,商务印书馆1999年版,第236页。

② [美]戴维斯:《哲学之诗:亚里士多德〈诗学〉解诂》,陈明珠译,华夏出版社2012年版,第37页。

③ [古希腊]亚里士多德:《诗学》,陈中梅译,商务印书馆1999年版,第47页。

是牵涉从经验连续体中择取某些东西,以此为其实无始无终之事划定界限"①,悲剧就是用戏剧化的直观形式来为我们展现无限人生当中的有意义片段。

此时,如果把每个人都当成"观众",那么,艺术作品(悲剧)所进行的"摹仿"活动就具有双重性:观众既能从摹仿这种表演当中收获快感,又能意识到这个摹仿活动本身的表演性质,没有把它仅仅当成一种快感的来源,而是当成一种知识的来源。也就是说,观众既能入戏,也能出戏,入戏是为了欣赏这种摹仿,出戏则是为了发现这种摹仿于人生的价值,前者感性,后者理性,前者是本能快感,后者则是知识满足。

在这个意义上,戏剧既是真实的,也是虚构/表演的,因为"就戏剧自身来说,它必须真实——是一个行动;对于观众,它必须不真实——是表演"②;"所有的诗,作为摹仿,即便在其摹仿这个世界时,也得声明它自身与世界保持的距离"③。诗作为对世界及其运行的摹仿,既置身其中,又超然物外,既要做到深度参与,同时还要做到冷眼旁观。因此伊格尔顿的判断是,对文学而言,"某个文本可能在同一时刻,既是事实,又是虚构"。④ 说它是事实,是因为文本必须能够给予读者切身的真实感,而说它是虚构,则是因为文本产生的真实感只能是尽力还原,无限逼真,不可能照搬变动不居的真实世界。这体现出一种可近可远、进退自如的双重性。

不得不强调的是,我们把事实和虚构视作各自独立的话语有其历史原因。事实和虚构之间的区别产生于近代,伊格尔顿提醒我们"在19世纪,虚构才或多或少地和小说成为同义词",而在古代社会当中,"西塞罗认为,历史学家必须也是一名艺术家,昆体良则把历史学看成是散文形式的诗歌,伊苏克拉底和他那个时代的古希腊同行则

---

① [美] 戴维斯:《哲学之诗:亚里士多德〈诗学〉解诂》,陈明珠译,华夏出版社2012年版,第3页。
② 同上书,第43页。
③ 同上书,第45页。
④ Terry Eagleton, *The Event of Literature*, New Haven and London: Yale University Press, 2012, p. 114.

第二章 伊格尔顿论"摹仿"与"虚构"

把历史看作修辞学的分支。在古代,历史学包含着神话、传说、爱国热情、道德教诲、政治辩论以及某种罕见的、风格上的精湛技艺,它不仅仅是一个有关事实的问题"。① 就此而言,在历史上,事实和虚构并不像我们如今所假设的那样,是泾渭分明的。伊格尔顿从发生学的角度纠正了我们对历史与真实不可分割的"偏见"。虚构不等于虚假,历史也未必真实,二者在一定程度上都属于人类的生存方式与表达体系。

这样的话,当我们回过头来看下列表述的时候就能够理解,为什么伊格尔顿要强调文学作品与人类生存共同具有的双重性——

> 文学作品拥有呈现事物有形存在的能力,这样才能够把阅读拖曳进来;……在拉开距离和引诱进入的相互作用下,文学作品便以一种不同寻常的精密形式再造出了那种双重的(doubled)或曰反讽式的人类意识,后者是人类归属于这个世界的典型方式。②

说到底,人类意识与行为是"诗性"的,既是行动,又是表演:作为演员,人类必须去表演,在特定的时期用特定的身份去表演,或为人子,或为人父,或为国王,或为臣民,这些身份都属于演员角色,但演员不可能永远停留在舞台之上,当身为观众之时,当我们都卸下面具或者改换角色后,人类就必须反思自己在舞台之上的行动,只是这种对表演的反思本身依然是一种行动。

而关键在于,反思自身行动之时,人类不可能把所有时候的所有行动及其方方面面都反思一遍,这便需要用"悲剧"(艺术)的形式来截取其中的某个片段,因此,所谓的"诗学"其实就是"人学"——悲剧为我们创造了一个可供反思的行动,而这种行动实际上是表演出来的;同样,生活中的行动也充满着表演,很多具体的实际

---

① Terry Eagleton, *The Event of Literature*, New Haven and London: Yale University Press, 2012, p. 111.
② Ibid., p. 87.

行动本身也可以视作某种舞台表演，它们也可以用来反思——于是，诗就为人类提供了一种反观自身的可能性，人既是世界的产物，又再造了世界，这才是"双重性"困境的根源。

第三节　伊格尔顿论虚构：摹仿中的普遍性与必然性

就广义上的文学艺术而言，摹仿还有另外一层意思，那便是站在摹仿者立场上的、对摹仿对象的"表现"，从眼中之竹到胸中之竹，再到手中之竹，外界必然要受到思维的多重过滤与重组，所有的呈现（presentation）不过是另外一种再现（representation），同一个湖面，印象派与野兽派有不同的表现手法，同一个故事，现实主义小说和意识流小说有不同的叙事风格，同一人物的同一段台词，张三和李四的表演千差万别，故而我们必须探讨摹仿的另一层重要含义。

我们必不可忽略的是，亚里士多德首先把诗学看作一种"技艺"[①]，"技艺"与"制作相关"，"使某种事物生成"，"学习一种技艺就是学习使一种可以存在也可以不存在的事物生成的方法"[②]，也就是说，技艺要促使某种事物的生成，而这种事物"可以存在"，也"可以不存在"，建筑术是一门技艺，房子从无到有得以存在，诗艺作为另一门技艺，它的生成物既是存在的，也是不存在的，作为表演作品的悲剧是存在的，但悲剧的人物甚至情节却很可能并不存在，而是虚构出来的。

在为《诗学》所做的注释当中，陈中梅先生认为，亚里士多德的摹仿"既不指恶意的扭曲和丑化，也不是照搬生活和对原型的生吞活剥，而是一种经过精心组织的、以表现人物的行动为中心的艺术活

---

① 亚里士多德认为知识分为三类，理论的、实践的、制造的，其中，自然哲学（物理学）、数学和神学属于理论性知识，而政治学和伦理学属于实践性知识，诗学、建筑学、医学则属于有关于技艺的制造性知识。参见汪子嵩等《希腊哲学史》第3卷，人民出版社2003年版，第86—87页。

② ［古希腊］亚里士多德：《尼各马可伦理学》，廖申白译，商务印书馆2003年版，第171页。

第二章　伊格尔顿论"摹仿"与"虚构"

动",诗"摹仿"的对象是"经过提炼的生活","是一件受人欢迎的事","充满了主动精神"①。按照这个理解,摹仿本身更像一种基于生活原材料的"再创作"或者"再生产",而若把摹仿当作一种"再生产",那么摹仿者在摹仿过程必然有所取舍,有的原料会得到重复使用,有的则被弃之一旁,亚里士多德在《诗学》中表达是这种意思吗?

很显然,亚里士多德并不排斥虚构,相反还有些赞赏的意味,他之所以推崇荷马,一个原因就在于他能够"教诗人以合宜的方式讲述虚假之事"②。而在《诗学》第8章中,亚里士多德还强调说,荷马"在作《奥德赛》时,没有把俄底修斯的每一个经历都收进诗里",原因在于,"如果一个事物在整体中的出现与否都不会引起显著的差异,那么,它就不是这个整体的一部分"③。这种对材料的取舍甚至创作不仅是一种形式上的要求,也是一种哲学上的要求。亚里士多德说:"诗是一种比历史更富哲学性、更严肃的艺术,因为诗倾向于表现带普遍性的事,而历史却倾向于记载具体事件。"④ 已发生之事代表过去,可能发生之事才指向将来。已经发生的往往属于个别之事,将来可能发生的事才能彰显总结过去而形成的普遍意义。诗(广义的文学)之所以更有哲学性、更严肃就在于它的任务是去表现普遍而非个别。既要去表现普遍性,同时又要去描述可能发生而非已发生之事,那么,虚构对悲剧而言就是必不可缺的,因为虚构只是手段并非目的。因此,普遍性、整体性是诗所要表现的东西,而个别性、偶然性并非诗着力关注的对象,当我们用现代人的观点一口咬定历史属于真实、诗属于虚构的时候,其实我们忽视了这个非常关键的基础问题,亚里士多德的《诗学》早就告诫说,恰恰是诗这种有所取舍的技艺,为我们展现了所谓的历史所不能展示的、具有普遍意义的"真实",普遍性、整体性不得不对个别性、偶然性进行扭曲、反转、修

---

① 陈中梅:《诗学·附录》,[古希腊]亚里士多德《诗学》,商务印书馆1999年版,第213页。
② [古希腊]亚里士多德:《诗学》,陈中梅译,商务印书馆1999年版,第169页。
③ 同上书,第79页。
④ 同上书,第81页。

改甚至剪裁，那种所谓的历史不过是只见树木不见森林。

伊格尔顿几乎完全同意这种观点，他写道：

> 通过某种创造性的伪造，虚构作品可能更忠实于真实。历史不可能永远让事物发生在恰当的秩序当中，它也可能犯一些不可原谅的重大错误。它会传递一些引人注目的整齐匀称、令人兴奋的偶然巧合，消除掉一些正在引人关注的人物角色，将频繁发生之事缩小成平庸和闹剧，将好运气挥霍给邪恶之人，让主体叙事过分承担许多单调的次要情节，还让不少琐碎的意外分散我们对于决定性真理时刻的关注。①

对历史的描述总归会有视角差异，对它的概括更是莫衷一是，更重要的是，被撰写出的历史在传递秩序、规则的同时，会故意强调一些巧合，忽视一些实际上起着重大现实作用的人物与事件，省略一些在当时习以为常的东西，甚至通过预设的立场去关注一些在如今看来很次要的东西。正所谓："任何叙事都必定牵涉到遴选、修改、弃置，因此也就不可能向读者提供原汁原味的真相"②，所有的判断都是个别的、基于叙事者的判断。所以，类似于亚里士多德对"诗"的推崇，伊格尔顿也认为，虚构作品很可能更忠实于真实，原因在于，现实可能比虚构更加奇异、更难以认知、更错综复杂、更体现出非理性的色彩，从而比虚构还虚构，虚构反而是理性运行的结果。假如我们不加思索地把所谓的"历史"看作"真实"，而把"诗"（文学）仅仅看成"技艺"，把"虚构"视为无关紧要，把"摹仿"视为技艺层面的雕虫小技，那便会大大忽视掉《诗学》所具有的、强调普遍性的哲学意义，也不会理解伊格尔顿对于文学艺术之"真"的积极看法。

对亚里士多德来说，技艺所生成的产品，"是某种事物从不存在，

---

① Terry Eagleton, *The Event of Literature*, New Haven and London: Yale University Press, 2012, pp. 116–117.

② ［英］伊格尔顿：《文学阅读指南》，范浩译，河南大学出版社2015年版，第127—128页。

第二章 伊格尔顿论"摹仿"与"虚构"

从作为质料或题材的东西,到作为一种存在物而存在的生成过程。所谓生成,就是还不存在,但在走向存在。"[1]诗艺作为一种技艺,它所生成的产品也必然是把某些材料当成"质料或者题材",通过制造者的劳动,把某种之前不曾被发现的普遍性表达出来,而在表达这种普遍性的过程当中,被生成的产品此前并不存在,诗作(产品)之内的成分(比如人物、情节)可能是存在的,也很可能是此前并不存在的。所以我们说,亚里士多德的摹仿说并不反对虚构,这一切都基于他对"技艺"的判断,技艺未必不具有"欺骗的品质"。那时的人不但不能理解现代人的虚构,他们反而更有可能把虚构吸收进摹仿这种技艺的范畴中来。

在历史专注于个别性、未必表达普遍性的问题上,伊格尔顿类似于亚里士多德,而在诗所表达的内容是否符合那个我们当代理解的、所谓的"历史"的问题上,伊格尔顿还有自己的看法:

> 在文学当中更重要的是关乎道德寓意的断言(moral claims),而不是关乎经验的断言(empirical claims),这一事实意味着作者可以让后者屈从于前者[2]。

断言是对事物、事件的命题,当我们为某一事实所做的命题符合客观事实时,此命题为真,若不符合便为假。恰恰在这个意义上,我们说某部作品是虚构的,原因在于它不符合事实,或者不符合人们当下的认知,比如弥尔顿的《失乐园》、吴承恩的《西游记》以及一些科幻小说、穿越小说,皆虚构之作耳。

经验意义上的真实在文学当中并不占据核心位置,作品的道德主张或者说作品的寓意,才起着关键作用,也就是说,作品当中存在某个预定的目的,作品和它的制造者要展示的寓意便是它的目的,"无论谁要制作某物,总是预先有某种目的。制作活动本身不是目的,而

---

[1] 廖申白:《亚里士多德的技艺概念:图景与问题》,《哲学动态》2006年第1期,第35页。
[2] Terry Eagleton, *How to Read a Poem*, Oxford: Blackwell Publishing, 2007, 35.

是属于其他某个事物"①。制作悲剧的目的不仅仅是创造一部文艺产品,这种技艺必然有外部目的,若按亚里士多德的说法,技艺是要生成一些此前并不存在的事物,那么,悲剧这种技艺必然不是对现实生活与现实人物的原封不动地照搬照抄,否则它就不是"技艺"了,同样,如果文学不过是展示一些实证意义上的命题断言,那么文学就成了实证科学,返回到亚里士多德的语境中,这就如同把技艺性质的诗学看作理论性质的物理学或者数学。

> 亚里士多德评论道,与历史学家不同,诗人不必拘泥于事物本来的样子(the way things are)。因为包括历史小说在内的文学作品,无须紧扣历史事实,他们可以重新组织这些事实,而这都是为了突出这些事实所体现出的道德意义。②

技艺需要原料,诗人的原料包括但不限于历史事实。作为悲剧的作者,诗人的"摹仿",在伊格尔顿看来,其实就是进行选择性的"虚构"与"重组",为了作者所要表达的普遍性价值,为了突出道德意蕴,诗人进行虚构甚至篡改都是必要的,这是技艺本身的必然要求。道德意义是诗人们发现的,是诗人创造作品的目的,诗人把自己所发现的、事物表象背后的东西倾注到作品当中,再通过作品来展示这种具有普遍价值的东西,这种具有普遍性的道德意义就是从无到有虚构出来的,属于创造性的"伪造"。故而,"那些歪曲篡改事实的历史小说,在某种意义上可能比那些未曾歪曲事实的小说更加真实,虚构化历史的价值在于,它重构事实是为了突出某些潜在的隐晦的意义"。③ 可见,作品除了要对作品的原材料进行取舍、重组之外,还要从隐晦到彰显,甚至从无到有地生产出道德意义,所以在《诗学》(第25章)中,亚里士多德指出:

---

① [古希腊]亚里士多德:《尼各马可伦理学》,廖申白译,商务印书馆2003年版,第169页。

② Terry Eagleton, *How to Read a Poem*, Oxford: Blackwell Publishing, 2007, p. 35.

③ Terry Eagleton, *The Event of Literature*, New Haven and London: Yale University Press, 2012, p. 116.

第二章 伊格尔顿论"摹仿"与"虚构"

既然诗人和画家或其他形象的制作者一样，是个摹仿者，那么，在任何时候，他都必须从如下三者中选取摹仿对象：（一）过去或当今之事；（二）传说或设想中的事；（三）应该是这样或那样的事。①

如其所言，不但传说或设想中的事未必"真实"发生，过去和当今发生的事也需要人们的选择性"再现"才能得到描述，而那些"应该"发生的事，更必须来自摹仿者的归纳与演绎。"摹仿"的对象很难与"真实"完全吻合，甚至所有的"真实"不过是另外一种"摹仿"与"再现"，因此，当我们探究"摹仿"的时候，就应该把它当作一个非常重要的"本体论"范畴，摹仿不能用真假来衡量，摹仿并"不是连接'实'与'虚'的纽带，不是区别'真'和'假'的分界"②。诗的价值不在于它对所谓现实所完成的镜像，现实无法镜像，繁复多杂、变幻莫测，不单单诗无法做到完全镜像，任何人类行动都做不到，人类能做的只能是"摹仿"，而这种摹仿不得不表现为各种各样的"再现"或表演。

和力图表达普遍性的悲剧一样，摹仿是一种创造性的"虚构"，如果我们把普遍性的东西当成所谓的可以验证的真实，那么，这种真实很大程度上是由我们构造出来的，世界本身变动不居，任何命题都无法原封不动地返回到它最原初的语境当中去验证；同时，对世界所做的任何命题都是语言甚至修辞行为，任何语言都有具体性与抽象性、个别性与普遍性的必然矛盾，从语言还原到现实也是不可能的，真与假、实与虚很大程度上是逻辑问题，摹仿或者虚构所要解决的不是逻辑问题，而是要教会我们如何去看待现实世界和人生。所以，伊格尔顿说：

---

① ［古希腊］亚里士多德：《诗学》，陈中梅译，商务印书馆1999年版，第177页。
② 陈中梅：《诗学·附录》，［古希腊］亚里士多德《诗学》，商务印书馆1999年版，第211页。

回归古典

> 虚构反映出事物真相，但这一点在古典人文主义那里是不可能的。不过，这样做导致本体论的秘密被泄露了，因为它揭露出那种无可怀疑的真实在本质上其实是修辞性的。文学语言知道自身不过是一组修辞上的转喻，它确信并且命名了自己那不可避免的神秘性，文学表现的就是日常话语的否定性真实。①

虚构指向了真实，而真实不过是虚构，这句饶舌的断言再一次指明了我们在认识论上的双重性。故而，《诗学》以悲剧为关切对象，以摹仿为核心观念，恰恰是为了表达："戏剧最真实地表现了我们的世界抵制直接呈现那些不可见者的方式……只有通过预设一个超出如其所是那样的人的视角，如其所是那样的人才能被摹仿。"② 只有先假定一个外在于此人的视角，艺术才能实现对此人及其行动的摹仿，但此人行动的理由及其行动过程中遭遇的诸多事件，实际上是不可见的，我们只能通过"摹仿"把它们"再现"出来。若用康德式的术语来理解便是：实在界是无法认识的，我们只能去认识现象界，前者不可见，是无法表述的、难于把握的，人只能通过自己的智慧或者想象力来预先假定或者描绘出某种外部世界的运行状况与规则，然后才能展开具体的行动，之后再通过行动的效果去修正或者补充最初的假设。若把规则视为必然性，那么这种必然性不过是预先的假设，谁也不敢保证 10000 只白天鹅之后不出现 1 只黑天鹅，偶然性恰恰从反面证明了必然性对于人类理解世界的积极意义。诗（艺术）所再现出的人类行动本身无所谓真实或者虚构，它们也在试图表达自身认知上的双重性，偶然性和必然性都是人类思想的产物，所以，伊格尔顿说：

> 包括现实主义小说在内，具有讽刺意味的是，正是偶然性的存在才使得一部作品的观点更具说服力。仿佛利用那个筛选现实

---

① Terry Eagleton, *The Event of Literature*, New Haven and London: Yale University Press, 2012, p. 145.
② [美] 戴维斯：《哲学之诗：亚里士多德〈诗学〉解诂》，陈明珠译，华夏出版社 2012 年版，第 29 页。

第二章 伊格尔顿论"摹仿"与"虚构"

的道德大网,作品才能通过引入大量偶然散落的细节来隐瞒此事实。①

《呼啸山庄》中的"画眉山庄"读起来很拗口,可这是费尽心机的构思,如果起一个更可读的名字,那样就泄露了小说的秘密,这种看似无意的偶然性,实际上要为了某种意图十分明显的必然性服务,现实主义小说认为自己发现了这种必然性,所以才找偶然性来做伪装。因此,现实主义作品貌似在揭露必然性,可实际上,如果作品中没有引入偶然性因素,作品想要表达的必然性很难赢得读者的信任,通过这种方式,偶然性既实现了对于必然性的支持,也实现了对于必然性的超越,小说不过是把人类生存的境遇重新"演绎"了一遍,我们游弋于必然和偶然之间,并在这个过程当中寻找意义。所以,伊格尔顿说,即便是以现实主义为代表的虚构作品,不过是利用一种"精心设计过的随意性来为作品产生一种源自于日常生活的粗犷之感"。② 虚构终究要为现实和真实服务,二者之间没有明确界限。

若站在更高的层面上,我们还需要注意:一方面,所谓的人类历史也无法还原为真正的"真实","真实"在逻辑上要么属于过去时态,要么属于将来时态,是不可证实的;另一方面,人类行动天生就具有的"表演"性与"再现"性,这种对过去的总结或者对未来的畅想,都是对历史和未来的表演或者再现,这本身就是彻头彻尾的"摹仿",没有什么最原初的摹仿对象,即便存在,它也依然是处于想象中的、一直被反思或者构想的行动。

因而,戴维斯指出,如果把摹仿性(being mimetic)当作人类的区格特征(distinctive feature),那么《诗学》这本"关于诗之技艺的书就是一本关于人类区格特征的书","摹仿是诗的中枢"③。只有人才能够运用思维抽象出"普遍性",只有人具有反思自身的能力,只

---

① Terry Eagleton, *The Event of Literature*, New Haven and London: Yale University Press, 2012, p. 146.
② Ibid., p. 146.
③ [美]戴维斯:《哲学之诗:亚里士多德〈诗学〉解诂》,陈明珠译,华夏出版社2012年版,第39页。

回归古典

有人能认识到自己的"摹仿"既是摹仿又是创造,只有人拥有从本体论真实建构出认识论真实的能力,因此,虚构、摹仿、建构普遍性,其实在某种程度上就是同义语。

第四节　伊格尔顿论摹仿与虚构:表演、述行与功效

悲剧摹仿了行动,而摹仿的最终目的是产生效果,要让观众得到宣泄或者净化。因此,摹仿暗含着另一个体现摹仿者主观性的维度,即表演,摹仿不是对摹仿对象的镜像,也不仅仅是对原材料的取舍,更体现着摹仿者本人的经验、技艺甚至智慧。

亚里士多德曾对摹仿的方式进行过区别:

> 人们可以用同一种媒介的不同表现形式摹仿同一个对象;既可以叙述——或进入角色,此乃荷马的做法,或以本人的口吻讲述,不改变身份——也可以通过扮演,表现行动和活动中的每一个人物。[1]

在这里,摹仿有两种方式,一种是叙述,另一种是扮演(表演)。而叙述又分两种,一种是进入角色进行叙述,这种叙述已经有了扮演的意味,另一种是以摹仿者本人的身份进行叙述;但核心问题在于,扮演与叙述不同,扮演要进入角色,要求摹仿者脱离自己的身份说话或者行事,亚里士多德所欣赏的正是这种扮演(表演)。因此,在《诗学》第 24 章里,亚里士多德对摹仿者的表演,尤其对荷马所擅长的"表演"做了称赞:

> 荷马是值得赞扬的,理由很多。特别应该指出的是,在史诗诗人中,唯有他才意识到诗人应该怎么做。诗人应尽量少以自己的身份讲话,因为这不是摹仿者的作为。其他史诗诗人始终以自

---

[1] [古希腊]亚里士多德:《诗学》,陈中梅译,商务印书馆 1999 年版,第 42 页。

第二章 伊格尔顿论"摹仿"与"虚构"

己的身份表演,只是摹仿个别的人,而且次数很有限。但荷马的做法是,先用不多的诗行作引子,然后马上以一个男人、一个女人或一个其他角色的身份表演。人物无一不具性格,所有的人物都有性格。①

在亚里士多德看来,以自己的身份讲话,只能摹仿个别的人,每个人的阶层、身份、履历、才能各有不同,这样的表演不适合去表现普遍性,普遍性来自于特殊性,是对个别事物的总结概括,以诗人自己的身份叙事,只能摹仿自己。

同样是史诗诗人,荷马不这样,他更擅长用各种身份来进行表演,只有如此,他笔下的人物才是活灵活现的,所有人物看上去才是有性格的,这样的"表演"才能表现亚里士多德所认为的普遍性,即"诗人应该怎么做",所以此时,摹仿就等同于"表演"了。

有趣的是,就表演(performance)来说,伊格尔顿在《文学事件》中举了一个例子,大致意思是:当演戏现场正好需要一名演员出演皇太子的时候,一位真正的皇太子碰巧跑了进来,当他出演自己的皇太子角色时,其表演显得更加真实!伊格尔顿认为这是一种"既是事实,也是虚构的行为"。② 这就如同演戏的时候导演让演员打一个喷嚏,而开机拍摄之时,这位演员恰恰就打了一个喷嚏,这次"表演"就"摹仿"得非常成功!

表演未必不真实,真实是一种效果上的要求。任何人都可以表演,每一种表演都与众不同,但表演是为了打动观众,而不是为了符合那个所谓的原初"真实",当表演起到实际效果的时候,它就是真实的,任何虚构都是为了产生实际功效,否则这种虚构就是无意义的,同样,表演也是如此,无意义的东西才是虚假的,但产生了实际意义的一定是真实的。假扮太子的太子演得高妙,我们称其为"真实",原因就在于其表演效果,演得蹩脚甚至不会演戏的太子必定存

---

① [古希腊]亚里士多德:《诗学》,陈中梅译,商务印书馆1999年版,第169页。
② Terry Eagleton, *The Event of Literature*, New Haven and London: Yale University Press, 2012, p. 119.

在，谁演得效果好，我们就说谁更"真实"。演戏时打喷嚏也是这道理。

罗念生先生在《诗学》的"译者导言"中曾明确表示，亚里士多德所说的"摹仿"便是"再现与创造的意思"，"他的摹仿活动就是创造活动"①。悲剧的摹仿并不反对虚构，但虚构一定要以"表演"的效果为目的。"摹仿"甚至就可以看作"虚构"，摹仿要利用想象力从无到有去创造，在劫持皇太子的演出中摹仿自己，是虚构了一个被劫持的自己；出身低微的演员去表演皇太子，则是虚构了一个想象中的皇太子，进而摹仿这个虚构出的形象，而这些"摹仿""虚构"实质上都是某种具有创造力的人类活动。

亚里士多德认为艺术的摹仿其实并不在意摹仿制品之真假，在意的是摹仿品所能产生的效果，优秀的表演可以产生巨大的艺术效果，如果把摹仿制品视为摹仿者的一段话语，用于打动听话者（观众），通过各种修辞达到说话者（作者）的目的，那么，这便涉及一个有价值的理论：言语行为理论。

伊格尔顿以蒲伯的《愚人记》为例，指出诗歌在形式与内容上的反讽是一种表演式的自相矛盾（performative contradiction），类似于"用威胁恐吓式的语气来劝诫世人谦虚是一种美德"，因此，诗不仅可被看作某种声音或者意义的排列方式，亦可视为某种"意在让人做好某事的策略"②。像亚里士多德看待悲剧一样，伊格尔顿把诗视为一种有目的的功能，"诗是一种用于产生某种效果的语言组织方式"，"诗组织言辞的部分目的就在于展现言辞的本质"，"诗是一种讲究修辞的表演（performance）"③，"诗皆表演，而不仅仅是纸面上的实物"④，"诗歌形式都有其明确的目的，比如表扬、诅咒、抚慰、鼓舞、祝福、庆祝、谴责、提出道德忠告，等等"⑤。诗是一种注重效

---

① 罗念生：《译者导言》，《罗念生全集》第1卷《修辞学》（亚里士多德原著），上海人民出版社2004年版，第4页。
② Terry Eagleton, *How to Read a Poem*, Oxford: Blackwell Publishing, 2007, p. 88.
③ Ibid., p. 89.
④ Ibid., p. 88.
⑤ Ibid., p. 89.

果的修辞，更像是一种表演，诗通过组织语言来实现自己的目的，诗并不试图展示真伪，它要进行的行动便是用言辞说话，而它组织语言便是它的行动。

故而，诗（悲剧）是一种更为复杂的言语行为，伊格尔顿说：

> 文学上的言语行为属于更大范畴当中的言辞表达行为，这便是所谓的述行行为（performatives），它并不是用来描述世界的，而是通过言语行动来实现某些目的。问候、诅咒、乞求、辱骂、威胁、欢迎、发誓等，都属于这个范畴。当你说发誓的时候，就是在发誓；当宣布百货公司开业的时候，就是令其开业。①

众所周知，言语行为理论由奥斯汀提出，他把言语行为区分为述事式（constative）与述行式（performative）两种②，前者用于述说或报道事件，是描述性的，有真假可言；后者作为一种言语行为，其表达本身便是在实施某种行为，说即是行，有适当与不适当之区分，"述行行为并非针对现实的断言，因为它们没有真假"，这种言语行为的"意义既体现在行为当中，也体现在语词当中"③。可见，诗正是这样一种述行式的言语行为，诗之所说便是诗之所行，它的目的并非判断真伪，这恰恰呼应了亚里士多德的看法：祈祷无真假，并非命题，是述行语句，属于诗学和修辞学的研究对象。

亚里士多德在《诗学》第25章中说：

> 如果诗人编排了不可能发生之事，这固然是个过错；但是，要是这么做能实现诗艺的目的，即能使诗的这一部分或其他部分

---

① Terry Eagleton, *The Event of Literature*, New Haven and London: Yale University Press, 2012, pp. 131–132.
② 在2013年商务印书馆出版的奥斯汀《如何以言行事》一书，译者相应地将其译作"记述式"与"施为式"。
③ Terry Eagleton, *The Event of Literature*, New Haven and London: Yale University Press, 2012, p. 132.

产生更为惊人的效果，那么，这么做是对的。①

不可能发生的事便是虚构的、不存在的、有违现实的事，但是在亚里士多德看来这并不重要，重要的是让诗产生"效果"，诗是一种修辞，悲剧是一种"表演"，必须达到目的，从这个意义上看，亚里士多德的悲剧，恰恰就是一种"述行行为"，悲剧所言说的事件并没有真假可言，只有适当与不适当之分，适当便是达到了目的、实现了效果，而不适当便是相反。悲剧本身的意义，既体现在作为作品的"悲剧"之中，也体现在对悲剧作品的"表演"之中。

于是，伊格尔顿趁此机会表达了他对文学虚构的观点：

>   总体来说，和述行行为一样，虚构也是一种与其言说行为本身无法分割的事件。……虚构制造的特定客体看起来似乎是有所指涉的。它悄无声息地改变了它意图描述的东西。它看起来像是一个报道，可实际上只是一组修辞。用奥斯汀式的术语来说，这是一种伪装成述事行为的述行行为。②

述行行为是一种能够对实际生活产生具体影响"表演"，同样，虚构也是一种与其言说行为本身无法分割的事件，虚构这种言说是为了影响现实，而不仅仅在于虚构本身，甚至，只要虚构这种话语被表达了出来，它就必定要影响到现实，伊格尔顿借用了 J. 奥斯汀的例子说，参加聚会的客人千万不能去展示一些粗鄙的行为，即便这种展示不过是寻开心，可在这样的场合当中，这种展示绝对会被当作真正的粗鄙，"真正的绅士甚至不会模仿粗俗的行为，这才是绅士们的标志"③，因此，表演和虚构在影响现实的问题上，起着同等的作用，这是人类理解的组成部分，任何言说与行动都会被当作言说者与行动者性情禀性的客观化、表象化，而不会被视为某种无目的或者无意义

---

① [古希腊]亚里士多德：《诗学》，陈中梅译，商务印书馆1999年版，第177页。
② Terry Eagleton, *The Event of Literature*, New Haven and London: Yale University Press, 2012, p. 137.
③ Ibid., p. 122.

第二章 伊格尔顿论"摹仿"与"虚构"

之举。

亚里士多德并不反对在悲剧当中进行虚构,尽管阿伽松的《安修斯》其"事件和人名都出自虚构,但仍然使人喜爱"①,他说,原因就在于这种虚构的目的并不是用来描述客观事件的真与假,这些摹仿行为是要通过修辞手段来达到所谓表现普遍性的目的。看似真实的东西,其实都是"摹仿"和"表演",所以从言语行为理论的角度看,虚构的诗不过是伪装成述事行为的述行行为。虚构和表演、和诗歌一样,都是有目的的,都要产生它的效果,这些故意的"伪装"不是随意的,而是有明确意图的,"被虚构化的话语是作品的组成要素,不是一种从其语境当中抽取出来的单独判断",②虚构因为作品而存在,而不是因为作品之外的现实而存在,所以伊格尔顿指出:

> 这类述行行为在现实世界当中也可能具有强大的干预能力,能够实现某些重大变革,产生某些实际效果。正是这种奇异的影响力,铸就了命运,达成了婚约,向元首的象征性标志物致敬。述行行为只讲述自身,而不是报道某种事态,它和现实之间是一种生产性(productive)的关系。就此而言,述行行为与虚构作品的悖论式结构有不少关联。③

述行行为就其本身而言是虚构出来的,达成婚约的言语行为从逻辑上看就是凭空产生的一句话,但是,这句话真正促使了婚约的达成,所以述行行为对现实世界产生了影响,言语行为因而具有一种"生产性"。这种"生产性"关系可以隐喻文学艺术和现实之间的关系,文学艺术把现实当作原料,同时它本身又被现实当作原料,这是一个双向互动的过程,伊格尔顿借鉴了马舍雷的观点,认为:"文学作品为自身的自我构造提供原材料,艺术作品不仅仅是去反映或者再生那些进入到自己生产过程当中的原材料,相反,在创造自身的过程

---

① [古希腊]亚里士多德:《诗学》,陈中梅译,商务印书馆1999年版,第81页。
② Terry Eagleton, *The Event of Literature*, New Haven and London: Yale University Press, 2012, pp. 126 – 127.
③ Ibid., p. 138.

当中，它还积极地加工了这些原料。"① 从表面上看，文学作品的原料来自现实（历史），可实际上，这种原料不可能是原始的、未经加工的、纯粹原料，而是要经过作品本身的处理，是一种从属于作品自身生产逻辑的原料，真正原始的原料不可得到、不可表述、不可使用，但是经过文学作品的加工，这种原料就成了构成文学的基本要素，在这个意义上，虚构就是文学加工的一部分，它既是文学艺术的原料，也是它的生产加工方式。正如伊格尔顿所说："虚构忠实于自身的内部逻辑，所以它也是关乎现实世界的……虚构以一种呈现新世界的方式来讲述自身，虚构之内与虚构之外是可逆转的。"② 也就是说，虚构运行遵从自己的逻辑，但虚构又不是完全与现实世界隔绝，它的最终目的是要影响世界，所以虚构内外是互逆的。

既然我们不再受限于虚构与真实、摹仿与创造、行动与表演之间的二元对立，很多问题就迎刃而解了。比如就现实主义小说而言，伊格尔顿说：

> 小说最主要的含义并不是虚构。……所谓的文学文本最重要的意图并不是提供事实。相反，它邀请读者"想象"事实，即用事实建构一个想象的世界。也就是说，一部作品既是真实的，又是想象的；既是实在的，又是虚构的。③

虚构与否不是文学的充分或者必要条件，它不是对真实世界的镜像或者重组再造，考察文学不能用真实与想象、实在与虚构之类的某一范畴，那样就会失之简单化。

> 一切所谓的现实主义都是带有某种角度、经过编辑的现实。……现实主义小说的意图是反映存在的本来面目，包括各种枝枝蔓蔓

---

① Terry Eagleton, *The Event of Literature*, New Haven and London: Yale University Press, 2012, p.139.
② Ibid.
③ ［英］伊格尔顿：《文学阅读指南》，范浩译，河南大学出版社2015年版，第137页。

的细节；但是，它也必须从这些杂乱无意的事件中理出头绪。①

反映"本来面目"并从中"理出头绪"才是现实主义小说的意图和目的，它本身所制造出来的那个文本世界绝对是不可还原的，在伊格尔顿看来，"现实主义"不过是一种技法，在这些作品当中，"语言被做了最大限度的透明化处理，稍事抵挡就将意义拱手交出，从而使读者感到它呈现的是现实的原貌"。② 这样的语言"完全是被当作工具使用的……根本不存在'更贴近现实'的语言"。③ 现实主义小说和其他文学形式一样，都把语言当作一种表达意图的工具，行文至此，我们就必须回到"意图"或者"目的"的问题上来，也就是《诗学》中提到的"诗人的职责"问题上来，如果把职责理解为功效，那么我们必须知道，诗人和诗（文学）的"目的"是什么。

总而言之，作为述行行为的文学，其最大的"功效"是去影响现实，我们要去关注它所取得的实际效果、它与现实之间的生产性关系，这些事实上都是另外一种特定的现实功利性，对古希腊悲剧而言，就是让观众产生怜悯和恐惧，让摹仿者去表现那些他所认为的具有普遍性价值的东西，进而实现稳定城邦政治的终极目的。作为马克思主义者的伊格尔顿把言语行为理论中的"述行行为"与文学中的虚构联系在一起，其实隐含着深刻的人文关怀与伦理、政治意图。

第五节 伊格尔顿论摹仿与虚构的意义

一 古希腊悲剧摹仿：情感的政治学

对亚里士多德来说，悲剧和摹仿的价值或者功能是什么呢？

表面上看，悲剧及摹仿是为了让观众得到宣泄情感：悲剧的"摹仿方式是借助人物的行动，而不是叙述，通过引发怜悯和恐惧使这些

---

① [英]伊格尔顿：《文学阅读指南》，范浩译，河南大学出版社2015年版，第127页。
② 同上书，第143页。
③ 同上书，第144页。

情感得到疏泄"①;"我们应通过悲剧寻求那种应该由它引发的,而不是各种各样的快感","诗人应通过摹仿使人产生怜悯和恐惧,并从体验这种情感中得到快感"②。悲剧作为公民教育的组成部分,其隐含的政治功能就在于疏导民众情绪,团结城邦。所以在《甜蜜的暴力》中,伊格尔顿指出:

> 对亚里士多德来说,悲剧剧场就像是一个社会不良情绪的垃圾处理场,或者说它至少是一种重新训练课程。③

但悲剧不仅仅是一种心理治疗,它也是一种有所取舍的摹仿,更重要的问题在于,悲剧是一种表演,"作为观众,我们怜悯;作为参与者,我们恐惧"④,能够怜悯是因为观众观看表演时头脑清醒,把舞台上发生的仅仅当作虚构,而产生恐惧则是因为观众进入了情节,把自己置入了舞台,把表演当成了真实。所以,摹仿既是真实的,也是虚构的——摹仿得越真实,观众越能受到感染,他越有可能感到恐惧;与此同时,观众越是把表演视为虚构,他就越有可能产生怜悯,因为观众并没有像剧中角色那样遭受苦难。这正是以悲剧为代表的"摹仿"为我们带来的双重性,观众视角和角色视角的双重性。伊格尔顿进一步指出:

> 亚里士多德在"诗学"中认为怜悯和恐惧紧密地纠缠在一起。我们怜悯他人是因为怕同样的事情降临到自己头上,而自己无法生发的情感,其他人同样会无动于衷。……在《修辞学》中,亚里士多德认为同情会转化为恐惧,越是透彻地了解了这个对象,他身上的遭遇就越有可能变成我们自己的。将之推到某个

---

① [古希腊]亚里士多德:《诗学》,陈中梅译,商务印书馆1999年版,第63页。
② 同上书,第105页。
③ Terry Eagleton, *Sweet Violence*: *The Idea of the Tragic*, Oxford: Blackwell Publishing, 2003, p. 154.
④ [美]戴维斯:《哲学之诗:亚里士多德〈诗学〉解诂》,陈明珠译,华夏出版社2012年版,第56页。

第二章 伊格尔顿论"摹仿"与"虚构"

极限,这两种情感几乎无法判定彼此。①

这两种情感问题不仅仅是个人问题,也是个集体问题,在雅典,这更是一个关乎城邦政治的问题,对于古希腊人来说,欣赏悲剧不仅仅是看戏。同样,伊格尔顿也借菲力浦·拉库-拉巴特的说法阐明了自己的观点,即悲剧是一种关乎情感的政治学:

> 怜悯与恐惧是政治学而非心理学概念。怜悯指的是社会关系纽带,而恐惧指的是对这种关系的破坏。②

"摹仿"不但可以让人反思个体存在的意义,更让人们意识到了群体存在的意义,如果人是政治动物,那么这前提就是人们必须相互依存,通过他人来反观自我;而如果说人是理性动物,那么人们就必须认识到个体与群体、生存与死亡、必然性与偶然性之间的种种冲突,进而完善自己的品性、协调自己的行动。因此,以"摹仿"为核心的悲剧,首先具有重要的社会和政治价值。

柏拉图为什么如此敌视诗人,很重要的原因就在于:"在戏院舞台上,演员们既是自己,又是别人,而这对于一个秩序良好的社会来说,将影响到个体本质的稳定性。如果一名工匠开始设想自己并不是一名工匠,那么政治上的侵蚀随即而来。"③ 正因为"摹仿"和虚构这类行为会让人产生政治意识,所以柏拉图要把诗人从理想国中驱逐出去,亚里士多德和柏拉图的区别不过在于怎样利用诗人和表演来维持城邦统治。

此外,悲剧还具有哲学与伦理学价值,伊格尔顿说:

> 归根到底,悲剧不过是虚构,对我们这种胆小怕事之人,为

---

① Terry Eagleton, *Sweet Violence: The Idea of the Tragic*, Oxford: Blackwell Publishing, 2003, p. 154.
② Ibid.
③ Terry Eagleton, *The Event of Literature*. New Haven and London: Yale University Press, 2012, p. 120.

了被迫去承认好日子也不过是向死而生的，悲剧毕竟还是一种可以忍受的方式。否则，真实存在（Real Thing）带来的创伤将会异常可怕，那样我们根本无法苟活。①

作为虚构的一种形式，悲剧居然可以用来抵抗真实带给我们的创伤，如何理解这个判断？那个"真实"是否就是我们难以理解、无法表述甚至不敢面对的物自体（康德）或者真实界（拉康）呢？反过来说，我们目前所生存的时空，难道不也是我们自己通过想象力与实践从无到有把"虚构"变成的现实？

显然，这种利用虚构来应对真实的艺术形式，更多体现为一种否定性的价值，通过逃避来面对现实，通过虚假来应对真相，悲剧正就是文学中的典范。为了减轻人们在实际生活中所遭遇或者可能遭遇的痛楚，悲剧起着宗教的作用，在此意义上，悲剧类似于意识形态。

二 现实的"普遍性"与乌托邦的"可能性"

实际上，对亚里士多德来说，诗人创作悲剧并进行摹仿的目的就体现在那句广为引用的断言当中：

> 诗人的职责不在于描述已经发生的事，而在于描述可能发生的事，即根据可然或必然的原则可能发生的事。②

根据陈中梅先生的注解，此处的"职责"（ergon）是"功用""功效"③，实现功效便是达到目的，诗人去摹仿的目的便等同于它的功效与价值，"描述可能发生的事"就是诗人摹仿的职责与目的，而且可能发生之事不应该是个别的，应当具有普遍性意义。那么什么样

---

① Terry Eagleton, *Sweet Violence: The Idea of the Tragic*, Oxford: Blackwell Publishing, 2003, p. 169.
② ［古希腊］亚里士多德：《诗学》，陈中梅译，商务印书馆1999年版，第81页。
③ 孙周兴先生则将这个词理解为"作品"，在本书看来，此处的职责、功效和作品都是对"技艺"一词在不同场合的不同理解。参见孙周兴《本质与实存：西方形而上学的实存哲学路线》，《中国社会科学》2004年第6期。

的"可能发生之事"具有普遍性意义呢?

亚里士多德有句名言:人是天生的政治动物①。他所谓的政治从某种程度上说是一种公共生活,人具有社会性,所谓的普遍性是一种共通或者共享的东西。就文学而言,纯粹属于作者自己一个人的作品是不存在的,"作家可能会将一件真实发生的故事予以'虚构化',赋予它一种戏剧化的形式,塑造一些令人难忘的角色,设计一种引人入胜的叙事方法,重组该事件的种种特征,以期凸显某些道德题材和普遍化的主旨"。②任何作者都是有目的的创作者,而其所阐发的主旨必定期待读者(观众)有所回应。"虚构"不是目的,它只是手段,用《诗学》中的观点来看,这种创造式的"虚构"反而是值得称赞的,因为悲剧要"摹仿比我们好的人",悲剧诗人就要向优秀的肖像画家那样,在画出原型形貌、力求相似的同时,"把肖像画得比人更美"。③只有在形式上显得更美,通过增加、删除,甚至歪曲一些原料,作品才能让更多的人喜爱、理解并接受,只有从感性和理性两个层面打动对方,创作者才能表达出自己所理解的那种具有普遍意味的主旨。

一方面,打动更多的言说对象要求作者去表现"普遍性",另一方面,言说内容的纷繁复杂也要求作者去主动"普遍化",观众(读者)愿意体验的对象不可能是处于原始状态和时序中的故事与行动,那是杂乱的、非理性的,作者不得不去表现那些"根据可然或必然的原则某一类人可能会说的话或会做的事"④。只有这样,作者力图实现的"虚构"才是一种对于普遍性的"摹仿"。

不过,伊格尔顿更像一位乐观的诗人,他认为的"可能发生之事",并没有局限于感染观众、疏泄情绪、稳定城邦等此岸之事务,他的目标在乌托邦的彼岸——

---

① 参考亚里士多德《政治学》,商务印书馆1983年版,第7页。吴寿彭先生译作:"人类在本性上,正是一个政治动物。"

② Terry Eagleton, *The Event of Literature*, New Haven and London: Yale University Press, 2012, p. 114.

③ [古希腊]亚里士多德:《诗学》,陈中梅译,商务印书馆1999年版,第113页。

④ 同上书,第81页。

> 把某些事物当成是虚构的,便是允许你自己站在此事物的外围去思考并感受它,让想象自由驰骋,以虚构之名拒绝现实当中残酷的宿命。在这意义上,文学作品是种忽略真实的虚构,因此对类似沉思性的活动而言,文学作品可以成为合适的诱因。通过某种骑士精神,令人眩晕且富有想象的推测,而不是奴隶般地屈从于喧嚣无比的现实法则,作品就可以应付真实当中的冷酷无情。①

把文学视为一种"沉思性的活动",这便是把一种艺术活动当成了另一种理论性的思辨活动,因此,用亚里士多德的术语来说,这是把"技艺"当作了"理论",而作为一种"摹仿"的技艺,悲剧最能体现这种双重性,观众在台下对舞台上的活动予以反思,台上的表演本身又是对生活中人类行动的反思,这便体现了文学艺术(悲剧)最大的价值。

> 虚构的形式与技法只有在下列意义中才是独立与现实的,即它们并没有远离现实,它们不可能通过种种方式把自己和世界分割开来。虚构是下列事实的证据,即外部世界并没有强迫我们以单一的方式去描述它……我们在虚构当中描绘世界的时候,要比在现实生活当中拥有更多的自由度,但即便在虚构里面,我们的想象也是有限的。②

至此我们可以说,《诗学》关注的普遍性在很大程度上是人类既要受到束缚又拥有相对自由的普遍性,这是艺术本身具有的哲学意味,"摹仿"在这个意义上完全可以代替"虚构"。

悲剧摹仿与真实生活是无法分割的,为了产生怜悯与恐惧的"功

---

① Terry Eagleton, *The Event of Literature*, New Haven and London: Yale University Press, 2012, p. 87.
② Ibid., p. 165.

第二章 伊格尔顿论"摹仿"与"虚构"

效",作品不可能彻底远离现实生活,但是摹仿(虚构)在再现世界的同时,必定又拥有着更高的自由度,作品对素材拥有更自由的裁量权,只不过这种权力必定会受到真实世界运行法则的束缚而已,人类不可能获得那种无法无天的自由,人类的能力(想象力与实践能力)是有限的,类似于必死、苦难、性欲之类的必然性或者普遍性问题是每个人不得不要服从的自然法则。

进而,虚构也好,摹仿也罢,其本身并不是目的。作为人类智慧的创造物,文学和艺术的真正的目的还是人类本身,因此这就必须从美学返回到伦理学问题上来。与其他当代思想者不同的地方在于,伊格尔顿对这些问题的探讨是从文学开始的。

伊格尔顿说过,菲尔丁(Henry Fielding)的小说常常用大团圆式的诗性正义(poetic justice)来收尾,可这种结局其实是反讽,因为坏蛋罪有应得和有情人终成眷属不过是虚构出来的,这是艺术形式和艺术内容之间的反讽,实际生活当中,恶棍们很有可能早就当上了大主教。因此"小说越是赞美诗性正义,它越是要把我们的注意力朝相反方向吸引到文本之外的黑白颠倒上来"。[1] 写真实和写虚构一样,都有着明确的道德意图,但这种意图作为"内容",必定要通过某种符合人类认知、情感与道德接受模式的具体"形式"来实现,形式上出现了缺陷或者失误,内容无论再正确、再符合人类利益,它的效果也是极其有限的,甚至会起反作用。

故此,当苏珊·朗格(Susanne K. Langer)说,喜剧象征着幸运而悲剧象征着命运,伊格尔顿认为,这个判断的精致度超过了它的精确度[2]。原因在于,就亚里士多德的《诗学》来看,悲剧的发展应当是自然而然的,也是必然如此的。所谓必然如此,就是符合因果律的。悲剧不像史诗那样散漫冗长离题万里,恰恰就是因为这种自然而然的必然性是一种形式上的要求,而不是某种不可捉摸的形而上学要求。亚里士多德要排除的是偶然性、个别性或者说不可言说性——个

---

[1] Terry Eagleton, *Sweet Violence: The Idea of the Tragic*, Oxford: Blackwell Publishing, 2003, p. 142.
[2] Ibid., p. 101.

别之物无法言说，因为语言是用于交流的普遍性工具——亚里士多德关注的不是什么形而上的命运无常，诗学中的必然性就是人类头脑中的"因果必然性"。这种必然性一方面是人类理智的一种倾向，一方面也体现了一种审美和道德上的要求，因为非理性的、不可控的、不可言说的、无穷无尽的外部世界更加令人恐惧，与其真实地、毫无偏差地、原封不动地再现那种不可名状的真正的"真实"，不如用人类的理智去设想一种比较完美的、符合自身知性与理解力的"审美对象"，正因为如此，悲剧才是"虚构"和"摹仿"的统一体，虚构是为了满足理性需要，摹仿则是为虚构提供了素材，因为摹仿的对象是精心选择的结果，而不是那个最原初的、没有任何因果必然性可讲的、混沌的甚至可怕的外部真实。

在《文学阅读指南》（*How to Read Literature*）里，伊格尔顿又举了莎士比亚《暴风雨》第四幕第一场的例子：

> 我们这一些演员们……他们都已经化成淡烟消散了……入云的楼阁、瑰伟的宫殿、庄严的庙堂甚至地球自身……都将同样消散，就像这一场幻景……构成我们的料子也就是那梦幻的料子。①

伊格尔顿想要借这部作品来表达：剧场、人物、事件都是虚构的，可是舞台上再现的人生却是实实在在的，因此虚构和现实之间并没有什么明确界限，难道演戏和看戏不也是真实的活动吗？尽管戏是虚构的，但人生是真实的，文学艺术用虚构的方式为我们再现出一个又一个值得反思的真实生存境遇，这不就代表了它最大的真实吗？更进一步说，我们自己创造出的世界，那些亭台楼阁、宝马香车不也是我们演出每个自我人生的布景吗？

于是，伊格尔顿再次回到了文学艺术与道德关系上来，他说："剧场能给人真知灼见，但这见地是关于人生之虚幻的。……人既知必死，才会生出谦卑之心。……因为我们的道德困境很大程度上是自

---

① ［英］伊格尔顿：《文学阅读指南》，范浩译，河南大学出版社2015年版，第57页。

第二章 伊格尔顿论"摹仿"与"虚构"

己造成的,人人都不自觉地以为自己会长生不死。"① 文学艺术既是对人生和现实的虚构和摹仿,同时还要利用这种手段,让人们在构想未来的同时反思现状,这不正是文学艺术所具有的最大的政治与道德伦理价值吗?

---

① [英]伊格尔顿:《文学阅读指南》,范浩译,河南大学出版社2015年版,第57页。

第三章 伊格尔顿论"审美"与"道德"

2012年，国内推出一份人文学术著作近10年来对期刊论文影响力的"排行榜"①，其中，《美学意识形态》高居第六（艺术学），伊格尔顿的影响力可见一斑，尽管他在本著开篇第一句便澄清此书并非美学史著作，不过是"试图在美学范畴内找到一条通向现代欧洲思想某些中心问题的道路，以便从那个特定的角度出发，弄清更大范围内的社会、政治、伦理问题"②，很显明，他只是谦虚一下。进入21世纪，伊格尔顿又在《甜蜜的暴力》《陌生人困境》两部著作中，从不同的角度探讨了审美与道德之间的深刻关联。

第一节 悲剧摹仿与伦理、道德的关系

当代语境中，审美与道德（伦理）似乎是两套话语体系，但若追溯美学与艺术史，我们会发现，亚里士多德的《诗学》在研究悲剧时便有着深刻的道德目的，这篇古老的文艺理论作品并非就事论事般地讨论悲剧本身。在浪漫主义兴起之前，包括悲剧在内的各种艺术都与伦理、道德、政治密切相关，伊格尔顿发现，18世纪的一些评论家认为"悲剧之愉悦就在于道德上的满足感——要么实现了诗性的正义，要么当我们为堕落和不公感到悲伤之时，自己的仁爱之心可得到

---

① 参见苏新宁《中国人文社会科学图书学术影响力报告》，中国社会科学出版社2012年版。
② [英]伊格尔顿：《美学意识形态》，王杰等译，中央编译出版社2013年版，第1页。

第三章 伊格尔顿论"审美"与"道德"

增进改善。或许用更精确的说法可称其为道德上的自我满足"。[1] 悲剧首先能让观众自己实现道德之改善,促使观众追求正义,增进仁爱。

在此基础上,悲剧具有特定的社会伦理功能,如菲力普·拉库-拉巴特(Phillipe Lacoue - Labarthe)指出,希腊悲剧中的怜悯指向社会关系,恐惧指向对这种关系的破坏,他的意思是,人与人之间的怜悯可以连接并强化社会关系,而对他人苦难的恐惧则有可能引起人们对这种关系的主动躲避甚至关系断裂,因此伊格尔顿认为这种政治意义上的连接/断裂与埃德蒙·伯克(Edmund Burke)的美学体系不谋而合,悲剧中的怜悯与恐惧可以分别对应于伯克的优美与崇高:"前者指向某种优美的亲和力,以及团结社会生活的摹仿行动;后者则是那种具有颠覆作用的力量,或者是一种无法满足的野心,它只想着分裂破坏,只为了重建某种新秩序。"[2] 如果说,优美表征了某种顺从、依附甚至一致性,那么崇高就意味着对抗、分裂甚至颠覆,这些所谓的审美范畴可归入道德甚至政治范畴。审美和人的感受之甘苦、情绪之悲喜、遭际之顺逆、社会关系之亲疏远近密切相关,这不仅仅关乎审美,必然要涉及道德、伦理、社会问题。

但问题在于,通常情况下人们更强调审美中的"美",相反,悲剧往往会产生令人恐惧甚至逃离的效果,既然如此,人们为何还要争先恐后地去观看?恐惧也属于审美对象甚至目的吗?由此我们必然还会问:为什么悲剧作者对苦难、死亡的描绘可以归入引人入胜的审美范畴?悲剧所产生的宣泄(净化)效果就是审美的效果吗?进而,很多现代艺术品并不"美",反而很怪异、丑陋、令人厌恶,为什么它们仍然被称为具有审美价值的艺术品?是因为道德和审美之间存在某种联系吗?

这还是得从古希腊悲剧中的"摹仿"开始。在亚里士多德的诗学体系当中,悲剧是一种摹仿的技艺,对俄狄浦斯、安提戈涅所代表的

---

[1] Terry Eagleton, *Sweet Violence*: *The Idea of the Tragic*, Oxford: Blackwell Publishing, 2003, p. 172.

[2] Ibid., p. 159.

回归古典

人类苦难的摹仿正是悲剧试图呈现给"观众"的伦理学思考，按前文的论述，这种摹仿具有极为重要的伦理学意义："如果我们不被苦难所吸引，我们就有可能在实际生活当中避开此类场景，进而无法对受害者施以援手。"① 就此而言，悲剧对苦难的"摹仿"是让我们在苦难发生之前能在观念当中预先演练一遍去援助他人，因此，这种由观看苦难所带来的快乐"是一种狡诈的伎俩，通过这种方式自然界强化而不是弱化了我们之间的社会性联系"。② 也就是说，悲剧这种艺术形式绝不是独立自主的，它是社会生活的有机组成部分，人们在生活当中观看悲剧是为了更好地返回到生活中来，悲剧可以把人与自然界、人与社会的关系结合得更加紧密。

如果把这种解释推而广之，我们还会问：自然界是否真的像康德所设想的那样是"合目的"的？苦难本身因而也是"合目的"的？悲剧的任务就是去表现甚至促进这种"合目的性"吗？我们对恐怖、怪异、丑陋甚至令人厌恶的事物所进行的审美再现，是一种"顺势疗法"吗？若按照霍克海默和阿多诺的观点，怜悯与恐惧对应于"亲密与敬畏"，亲密是"融入外部世界的摹仿欲望"，敬畏则"对那个将自己带到世上的异质性力量表示了恐惧"③，那么，再现恐怖、怪异、丑陋、令人厌恶的事物，是否就是对那个不可知的、难于表述的、拉康意义上的实在界所进行的试探性再现，进而以此来增强我们的创造性和忍受力呢？通过对恐怖、怪异、丑陋之类否定性范畴的"摹仿"，我们发现了自身具有的征服与适应能力，如果把这归到"崇高"的范畴当中去，这不就属于道德和伦理的讨论范围吗？

所以，"摹仿"确实是一种狡诈的伎俩，既证明了人类所特有的再现原初事物的天赋，又透露出我们所具备的这种天赋不过是一种自欺欺人的审美游戏。摹仿作为一种预先的排演，是一种既涉及想象，也涉及现实的行动，既是虚构的，也是真实的，既是审美的，也是道德的，这是"摹仿"在亚里士多德《诗学》中被称为核心概念的主

---

① Terry Eagleton, *Sweet Violence: The Idea of the Tragic*, Oxford: Blackwell Publishing, 2003, p. 171.
② Ibid.
③ Ibid., p. 161.

要原因，故而，从悲剧摹仿入手，我们可以进一步看清伊格尔顿在文学、美学、人类学、心理学甚至精神分析学层面对于审美与道德之间关系的观点。

第二节　伊格尔顿论经验主义美学中的"摹仿"

伊格尔顿对"摹仿"的讨论并未局限于文学（悲剧），早在《美学意识形态》一书中他就将这个话题扩展到了美学领域：

> 对休谟和亚当·斯密而言，怜悯和同情是我们的社会统一的基础，它们包含着对其他人的想象性移情。"其他所有人皆因类同而与我们联系在一起。……"与他人的关系包含着对其精神状态（inward condition）的一种思想层面上的艺术性内摹仿，那是一种想象性一致；休谟用审美形象来解释他的观点，即我们观赏悲剧时体验到的、对痛苦的同情。[1]

对休谟、斯密等人而言，怜悯、同情之类的情感基础是一种基于移情之上的想象力，对他人产生同情便相当于在思想层面上构造出一个他人与自我类似的情境，而这种思想行动被称为"艺术性内摹仿"。亚里士多德在论友谊时指出，只有友善待己的人才能真正爱人，对自己没有感情的人，"也不会就他们自己的喜怒哀乐产生同情观念"[2]，如果说，"对待他人"的摹仿对象是"对待自己"，那么，友谊便是"诗学"中的摹仿移植到"伦理学"当中的样本。亚里士多德认为，所谓友谊，便是对待他人像对待自己一样，对待自己也要像对待他人一样，这是一个相互摹仿的往返过程。这种人际关系是一种想象性的一致，可称为想象性移情。

在亚里士多德的《诗学》里，摹仿是悲剧运行的手段，而怜悯和

---

[1] Terry Eagleton, *The Ideology of the Aesthetic*, Blackwell Publishing, 1990, p. 51.
[2] Terry Eagleton, *Trouble with Strangers: A Study of Ethics*, Oxford: Wiley-Blackwell, 2009, p. 13.

回归古典

同情则是悲剧力图实现的效果,如果说古希腊悲剧为城邦统治提供了某种类似于意识形态功能的艺术形式,而在资本主义发展初期,休谟和斯密也注意到了人类情感的政治功用与社会价值,通过移情、道德感官之类的假定,他们敏锐地意识到了艺术与政治之间的重要关联,即人与人之间的怜悯和同情有助于社会的统一,人同此心,心同此理,我们对悲剧当中的痛苦所表达的同情,其实也就相当于,我们对他人的境遇所表现出的个人情感,而将这种情感推而广之,将有助于社会稳定。

在《陌生人困境》(2009)一书中,伊格尔顿再次将英国18世纪道德哲学家们——夏夫茨伯里(1671—1713)、哈奇生(1694—1746)、休谟(1711—1776)、伯克(1729—1797)——的观点介绍到世人面前:

> 夏夫茨柏里:摹仿是一种相互作用或者辩证法:我们自身的慷慨行为将会引起他人的赞许,而后者对这些行为的尊重将令我们更加愉快。事实上,我们的行为几乎都是指向他人的。[1]
>
> 哈奇生:道德,就像艺术摹仿那样,包含着一种对他人内心状态的复写或者扮演。[2]
>
> 休谟:悲剧艺术为我们清晰可感地再现了那些陌生的可怜人,这便是为什么科迪莉亚之死像朋友去世一样让我们深受感动的原因。对休谟而言,同情在很大程度上依赖于再现(representation)。[3]
>
> 埃德蒙·伯克:摹仿把社会聚合在一起……相互模仿之所以是快乐的,不仅是因为我们在复制品当中享受到了本能上的愉悦,也是因为我们通过简单分享他人生活的形式,便能够自然而然、毫不费力地呈现出他人的生动特征。[4]

---

[1] Terry Eagleton, *Trouble with Strangers: A Study of Ethics*, Oxford: Wiley-Blackwell, 2009, p. 31.
[2] Ibid., p. 36.
[3] Ibid., p. 54.
[4] Ibid., p. 65.

第三章 伊格尔顿论"审美"与"道德"

对这几位思想家来说，摹仿是一种社会生活中的相互尊重，是对他人善德与善行的扮演甚至复制，是对他人际遇的移情式想象，因此，尽管摹仿在心理学层面体现为行动开始前的想象性一致，但在社会学、政治学层面上却是一种实际行动。埃德蒙·伯克说："正是通过模仿而非认知（percept），我们才习得所有事情；……它形成了我们的习俗，我们的意见，我们生活中的一切。这是社会交往关系中最强大的联结点之一；这是一种相互的依存，它会发生在人与人之间而不限于他们自身。"[①] 伯克认为，恰恰是摹仿构成了我们的社会交往，通过摹仿，人们相互依赖，相互信任，相互扶持，这最终将表现为某种习俗和道德的力量，没有想象中的摹仿，便没有实际中的行动。

如此，根据亚里士多德的"摹仿说"，再参考休谟、亚当·斯密以及夏夫茨伯里、哈奇生、伯克等人的意见来看，利用人的摹仿本能，艺术审美和社会可以实现顺利连接，社会稳定运行的前提就是人们在想象与行动层面上的步调一致，对这类道德学家来说，"伦理当中最重要的是想象力，只有通过这种摹仿能力我们才可以了解到他人的感受，如此才能像对待自己一样对待他们"[②]。人天生具有想象力，没有想象力就没有摹仿，但想象力其实是一种对他人或者对自身思维与行动的摹仿能力。

如果说社会意义上的"摹仿"相当于"将心比心、推己及人"，或"己所不欲，勿施于人"，那么，摹仿的最终对象终究还是人及其存在方式，伊格尔顿因而指出：

> 对伯克和休谟来说，把社会联系起来的纽带是摹仿（mimesis）这种审美现象……通过愉悦地模仿社会生活的实际形式，我

[①] [英] 埃德蒙·伯克：《关于我们崇高与美观念之根源的哲学探讨》，郭飞译，大象出版社 2010 年版，第 43 页，原文中 percept 译为"规制"，似有误。See *A Philosophical Enquiry into the Origin of Our Ideas of the Sublime and Beautiful* (Oxford World's Classics), Oxford University Press, 1998, p. 45.

[②] Terry Eagleton, *Sweet Violence: The Idea of the Tragic*, Oxford: Blackwell Publishing, 2003, p. 166.

们成为人类主体,而把我们与整体(the whole)强行联系起来的关系就存在于这种快乐之中。摹仿(to mime)就是要屈从法则,但该法则应是令人愉悦的,因而自由也就存在于这种看似奴役的状态当中。①

以伯克和休谟为代表的经验主义美学家们非常重视摹仿(mimesis)这种审美现象所具有的社会意义,在这一点上,他们和亚里士多德是一致的。但正如我们在前一章提到的,道德与社会领域的摹仿同样是一种双重性结构:一方面,摹仿要遵从于某种法则,后者不是人为制定的契约,而是一种人与人之间天生具有的、自发的相似性;另一方面,摹仿所遵从的法则又不能是强迫式霸权,遵守这种法则不会给人带来痛苦,反而会令人愉悦,所以伊格尔顿说,摹仿既是一种自由状态,也是一种奴役状态,自由和奴役是相反相成,互相依赖的。

既拥有自由,又受到束缚,既要受到天性的制约,这种天性同时又是令人愉悦的,因此伊格尔顿就把人们的注意力吸引至审美和道德这两个领域当中来。

第三节 身体、道德、审美:伊格尔顿的"唯物主义伦理学"

"摹仿"不但存在于审美过程当中,也存在于社会伦理当中,在《美学意识形态》第二章伊格尔顿以审美和道德(伦理)的关系入手,深入讨论了英国经验主义传统中的美学与伦理学观念,在第三章中探讨了康德义务论伦理学与审美的关系。伊格尔顿认为,强调特殊性的经验主义与强调普遍性的理性主义,都把审美视为中介来实现其资产阶级发展过程中的意识形态目的,原因在于,审美作为人自身的解放途径,可以帮助主体在达成社会和谐的同时又保持主体各自的独立性。对这些思想家们而言,审美不单单涉及个人趣味,更关系到

---

① [英]伊格尔顿:《美学意识形态》,王杰等译,中央编译出版社2013年版,第42页,略有改动。原文参见 *The Ideology of the Aesthetic*, Blackwell Publishing, 1990, p. 53。

第三章 伊格尔顿论"审美"与"道德"

社会生活当中的伦理、风俗、法律甚至政治问题。伊格尔顿在《美学意识形态》一书中提出,美学在其诞生初期与资产阶级意识形态有密切关系:

> 审美为中产阶级实现其政治抱负提供了一种极佳的万能范式,为其自治性与自决性提供了典型化的新形式,将法则与欲望、道德和知识之间的关系进行了变换改造,重铸了个体与总体之间的联系,在风俗、情感和同情共鸣的基础上,修正了种种社会关系。①
>
> 如同以美学的话语来定义的艺术品一样,资产阶级主体是自律的,自我决定的,它绝不承认外在的法律,反而以某种神秘的方式为自己立法。②

伊格尔顿认为,在那个资本主义处于上升状态的时代里,资产阶级需要提升政治地位,需要改善自身尴尬的政治困境,更需要在理论上为自身实践找到一些依据,美学这种既关切个体之特殊性,又不忘总体之普遍性的话语方式恰好就能起到这种作用,从某种程度上说,鲍姆嘉登试图把美学建设成一门研究具体性的普遍性科学,正体现了这种看似自相矛盾的资产阶级意识形态两难处境。伊格尔顿认为,这些理论家们的表述在某种意义上其实是资产阶级的政治想象,是他们的理论期待,即:"如果我们在乐善好施和温情迸发之中就能如体验美味一样直接地体验我们与他人的关系,我们还需要那些无机地把我们联系起来的笨重的法律和国家机器吗?"③ 用人的内部情感来代替外部法则,用风俗、情感、道德来代替法律、专制和强制性国家机器,这不正是意识形态的重要功能吗?这不就是美学所能体现的伦理学甚至政治学价值吗?

---

① Terry Eagleton, *The Ideology of the Aesthetic*, Oxford: Blackwell Publishing, 1990, p. 28.
② [英]伊格尔顿:《美学意识形态》,王杰等译,中央编译出版社 2013 年版,第 11 页。
③ 同上书,第 25 页。

回归古典

以个人的身体、举止为例，伊格尔顿发现一个有趣现象：

> 道德准则被审美化了，通过以下实际行动表现了出来：时尚、风度、智慧、精致、优雅、率真、审慎、亲切、好脾气、对伙伴的爱、态度举止的不受拘束、不出风头。……对哈奇生来说，身体和表情就直接表现了主人的道德状况。①

时尚、精致、优雅、审慎、不拘束、不出风头……这些形容词不单单可以用在人身上，也可用于艺术品，那个时代的艺术品讲究精致、优雅、亲切、不卑不亢，人的行为举止也是如此，这正是人类道德与审美之间的神奇联系。人们对审美的期待其实也是对道德的期待，而假如道德价值就像一种客观存在的、每个人都认同的价值，那么这种价值恐怕只能与审美活动作类比了，美的东西便是对所有人都有价值的东西，因此对 18 世纪的英国道德学家们来说，"如果支配社会生活的道德价值就如桃子味道一样是不证自明的，那么就可以避免大量有害无益的争论"②。美味、美德都是不证自明的，而这些都基于身体这个核心部件，每个人都有感觉器官，也都希望成为体面人，那么，这个天生的、不证自明的大前提就确定了，所以，道德学家们认为："由于慈悲和怜悯等自然本能，我们凭借天定的、对理性来说不可思议的法则而达到相互的和谐。身体的感情决不是纯粹的主观幻想，而是秩序良好的国家的关键。"③慈悲、怜悯这样的人类情感是人之天赋，不是纯粹主观随意的精神产品，而是每个人都具有的本能，就 feel 一词而言，感受力（feeling）本身就是情感（feeling），这是一种唯物主义观念。从个人利益出发，从身体感受出发，从共同情感出发，把个人当作群体、社会甚至国家的基石，这才是正常的政治秩序。

---

① Terry Eagleton, *Trouble with Strangers: A Study of Ethics*, Oxford: Wiley – Blackwell, 2009, p. 17.
② ［英］伊格尔顿：《美学意识形态》，王杰等译，中央编译出版社 2013 年版，第 21 页。
③ 同上。

第三章 伊格尔顿论"审美"与"道德"

既然人对外界的感受与人自身的情感在某种程度上是同一的,那么人们的社会生活同样可以被审美化,也就是说,物质生活和精神生活、共同观念和个别认识都可以进行统一。伊格尔顿发现,对夏夫茨伯里而言,"审美的生活就是在和谐地发挥个人能力的过程中充分表现自己,在随意的、令人愉悦的、理所当然的、世代因袭的贵族生活方式中遵循人的自由个性的法则"①;对哈奇生而言,"道德的行为是美的,不道德的行为是邪恶的或畸形的","道德直觉在判断时如审美趣味一样敏锐"。② 美的东西是令人愉悦的,美的生活同样如此,更重要的是,美的东西是直观的,无须繁复论证,因此美的行为、美的生活也应当如此简单、直接、有效。所以"为了使道德真理可靠地具有领导权的意味",伯克"希望将之审美化"③,他还认为崇高"支持进取心、竞争和个性发展","起源于我们面对危险时的一种雄性欲望的膨胀","是旧秩序的价值的审美化变体","是对既定秩序的否定","是一切社会性的反社会状态","是激励我们去追求更完美表现的无数无法表现的东西"。④ 对伯克而言,优美有助于社会统一,但崇高更有利于社会进步,这才是他把美学和政治紧密联系在一起的主要理由。因此,伊格尔顿总结道:

> 在这些关注"道德观念"的哲学家,伦理学、美学和政治学是和谐一致的。行善令人快乐,它属于我们的天性,是一种超越所有粗俗功利的自我证明功能。⑤

一方面道德问题属于个人,它类似于审美,是一种愉悦的享受;另一方面道德问题还属于社会,同样因为它类似于审美,审美是一种无须概念的、自发的一致性,道德是一种内在的约束力,也是一种无

---

① [英]特里·伊格尔顿:《美学意识形态》,王杰等译,中央编译出版社 2013 年版,第 23 页。
② 同上书,第 24 页。
③ 同上书,第 48 页。
④ 同上书,第 43 页。
⑤ Terry Eagleton, *The Ideology of the Aesthetic*, Blackwell Publishing, 1990, p. 37.

须强制的共同约定——所以，就这两方面来说，道德问题就和审美问题既和谐一致，又密不可分。进一步看，当道德问题成了默认的自我约束，那么政治问题便迎刃而解。

在英国经验主义美学的启发下，伊格尔顿用"摹仿"作为中枢来连接审美与道德问题，但这些问题和亚里士多德有没有更深入的联系呢？

一　审美摹仿与道德完善

根据前文的论述，作为"摹仿"的悲剧所产生的效果既有同情，也有恐惧，而我们也知道，在一定程度上，同情就意味着人与人之间的一致性，但恐惧在这个基础上，还增加了某种排斥甚至冲突，伊格尔顿发现，在休谟的道德思想体系当中，对抗和模仿是密不可分的："我们既乐于看到他人的快乐，同时还会发现自己产生了某种具有竞争性的焦虑。"[1] 为什么会出现这种结果呢？休谟认为同情之所以能够产生，是因为彼此互相类似，但人终究是利己的，同情他人和关注自我是一体两面的问题，他相信"所有人类都通过相似性彼此联系在一起，我们的共同本质因此便对利己主义作了平衡。我们会可怜陌生人甚至那些与我们无任何干系之人，甚至不过是听到了一点关于他们的苦难消息"[2]。所有人具有的这种相似性是道德问题得以解决的前提，这种相似性既包括利己，也包括同情，但利己的同时必然会产生对抗。

就同情心而言，每个人都是相似的，能够相互摹仿，这是因为每个人都有类似的身心结构，所以，基于身体之上的情感问题就有助于伦理关系的建立，这离不开想象力，比如休谟认为："仅凭道听途说我们便能与陌生人发生联系。伦理学与认识论在这一层意义上是息息相关的，没有这种制作想象式的心灵，我们的同情心将会变得迟钝无力。"[3] 人在认识外部世界的时候，既有理性的知识，也有感性的情感，道听途说都可以让我们对陌生人加以同情，甚至施以援手，所以

---

[1] Terry Eagleton, *Trouble with Strangers: A Study of Ethics*, Oxford: Wiley - Blackwell, 2009, p. 45.

[2] Ibid., p. 54.

[3] Ibid., pp. 54-55.

第三章 伊格尔顿论"审美"与"道德"

休谟认为同情便是伦理学与认识论的结合,移情和想象力反而成了对他人认知的前提,如果心灵不会移情、缺少想象力,那么人就不会产生同情心和道德感。

而移情和想象力在悲剧当中是一个非常核心的心理学问题,虽然朱光潜先生在《悲剧心理学》中对悲剧所产生的"审美同情"① 和"道德同情"进行了区分,但是,正像朱先生在分析完这两种同情之后所提出的反思,一方面,审美同情并不是始终存在;另一方面,悲剧角色的复杂性,以及旁观者式的观赏往往使得观众难以体验到审美同情②。其实,在笔者看来,这种区分实际上是不必要的,这两种同情很难截然分开,我们产生审美同情的时候未必不会考虑真实世界当中的类似人物与事件,而当我们产生道德同情的时候,也未必真的付诸行动,很多时候这种道德同情也仅仅存在于想象当中,它仍然属于审美同情的样式。所以,不但移情和想象力无法分开,道德同情和审美同情也无法割裂,这个问题若在古希腊很可能是一个并不存在的假命题,想象力与行动,审美情感与道德情感很难割裂开来。

亚里士多德曾明确指出,"怜悯的对象是遭受了不该遭受之不幸的人,而恐惧产生是因为遭受不幸者是和我们一样的人",③ 可以发现,他所指的怜悯和恐惧对象其实都是"和我们一样的人",一方面,不该遭受不幸之人不但出现在舞台上,也可以在日常生活中找到;另一方面,遭受不幸者虽然只是演员,虽然其不幸未必发生在我们身上,但角色具有的缺点我们观众同样具有,这就说明:亚里士多德并没有把舞台上和生活中两个环境当中的道德问题割裂开来,相反,恰恰是因为"摹仿"的存在,舞台上和生活中是可以相互摹仿的,悲剧只不过是提供了一个边界或者一个交汇点而已。进一步说,我们在遭受不幸之时想得到人们的怜悯,舞台上的不幸当然也能引起观众的怜悯;同时,角色遭受的不幸会让人们产生恐惧,这种恐惧虽然来自舞台,但它的存在与消失必定会体现在现实生活当中,所以,

---

① 朱光潜先生指出,这里的同情即是移情。
② 朱光潜:《悲剧心理学》,生活·读书·新知三联书店1996年版,第95页。
③ [古希腊]亚里士多德:《诗学》,陈中梅译,商务印书馆1999年版,第97页。

我们说：舞台上的演员和舞台下的观众，其实就是同一类人。这才是悲剧这种艺术形式让人得到审美享受的心理学与伦理学原因。

总而言之，18世纪英国的道德学家们对"道德"和"审美"的关系与亚里士多德有两处共同点。

首先是道德与美的关系：人有道德是一种完善，不道德是一种恶或者缺陷，比如伊格尔顿发现，"对哈奇生而言，有道德的行为是美的，不道德的则是邪恶畸形的，道德直觉进行判断的时候就像审美趣味一样敏锐"，①同样，亚里士多德希望的伦理教育是"使我们能在行善中收获愉悦，而在作恶时感受痛苦"②，也就是说，有道德的生活必然就是快乐的生活，行善是美的，作恶则是丑的。

其次是道德与生活的关系：有道德的生活就是美的生活，具备美德之人也是会享受生活之人，伊格尔顿说，"好的生活以优雅、安逸和幸福为主要目的，这显然没错，这些启蒙思想家们和亚里士多德或者阿奎那一样，以自己的方式明确无误地理解了这一点"③。"对亚里士多德而言，安乐来自于具有德性的生活。'德性'这里大约意味着如何做人的技巧或技能……具有德性的人做人很成功，就像屠夫和爵士钢琴师胜任他们的职责那样。"④道德学家和亚里士多德们都认为，"美"是一种完善，美德也是品性上的完善，美德既源于生活，还要归于生活，否则道德便是空谈。

二 从"宣泄说"到身体伦理学

亚里士多德在《诗学》中说：悲剧的摹仿"通过引发怜悯和恐惧使这些情感得到疏泄"，陈中梅在注释中认为，情感的激发包括怜悯、恐惧、愤怒等；而在《政治学》中，亚里士多德认为音乐具有"祓除情感"的功用，"现在姑先引用'祓除'这一名词，等到我们

---

① [英]伊格尔顿：《美学意识形态》，王杰等译，中央编译出版社2013年版，第24页。
② [英]伊格尔顿：《理论之后》，商正译，商务印书馆2009年版，第125页。
③ Terry Eagleton, *Trouble with Strangers: A Study of Ethics*, Oxford: Wiley-Blackwell, 2009, p.60.
④ [英]伊格尔顿：《理论之后》，商正译，商务印书馆2009年版，第121页。

第三章 伊格尔顿论"审美"与"道德"

讲授《诗学》的时候再行详解",吴寿彭先生在注释中说:这里的被①除情感也可译为"引发情感",如引泻之药,可消腹中积食,宗教音乐可引发情感而被除心中浓郁,"引发"和"被除"两种译法似异而同②。如此看来,"疏泄"情感类似于对身体疾病状态的治疗。陈中梅在为"Katharsis"所作的注释中提及:公元前5世纪,Katharis是一种医治手段,但当时的医学并非严格意义上的科学,医学与宗教、药学、玄学、病理学、伦理学之间无甚明确分界,所以Katharsis既是医治手段,也有宗教目的,既是医学上的"宣泄",也是宗教上的"净涤"。亚里士多德出身名医之家,对Katharsis的医疗功用应当熟悉,他强调的其实是悲剧可"为社会提供一种无害的、公众乐于接受的、能够调节生理和心态的途径"③。

就这话题而论,亚里士多德的艺术观念(美学观念)十分重视人的肉体感受,他强调人从孩提时代便具有的摹仿本能,他强调人和动物在摹仿上的区别,强调人从摹仿当中得到的快感,强调情节突转与发现所引起的怜悯与恐惧,强调悲剧摹仿应该引发恐惧与怜悯的事件,如此等等,其实都是在强调人类"肉身"具有的天性,故而亚里士多德说"那些体察到人物情感的诗人的描述最使人信服",比如"体验着烦躁的人能最逼真地表现烦躁,体验着愤怒的人最能逼真地表现愤怒"④,在人的感受与情绪问题上,亚里士多德的观点同时涵盖了身体、审美与伦理、政治多个层面,而他所处的那个城邦时代正是伊格尔顿所描述的:

> 在这个社会当中,认识、伦理—政治和力比多—审美三个重大领域在很大程度上仍然相互结合……艺术并没有明显地从伦理—政治分离出来,而是后者的主要媒介之一;它也不容易与认

---

① 音"服",除灾祛邪之祭。
② [古希腊]亚里士多德:《政治学》,吴寿彭译,商务印书馆2007年版,第436页。吴注见437页。
③ 参见亚里士多德《诗学》,陈中梅译本,第228页,Katharsis条目。
④ [古希腊]亚里士多德:《诗学》,陈中梅译,商务印书馆1999年版,第125页。

识区分开来，因为可以将其看成某种社会知识形式。①

亚里士多德所处的时代，"诗艺"是一种摹仿的技艺，类似于建筑术、音乐，这种技艺由专门人掌握，诗人的作用不仅仅是讲述历史、编纂故事，还肩负着教育民众、塑造德性、开启心智、稳定城邦的功能，这个时代并不像我们所处的现代社会知识、政治、审美各行其道。相反，以身体/利比多为基石，悲剧在疏泄观众情绪的同时，也开阔了观众的视野，增强了民众的道德感。这是医学、心理学、伦理学、政治学乃至认识论的共同作用②。

有学者认为，亚里士多德重视灵魂更重视于肉体："依据其'形式'与'质料'的二分法，他将'灵魂'归诸'形式'即'理性实体'，而将'身体'归之于可分解的'质料'即'非实体'，畸轻畸重之意亦很显然。"③ 其实此观点忽视了亚里士多德对于形式/质料和灵魂/肉体的一个比喻，在《灵魂论》中，亚里士多德曾举例说：

> 那个潜在地具有生活功能的物身，只应是现正寓有灵魂（生命）保持着灵魂的，不可是一个失去了灵魂（生命）的物身……斧的斫削功能或眼的视觉功能之为一个实现，恰正相类于醒态之为生机的一个实现，而灵魂为一个实现，也恰正相类于眼睛之表现其视觉或工具（视觉器官）之行其操作功能。躯体相应地具有生活的潜能，但恰如瞳子与视功能之合而成眼，灵魂与躯体合成一个活动物。④

在亚里士多德那儿，可斫削之斧方为真正之斧，可视之目方为真正之目，眼睛的灵魂便是它所具备的视觉功能，不能看的眼睛是没有

---

① ［英］伊格尔顿：《美学意识形态》，王杰等译，中央编译出版社2013年版，第349页。
② 这方面的深入研究请参见廖申白、王柯平等先生的相关论著，不另注。
③ 陈伯海：《"肉身"也能"证道"：论审美活动中的身心关系》，《文史哲》2010年第5期。
④ ［古希腊］亚里士多德：《灵魂论及其他》，吴寿彭译，商务印书馆2007年版，第87—88页。

第三章 伊格尔顿论"审美"与"道德"

灵魂的。同样,身体与灵魂是合生同死的关系,灵魂不能脱离肉身而独存,肉身也不能脱离灵魂,正如斧与斫削,眼与观看,不可分割,肉体与灵魂的关系,就是质料与形式的关系,形式将功能赋予质料,灵魂是让肉体得以实现其功能(活着)的一种"形式"。而在亚里士多德的形而上学体系当中,地上世界的"实体"都是形式与质料的结合体,只有天上世界(神的世界)存在一种只有纯粹形式的"实体",它没有质料。人和动物都生活在地上世界,当然都是质料与形式的结合体,所以,此时的灵魂无法脱离肉身而存在,灵魂这种形式不能脱离其肉身之质料而独存。亚里士多德仍然是一位强调身体感受的、偏重唯物主义的思想家。

再回到对"身体"的讨论中来,既然人的喜怒哀乐必然起源于身体,那么从人的情感出发,很多伦理与道德甚至政治问题都可以在此基础上得到深入讨论。18世纪的英国的经验主义美学家们,正是这样一批从身体入手探讨道德与政治问题的思想家。

他们认为,"在我们直接经验中就存在着某种感觉,以及对审美趣味的正确直觉,它为我们揭示了道德秩序","这种'道德感'允许我们以敏锐的感觉去体验正确与错误,因而就为某种社会凝聚力奠定了基础"①,对夏夫茨伯里而言,道德判断的对象就像审美对象一样,一眼看上去就能产生好恶之感,反过来,所有道德都必须以感情为中介,不以感情为中介是不道德的。感情和感受一样,都是基于身体的,而把人的感受与情感作为道德判断的事实与逻辑前提,正是这一批被伊格尔顿称为同情主义者(benevolentist,或译为仁爱主义者)的思想家们在观念上类似于亚里士多德"宣泄说"的地方。

"同情主义者"们认为,"道德上的反应植根于我们的身体——身体将强迫我们在社会行为上接受它在本能上的厌恶与赞许,这种强迫面对我们的行为充当了某种乌托邦式的判断",伯克甚至认为,"身体凭借其坦率直白……比心灵更加明智",因此,伊格尔顿把他

---

① [英]伊格尔顿:《美学意识形态》,王杰等译,中央编译出版社2013年版,第20—21页。

称为"最原初意义上的现象学家,关心的是身体本身的感官式存在方式"①。那么,伊格尔顿为什么要讨论身体和道德的关系?

18世纪英国的道德情感主义(moral sentimentalism)是一种唯物主义思想,这种思想把身体获得的感受和精神层面上的情感联系了起来,把人类的行动和体验结合了起来。在《美学意识形态》一书当中,伊格尔顿用很大的篇幅提到了这些18世纪的英国道德学家,在笔者看来,很重要的原因就在于,他试图建立一门所谓的"唯物主义伦理学",此"物"不是别的,正是人的"身体"。伊格尔顿试图"在身体的基础上重建一切",重建"伦理、历史、政治、理性等",而这项工程已由"现代化时期的三个最伟大美学家:马克思、尼采和弗洛伊德"着手,其中"马克思通过劳动的身体,尼采通过作为权力的身体,弗洛伊德通过欲望的身体来从事这项工程"②,在马克思那儿,人类身体能力的运用本身就应该是一种绝对的目的,但运用自身的能力必须要通过劳动实践才能实现,只有把身体从抽象的交换价值当中抽取出来,回归到劳动本身的使用价值中去,才能实现那种具有审美价值的生活,也就是说,人的劳动本来应该是美的,是一种自我享受,享受劳动本身:听音乐、看风景、制作艺术品、为自己的生存而劳作,这些都不应该被异化为其他的功利目的,但在资本主义社会当中,似乎只有劳动才能换来金钱和时间,劳动反而成了享受闲暇的前提条件——马克思当然要反对这种异化的劳动,他认为劳动本身才是目的,劳动是对自身能力的展现,是一种自我实现,劳动是使用价值而不是交换价值。

如果劳动只为劳动本身而存在,那么这就类似于现代意义上的艺术品了,审美活动不为别的,只是享受审美本身,同样,如果劳动只是一种使用价值,不是交换价值或者工具价值,那么劳动和审美就属于同一范畴,所以伊格尔顿指出,"马克思解构了实践与审美的对

---

① Terry Eagleton, *Trouble with Strangers: A Study of Ethics*, Oxford: Wiley – Blackwell, 2009, p. 39.
② [英]伊格尔顿:《美学意识形态》,王杰等译,中央编译出版社2013年版,第178页。

立","实践已经包含着对具体性的审美反应"①，通过重建劳动（实践）和审美之间的联系，马克思从事着这一项基于身体的、重建一切的工作，"对每个人来说，能力的丰富而全面地展开就是一种毋庸置疑的美德"②，如果劳动（实践）是人类自身能力的全面展开，那么这种活动就是一种美德，而这种能力的全面展开正符合了亚里士多德的美德观，"对亚里士多德这样的古典道德学家来说，幸福或安乐……就是过着一种可以被描述为自由全面发展的生活"③，马克思与亚里士多德的自由全面发展都是主动的，以自身为目的。相反，在资本主义社会做事情却必定要有外在的意义或目的，干好某件事是为了得到奖赏，而不是为了干好这件事本身。与此对照的是，亚里士多德认为，"干得好本身就是奖赏"，"对美德的奖赏似乎并不是幸福，具有美德就是幸福。干得漂亮就是享受来自满足自己本性的那种深深的幸福"④。人类的劳动本来应当是一种自我满足，但资本主义让劳动变成了获取生活资料的手段，劳动被异化了，与此同时，美德也成了一种异化的东西，似乎具有美德是为了得到奖赏、享受幸福，可在亚里士多德看来，具有美德本身就是一种幸福。美德不是一种外在的行动目标，美德的目的与手段都在于美德自身的自我实现。就此看来，作为自身能力之全面展开的劳动，和享受美德本身的美德，自然就是马克思和亚里士多德的共通之处。

身体、道德和审美在马克思这里同样也属于同一晶体的不同侧面，"身体"作为人类这个类存在的基础，必定将成为其他所有话题的起点，伊格尔顿在《理论之后》中在借鉴了当代伦理学家麦金太尔的观点之后，也相应地提出："道德基本上就是一种生物学的事务"，"道德最终扎根于我们的身体"⑤，那些不可能永存的肉体，那些脆弱的、受苦的、迷狂的、贫困的、互相依赖的身体，便是所有道

---

① ［英］伊格尔顿：《美学意识形态》，王杰等译，中央编译出版社2013年版，第186页。
② 同上书，第207页。
③ ［英］伊格尔顿：《理论之后》，商正译，商务印书馆2009年版，第120页。
④ 同上书，第113页。
⑤ 同上书，第149页。

德问题的基础。"正是因为身体……我们才表明道德是普遍的存在。有形身体是我们和我们这个物种的其他人,在时间和空间的延伸上共享的最有意义的东西。"[①] 所以,伊格尔顿以讨论身体问题为基点,把18世纪英国经验主义美学家们对于身体之重要性的强调,与经典马克思主义、与亚里士多德的伦理学问题放到了同一个层面上,并指出,"18世纪崇尚感情和感性,以一种独特的浮夸方式把讨论道德基本上理解为讨论身体"[②],这些恰恰正是夏夫茨伯里、哈奇生、伯克、休谟等人所做的工作,这样的话,当伊格尔顿提出下列论断时,我们便认为这无疑是一种创见,集合了英国经验主义、马克思主义、亚里士多德主义的精髓:

> 马克思与夏夫茨伯里的观点完全一致,他们认为人类力量和人类社会是它们自己的绝对目标。美好的生活就是自由的生活,就是全面地实现人的能力、与他人的类似的自我表达相互沟通。[③]

第四节　伊格尔顿论康德美学中的道德与审美

在18世纪英国经验主义(情感主义)美学那里,道德与审美之间有很多共通之处,比如说,它们都涉及事实与价值、必然与自由的双重性问题,二者都需要又不依赖于纯粹理性判断,都要牵涉人的感知能力与情感问题,因而在哈奇生这里:

> 如果神秘的道德观念展现出相似于审美能力的地方,这并不是因为美德是某种关乎品味的事;而是说,美德类似于艺术,在自身之内而不是在约束力、利益、义务、私利,或者神圣敕令等问题上,它异常珍贵。……美德和艺术都需要一种超出纯粹理性

---

① [英]伊格尔顿:《理论之后》,商正译,商务印书馆2009年版,第149页。
② 同上。
③ [英]伊格尔顿:《美学意识形态》,王杰等译,中央编译出版社2013年版,第209—210页。

第三章 伊格尔顿论"审美"与"道德"

之外的能力,美德和艺术都关乎自我实现的愉悦。这二种活动讨论的都是感觉与知觉问题(这是美学一词的原始意义);它们都会引起那种无利害的或者具有移情作用的想象力。①

对夏夫茨伯里和哈奇生来说,道德观念(moral sense)就像是一种神秘的、自发的辨别善恶的天赋能力,它"是一种难以言说的(je ne sais quoi 法语词)事物,类似于审美能力,无法辩驳,难以论证"②,在这些人眼中,道德问题可与审美问题作类比,但是,审美和道德问题真的和"纯粹理性""知识""事实"完全无涉吗?

答案并非显而易见。对鲍姆嘉通来说,建立美学就是要把这种能力进行理论化、哲学化,美学是研究具体性的科学。但对康德而言,审美判断不运用概念,审美能力不可以哲学化,就是一种伪知性,所谓的"难以言说"就意味着不可概念化。可是,倘若道德观念和审美都不运用概念,那我们就没法继续讨论这个话题了,所以我们必须把注意力转向试图解决这个"非概念之普遍性"问题的康德。

伊格尔顿在《美学意识形态》中提出,在认识论作为主导的现代哲学体系发展过程中,主体对外部世界的认识必然要包括对其他主体的认识,了解世界必然要了解他人,"人文科学"故而应运而生。但外部世界究竟在什么程度上可以用知识来进行理性化、概念化,并为我所知,为我所用?理解外部世界不同样包含着理解他人吗?问题在于,"没有知识,人的自由就是妄想;但奇妙的是,知识和自由也是对立的。若认识他人是实现我自由的必要条件,于是乎,他人也会认识我,这样的话,我又不那么自由了"③,在这样的历史条件下,若要自由,必需知识,但是,若获知识,必损自由,那么他人在什么条件下才能与我共同生存,同时又不妨碍我的自由呢?这便是认识论视角带给我们的两难处境,本来是一个关乎于事实的科学问题,必然会

---

① Terry Eagleton, *Trouble with Strangers: A Study of Ethics*, Oxford: Wiley - Blackwell, 2009, p. 35.
② Ibid., p. 22.
③ Terry Eagleton, *The Ideology of The Aesthetic*, Oxford: Blackwell Publishing, 1990, pp. 73 - 74.

回归古典

遇到一个关乎价值的伦理问题，我和世界对话必定要包括我和他人的对话，前半部分是一个事实问题，后半部分就成了价值问题。

这样，"美学"登场了。18世纪的欧洲，美学家可用群星璀璨来形容。同样是关注道德与审美问题，不同的思想体系源于不同的研究进路，但也产生了很多共识。

伊格尔顿指出，对康德来说，道德和审美也具有某种相似性，不过这种类比关系不同于经验主义美学家们的看法，康德的道德法则"在形式上模仿审美"，这种"实践理性是完全自律的和以自我为基础的，它在自身内孕育自己的目的，它唾弃一切粗俗的功利，不容任何异议。如同艺术品一样，此处的法则和自由是一致的"，[①]按照现代美学的理解，艺术品以自身为目的，不为自身之外的目的而存在，在这意义上，实践理性所试图尝试建立的道德法则也是如此，后者不受质疑，无可辩驳，是一种绝对律令。审美在经验和理论上都为道德提供了支持，比如："审美保证了主体之间自发的、直接的、非强制性的一致"，"审美提供了一个绝对自我决定的自律的形象"[②]，"审美判断所预示的必然是一种利他主义"[③]……这些"非强制性的一致""自律""利他主义"之类的词汇既说明了审美的特质，也彰显了道德的含义，对康德来说，那个至高无上的道德律就是它自己，它只为自身而存在，但同时又不是自私的存在。

一 审美的道德意味与道德的审美意味

如上文所述，伊格尔顿认为康德思想中的审美与道德具有某种相似甚至一致性，但那个道德法则（Moral Law）只是"在形式上模仿了审美"，实践理性所指向的道德法则是"完全自律的和以自我为基础的，它在自身内孕育自己的目的，它唾弃一切粗俗的功利，不容任

[①] [英]伊格尔顿：《美学意识形态》，王杰等译，中央编译出版社2013年版，第67页。
[②] 同上书，第85页。
[③] 同上书，第83页。

第三章 伊格尔顿论"审美"与"道德"

何异议。如同艺术品一样,此处的法则和自由是一致的"。① 也就是说,康德意义上的道德以自身为目的,从事道德行为便是行为本身的最高目的,既不缘于功利,亦不源自情感;类似地,若依现代美学之初衷,从浪漫主义的观看来看,艺术品的目的亦在其自身,艺术品的存在不是为了政治、社会、道德之类的"外部目的",它自身就是最高目的——因此,实践理性、道德法则和艺术品在本质上就是一致的甚至类似的,它们都是无可辩驳的,都不服从于自身之外的原则,它们本身就是某种绝对的最高律令。

除此之外,审美还为道德法则提供了多重例证,审美可以看作道德法则的某种类比,比如说:"审美保证了主体之间自发的、直接的、非强制性的一致","审美提供了一个绝对自我决定的自律的形象"②,道德法则不是强制性的外部法则,它是一种实践中的理性,是非强制性的、自我决定的,道德主体把履行道德责任当成了自己的最高实现,因为有道德的行为必然是每个人都愿意去完成的。而在审美领域当中,基于"审美共通感"的审美判断就是那种所谓的"非概念的普遍性",审美判断既是单称判断,又假定了他人必定都会赞同的前提,所以审美其实是"利他"的。"非强制性的一致"就是"非概念的普遍性",无须用理性的概念来强制,也无须用外部法则来强制,它们都是自律的,以自身为目的的,故而审美在这个意义上就是一种道德行为,审美不是自私的,但它也不是由外部法则来强制实行的,康德的道德法则不也是如此吗?

既然审美是一种非概念的普遍性,那么伊格尔顿就有理由认为美学是一种虚假的(pseudo)知识,可是既然人与人之间的审美判断总是能够产生共鸣一致,那么,美学又必定属于某种理性形式;尽管美学不能从认识论的角度去理解,但作为低级认识的美学还是具有某种理性的形式或者理性的结构,所以伊格尔顿指出了道德和审美之间的一致性关系:

---

① [英]伊格尔顿:《美学意识形态》,王杰等译,中央编译出版社 2013 年版,第 67 页。

② 同上书,第 85 页。

回归古典

　　当我们在某个审美判断中自发地保持一致时，当我们能够一致同意某现象或崇高或优美时，我们便能运用到那种宝贵的主体间性，依此方可确定我们自身是由富于同情心的、由某种共同能力所联系起来的主体所构成的一种共同体。①

　　与康德不同，伊格尔顿并不反对英国经验主义道德观，后者认为道德感和道德行为与人类共有的情感方式、身体结构、行为方式密切相关，相反，康德却认为这些东西对道德是有害无益的。以夏夫茨伯里、哈奇生、休谟、斯密等人为代表的英国道德哲学家认为，每个主体都是富有同情心的，具有某种共同的"移情"或者"共感"能力，在这些基础之上，道德意识与道德行为才有可能发生。但伊格尔顿的论证是反向的，他认为，正因为我们能够在审美判断中保持一致，能够运用自己的某种先验能力来说明一些难以言传、无法概念化的东西，那么，这恰恰说明我们是一种"共同体"。正因为如此，审美有了道德意义，因为"审美判断在本质上意味着一种利他主义，对人工制品或自然之美做出反应时，我把自己那种随情况而定的个人好恶放到了括号里，相反，却把自己置于他人的位置上，并站在这种立场上，从普遍化的主体视角进行审美判断"②，显然，审美活动此时就是某种道德伦理行为，它既证明了人认识世界的先验可能性，也证明了人与人之间进行非概念式沟通的可能性，毕竟实践理性依然是一种理性。所以在伊格尔顿看来，康德的美学和英国经验主义的美学其实讲的是同一个问题的两个层面：

　　最终在美学也只有在美学中，人类才能共同建立起亲密的社会关系。在理论话语的层次上，我们相互把对方理解为客体；但道德的层次上，我们相互把对方理解为自律的主体并加以尊敬。③

---

① Terry Eagleton, *The Ideology of The Aesthetic*, Oxford: Blackwell Publishing, 1990, p. 75.
② Ibid., p. 97.
③ ［英］伊格尔顿：《美学意识形态》，王杰等译，中央编译出版社2013年版，第61页。

第三章 伊格尔顿论"审美"与"道德"

这便是审美具备的道德功能,也可以说是美学具有的伦理学意义,从纯粹理性的角度看,只有尊重每个与众不同的个体,把对方当成客体,我们才能清晰地认识到自身的优势与局限,才能发现人本身的价值,才能证明启蒙的力量,可是,在这条道路上越走越远必定会出现消极的结局,所以此时,美学的意义就变得十分重大,只有在美学当中,互相尊重对方的独立性,同时又能建立起紧密的社会关系,这种既远又近的悖论式关系,正是现代美学与伦理学共同关心的话题。

那么,道德法则为什么有着强烈的审美意味?

康德的道德法则是一种普遍的法则,它排除了不同个体在欲望和兴趣上的差异性,个体行为的道德价值就在于,凭借主体的意志力来实现自身与道德法则(普遍)的一致。以夏夫茨伯里为代表的英国经验主义者们认为道德是普遍的,但他们的普遍性最终源于个别性,先有特殊,后有共性,相反,康德的普遍性是高过甚至不考虑个别性的,换句话说,英国传统里的道德法则是源于具体的抽象,而康德理解的道德法则则是具体必须要服从的抽象。恰恰是因为这种纯粹形式化的抽象性令康德道德法则本身具有了审美的意味,每个实践主体要遵从的道德法则是不考虑具体道德行为差异性的,也就是说,道德行为的"内容"不重要,重要的是这种道德法则本身这个"形式",这种不为具体道德行为服务,只为抽象道德法则本身服务的伦理学正是人们所说的"形式主义伦理学",也就是阿多诺在《最低限度的道德》中所说的"观念伦理学"——伊格尔顿认为,这正是康德的道德法则,它类似于现代意义上的美学观,美学是纯粹形式的,不为政治甚至社会服务,它只为自身而存在,康德的道德法则可以在这个逻辑上纳入美学的范畴:"康德的伦理既是私事,也是公事,在此意义上,它类似于审美判断。"[1]

康德伦理学在伊格尔顿看来,可作如下解释:"当我们完成道德

---

[1] Terry Eagleton, *Trouble with Strangers: A Study of Ethics*, Oxford: Wiley-Blackwell, 2009, p.112.

行为之时，我们所希望的不过是那种绝对的、无条件的价值：理性力量本身。我们应当符合道德法则，因为这样做本身就是符合道德法则的。"① 其原因在于，人自身就是目的本身，人不是上帝的手段，人又是道德法则的主体，那么，对道德法则的尊重就是对人本身的尊重，进而，道德法则、美学以及人本身，这三者就相当于某种同义反复，它们只以自身为目的。

由于康德的伦理学是一种"形式主义伦理学"，所以这种思想并不考虑具体的伦理行动，也不考虑行动主体所遭遇的各种伦理境遇及其选择，它考虑的只是道德主体的善良意志，所以伊格尔顿认为，在康德的伦理学体系当中，"正确的事情不一定是令人愉快的事情"②，"愉快"一词是英国经验主义、功利主义哲学的常见术语，康德明确反对这种逻辑。但人终究不是机器，情感、欲望之类的因素不可能根本消除，若依康德之见，道德行为的完成在具体生活当中很有可能就是被迫的，受制于某种道德规范，或者为了利益，或者为了荣誉，所以康德纯粹形式主义的伦理学要求在具体实践当中通常会让人们感受到不快，他相信"越是反对感情的冲动，我们在道德上就越值得尊敬"③，于是康德的道德法则便将内容和形式予以分裂了，他"拒不考虑幸福、自发冲动、善行和具有创造性的成就，其目的不过是刻板的、强制性的道德义务"④，可是这些要求终究还要回到现实生活中来，这些要求在现实中几乎是无法实现的。伊格尔顿的取向显然不是纯粹形式，他要的是一种必须重视质料的伦理学。

因此，伊格尔顿才说康德的道德律在形式上是绝对的、不容置疑，以自我为基础和目的，但在内容上它却是反美学的，因为它不考虑主体自身的福祉、情感、本能以及自我实现的要求。从这层意义上

---

① Terry Eagleton, *The Ideology of the Aesthetic*, Oxford: Blackwell Publishing, 1990, p. 78.
② [英]伊格尔顿：《美学意识形态》，王杰等译，中央编译出版社 2013 年版，第 67 页。
③ 同上。
④ Terry Eagleton, *The Ideology of the Aesthetic*, Oxford: Blackwell Publishing, 1990, p. 81.

第三章 伊格尔顿论"审美"与"道德"

说,道德和审美又是不一致的,道德只不过模仿了审美的形式而已。

康德认为,伦理既是私事,也是公事,在此意义上,它类似于审美判断。伦理行为纯粹而且完全属于自我;不过,在我独一无二地成为自身的情况下,我不过是某种普遍性法则(universal law)的载体而已。……某些超人的或者不具人格特征的东西就位于自我的中心,它使得自我成其自身——不过奥古斯汀和阿奎那将这种崇高的、深不可测的力量称为神,而弗洛伊德则命名其为欲望,康德称之为道德律。[1]

伦理和审美看上去是私事,实际上则是公事,因为它们既是自我选择和评价活动,也是一种必定要涉及他者的共同生活方式。但康德认为,不论是"自我",还是"他人",大家所具有的普遍性或者共同性,并非每个主体所共同拥有的某一类特征,就像英国同行们所设想的那种移情或者共感,真正的普遍性就是每个主体都要承担的共同法则,那个真正独立自主,并且不依赖于自身之外任何条件的范畴,只有一个,它就是道德律。此时道德律就有了另外一种意味,伊格尔顿让这个道德律和奥古斯丁、阿奎那的"上帝"乃至弗洛伊德之"欲望"发生了关系,因为它们都属于那种不容置疑的、无法表述的、只以自身为目的和依据的范畴,而那个具备无目的之合目的性的审美不也是这样吗?

审美活动不可能将形式与内容完全割裂,形式只有和内容结合才能让人理解美的价值,康德的道德法则在目的论的意义上和审美是相通的,但它终究是一种理念论。伊格尔顿是马克思主义者,他强调的当然是实践,而不仅仅是实践中的理性。因此他说:

类似于艺术品,道德或者实践理性是独立存在的、以自我为基础或者理由。在其内部就包含着目的,抛开了所有的实用性、

---

[1] Terry Eagleton, *Trouble with Strangers: A Study of Ethics*, Oxford: Wiley-Blackwell, 2009, p. 112.

鄙视所有效果，且不容置疑。①

康德的形式主义伦理学反对任何效用、偏好、欲望、结果，后者都是道德之外的事，康德只考虑善良意志是否可能，因此这种道德法则是每个主体都要尊重的"普遍性"，它应当成为每个主体选择与行动的理由，人以自身为目的，那么道德法则也是如此。

总的来说，在阐释康德"道德法则"（道德律）概念的同时，伊格尔顿讨论了审美与伦理在自我目的性、自发一致性、公共性、形式与内容等问题上的可比性，但伊格尔顿故意忽略了一个事实，康德的伦理学体系本身是一种"道德哲学"，其最终目的是在哲学而非日常生活意义上讨论"道德"。尽管如此，伊格尔顿还是为康德思想与现代美学观念搭建了桥梁，重新审视我们在艺术审美领域熟视无睹的"目的""形式""普遍性"等习语的现代性源头，显然具有重要理论价值。

二 解决"陌生人困境"的象征界伦理学（symbolic ethics）

伊格尔顿将以夏夫茨伯里、哈奇生、休谟、伯克等人为代表的18世纪英国道德哲学家们称为仁爱主义者（benevolentist）、道德情感主义者（sentimentalism），并借助拉康的三界理论，将他们的伦理学思想观念概括为"想象界伦理学"②，同时又将康德的伦理学思想归入"象征界伦理学"③。如何理解伊格尔顿这种创造性的划分呢？

在拉康的学说当中，人类的孩童时期要经历一个镜像阶段（mirror stage），对儿童来说，此时"现实与信以为真之间的边界是模糊的：我们认识的真实世界其实是虚构的，但是，即便镜前的儿童认为自身的镜像是虚构的，他依然会把这个镜像当成真实之物。想象界对拉康而言就意味着'从属于影像'（pertaining to an image），这不是空

---

① Terry Eagleton, *Trouble with Strangers: A Study of Ethics*, Oxford: Wiley – Blackwell, 2009，p. 113.
② Ibid., p. 24.
③ Ibid., p. 89.

第三章 伊格尔顿论"审美"与"道德"

想之物（fantastic），亦非虚构之物（unreal）"。① 也就是说，儿童会将镜像当作真实，但此时的镜像既非虚假亦非真实，镜像是行动的参考甚至指导，甚至镜像并无逻辑真假可言，只要它能对实际行动产生效力既可，孩童对镜像的摹仿其实是一种建构，镜像和真实的人之间此时就是一种相互间摹仿。

伊格尔顿指出，这种摹仿与亚里士多德关系甚大："从某种意义上说，想象界的成人化版本就是友谊。正如亚里士多德在其《伦理学》中所指出的，在友谊当中，他人既是你又不是你——这种对主体的归并与联合，在更高层面上再造出了镜像阶段。"② 在亚里士多德那里，如何对待自己便能如何对待他人，对自己缺少感情，自然不会对他人产生同情，对待他人的方式其实是摹仿了对待自己的方式。因此他人既是自己又不是自己，这岂不正类似于拉康所设想的"镜像阶段"？儿童和镜像、自我和他人，在这个意义上正是处于一种相互摹仿并实施行动的循环式运动当中。

受惠于拉康的思想，伊格尔顿提出，18 世纪英国道德情感主义者们提出的移情类似于自我与他人、心灵与行动上的相互摹仿，这种"移情""同情""共感"更多地类似于感官意义上的自我满足，这种因摹仿而产生的满足感类似于儿童对镜像产生的双方一致性的迷恋。作为主体，儿童对自身的认知要通过镜像来实现，而英国思想家们所设想的伦理生活则把他人当作自己的镜像，每个主体都在善良意愿和举动当中感受到镜像式的快乐，他人类似于自己，那么这种伦理生活就更接近心理学意义上的"自恋"了。

只是问题在于，他人不可能都像镜子一样原封不动地反映自己的举动，他人的举动很难是完全一致的摹仿，发生扭曲很自然，我们对他人之摹仿所产生的喜悦，在相当程度源自摹仿的动机，而不仅仅是摹仿的结果。可见，这种思想的伦理学价值似乎大于它的心理学价值。

---

① Terry Eagleton, *Trouble with Strangers: A Study of Ethics*, Oxford: Wiley-Blackwell, 2009, p. 1.
② Ibid., p. 4.

回归古典

因此，伊格尔顿提出了质疑："同情不可能完全自发地产生，它需要去评估客体对象的价值。自我似乎被分割成两部分，一部分进入他人，而另一部分留下来评价结果。"[①] 也就是说，"同情"（sympathy）必须有一个理性的、认知性的维度来评价自身，否则我的所有情感都倾注到了他人身上，我如何来获取愉悦呢？理性地判断出他人是否与我产生一致，这才是大前提。所以此时的"自我"由两部分构成，一部分导致双方产生一致，另一部分用来评价这种一致。

进一步看，"人的情感就像记忆力一样，在其对象离开之后会逐渐消失。在社会秩序当中，占统治地位的始终是自身利益，长期来看，同情处于短缺状态"[②]，"同情心是自然的、天生的，尽管它是普遍的，但只有在某些局部区域才能产生作用"。[③] 正像人不可能永远与镜子一起生活，主体和镜像、自我和他人之间的情感关系不可能时时刻刻保持着，人必须离开镜子生存，主体也一样，那么这就面临着一个类似于记忆力逐渐消失的必然结局——在社会当中，人与人之间不可能都处于一致状态当中，更何况自我保存的利益永远要高过他人利益，同情（sympathy）在客观上是一种附属的、次要的情感，同情心终究要依附于自身利益，绝大多数正常的人不可能在否定个人利益的前提下对他人施以同情，所以移情（共感）只有局部意义，长期地看，它是短缺的，而不是过剩的。18 世纪英国思想家的设想过于乐观。

究其原因，我们必须重视 18 世纪英国道德情感主义产生的时代背景，当时的思想家之所以强调同情心有其深刻复杂的社会与经济原因，"18 世纪的大都市起着'聚集陌生人'的作用，陌生人之间仅凭其表面可见的符号化标记来相互辨认对方，既困难重重又危机四伏"。[④] 这意味着，在资本主义初期，道德感（moral sense）尚能起到建立并强化社会联系的作用，但到了大都市、大工业兴起的阶段，城

---

① Terry Eagleton, *Trouble with Strangers: A Study of Ethics*, Oxford: Wiley-Blackwell, 2009, p. 71.
② Ibid., p. 101.
③ Ibid., p. 102.
④ Ibid.

市当中汇聚了各色人等、社会阶层急剧分化、人与人之间越来越缺少天然的纽带,原子化状态出现,最初那种产生自一定共同体范围内的道德观念必然要受到冲击甚至面临解体,"随着中产阶级队伍在新兴都市中的迅速膨胀,匿名性的问题因而也变得越发尖锐起来"①,在传统社会里,血缘、地缘、阶级划分是有效的,但在资本主义飞速发展的时期,机器大工业聚集了越来越多的陌生人,人与人之间关系建立与断裂成了家常便饭,伦理关系必须予以重建,原来的"同情"是不可持续的,更何况人们对自身利益的强调远远超过对陌生人利益的关注,这才是"陌生人困境"(trouble with strangers)的由来。

为了面对这种困局,以康德主义为代表的"象征界伦理学"应运而生。

首先我们知道,词的含义与其用法不可割裂,就同如钱和它的使用方法,词只有在实际运用中才有含义,钱只有在交换中才有价值。人作为主体也是这样,只有"在某个象征秩序当中,占据一个特定位置,在此体系当中承担一定角色和关系,个人才具有交流功能,而不是一个独一无二的、不可替代的、活生生的动物"。② 同一个人在不同的秩序(比如家庭、工作、教会、社团)当中有不同的定位,承担着不同的功能,同一个人既是威严的父亲,但也是卑微的职员,因此在不同的秩序中,不同的角色决定了他与其他主体之间的交流方式,拉康将这种"秩序"称为"象征界"(the symbolic),这里的秩序要比个体更重要,语言本身也是一种秩序,不掌握语言就不能成为人本身,甚至在一定意义上可以说,正是这些象征秩序决定着主体的存在意义。伊格尔顿曾举一例:我敢拿远房表兄弟开玩笑,不是因为他本身搞笑,而是因为他的身份恰恰是我的远房表兄弟,他本身是否"好笑"是次要的,他在血缘秩序当中"身份"才是主要的——因此,在象征界中,"最重要的是意指方式(signifying position),而不是实际存在的单独个体。只有把自己定位于某种符号体系当中我们才

---

① Terry Eagleton, *Trouble with Strangers: A Study of Ethics*, Oxford: Wiley – Blackwell, 2009, p. 103.
② Ibid., p. 6.

能成为'真实的'主体,这就如同,只有学习说话我们才可被称为人"。①

在想象界(the imaginary)当中,人和镜中"我"是一种相互模仿的状态,但是,随着儿童的成长,他必须把自身假定成一个独立的、不依赖于镜像的自主主体,而这就必须与镜像断裂,必须从"想象界"跃升至另一个"象征界"当中来,象征界的运行依赖于主体间性,只有先确定了自身与他人的位置,只有先承认他人是一个自主的主体,自我才能因此而成为自主的主体,但如何确定自我和他人都是自主的主体呢?这就必须借助于第三者,主体必须识别出一个外部事物来规范每一个"自我",在想象界中,儿童并不知道"镜子"的存在,只知道"镜像",但在"象征界"里,主体有了理性认知能力,必须承认那个超然的、不以自身意志为转移的"象征秩序"或者"意指方式"的存在,它为每个主体划分领域、制定规则、安排角色——"我们要打交道的是一个纯粹的形式结构,在这结构当中,通过某个随之而来的冷漠法则,个体被分配并锁定在各自的位置当中。重要的是关系,而不是经验意义上支撑这些关系的个人"。② 如果说,在"想象界"里,主体还必须依靠"镜像"这个可感的、直观范畴来维系自身存在,而到了"象征界"里,那个纯粹形式的、外在的、冷漠的"象征秩序"就是纯粹理性层面上的范畴了,我们只有承认自己身处秩序之中,我们才可以发现自身,才能够继续生存,否则我们无法为自己和他人命名,我们找不到自己的位置,这是拉康"象征界"理论给伊格尔顿的启发,因为它与康德的观念伦理学有很多一致之处。

为了解决资本主义发展时期产生的"陌生人困境"(trouble with strangers),人们期待一种超乎主体差异性的、抽象的、纯粹形式上规则出现:"法则,或者在更普遍意义上支撑法则的象征秩序,就成了一种引导我们如何对待陌生人的主要方式。就像是自由市场,它是一

---

① Terry Eagleton, *Trouble with Strangers: A Study of Ethics*, Oxford: Wiley - Blackwell, 2009, p. 86.
② Ibid.

种规定我们对待无数陌生人的管理手段。"① 进入大都市和大工业的陌生人必定是具体的、千差万别的,所以超然的、不考虑具体差异性的法则才是必要的、有实效的,就如同自由市场的规则,不管买方卖方来自何处,双方必须遵守某些规则,交易才能有效,双方的利益才能得到保护。也就是说,没有抽象法则,不同个体的利益就得不到公平对待,只有超越了个别利益及其偏好的法则存在,这个规则才是公平的,才能尽量减少不同个体在交易沟通中的利益损失,所以,这个规则越抽象越好,纯粹的形式主义是它的必然要求,它必须在形式而不是内容上提出约束,因此,伊格尔顿如此评价康德的道德法则:"法则拥有的内容越不明确,它就越能有效地完成其任务。在这意义上,道德法则类似于物理法则,后者仅仅是某种用极少信息去表达的数学关系。假如要为人类的统一体提供某个理由,法则必须如此,必须彻底地忽视掉我们的差异性。"② 伊格尔顿做了一个类比,物理法则往往是用数学公式来表述的,数学是纯粹形式的东西,那么物理法则虽然忽视了质料上的差异,但它有效地强调了形式上的共性。

到这里,我们才能理解伊格尔顿的这个判断,"康德的道德法则在形式上摹仿了美学,在内容上却是反美学的",其原因就在于:道德行为的具体内容和道德主体的利益、偏好、选择必然是千差万别的,是个别性,但道德法则只能体现为形式上的绝对性,它必须以毋庸置疑的权威性作为基础,不能在内容上考虑道德主体的情感、本能等具体的、质料上的因素。

故而,伊格尔顿总结道:"对亚里士多德或者托马斯主义者来说,我们共同具有某种理性的本质;而对仁爱主义者们来说,这种本质已经缩小成一组我们所共享的、除掉了理性基础的情感;而对康德主义者们来说,人类的共同性已经收缩成一组共有的形式上的过程。"③ 在亚里士多德那里,人类的共性在于理性;在英国仁爱主义者那里,共性在于情感;而在康德那里,人类的共性只剩下了纯粹的形式,这

---

① Terry Eagleton, *Trouble with Strangers: A Study of Ethics*, Oxford: Wiley-Blackwell, 2009, p.102.
② Ibid., p.103.
③ Ibid.

种形式就是道德法则。

以上观点主要出自《陌生人困境》（*Trouble with Strangers*），此书是十余年来伊格尔顿出版的一部非常重要的理论作品，在很多美学问题上是《美学意识形态》一书的延伸与拓展，在笔者看来，要理解伊格尔顿近年来的美学观点，还必须讨论他对康德伦理学与亚里士多德伦理学的美学解读。

第五节　伊格尔顿对康德伦理学与亚里士多德伦理学的美学解读

一　买椟还珠：普遍性法则带来的恶果

最初，亚里士多德《诗学》中的"摹仿"不仅仅是一个艺术或者美学问题，它还有着非常重要的哲学意味。"摹仿"不单单是人类的本能，或是一种游戏方式，它其实是一种本体存在方式，在古希腊，"如果没有摹仿者的表演（action）（即对好和坏者的表现），人就不可能是好或者坏的。因此，摹仿者的表演（action）在此方式中也就是被摹仿者的行动（action）"。[①] 也就是说，古希腊悲剧情节是对生活的再现，摹仿对象是生活当中的好人或者坏人及其具体的行动，如果没有这种摹仿，作为观众的城邦公民便没有更直观的方法来认识善恶，区分好坏，那么此时的表演既是演员本身的实际行动，也是剧情所呈现的生活中的实际行动，从这个意义上说，作为摹仿的艺术（悲剧）本质上就相当于一种伦理工具，因为"如果没有某种类似诗的东西，这个世界就不会有好或者坏了"。[②] 如果没有悲剧摹仿这种艺术，世界上的好坏是无法直观的，也无法成为被反思的对象。所以说，古希腊的悲剧艺术在是一种特定的伦理行动。伊格尔顿说：

> 凭借其无目的性，艺术品始终如一地摹仿了人类存在本身，通过这种摹仿，艺术品将自身从那神秘莫测的深奥复杂当中呈现

[①] ［美］戴维斯：《哲学之诗》，陈明珠译，华夏出版社2012年版，第27页。
[②] 同上。

第三章 伊格尔顿论"审美"与"道德"

了出来,而人类存在并不需要那种愉悦自我之外的所谓基本原理(rationale),但理性主义者和功利主义者却对后者有着过分的要求。①

亚里士多德说过,悲剧中最重要的是行动,而不是人的性格,悲剧摹仿的是人之行动,这说明,悲剧是对人类存在方式的摹仿,在古希腊人那里,变幻莫测的是命运而非性格,从表面上看人类有自主行动的能力,可事实上,行动都是对他人既定行为或者行为方式的想象性摹仿,摹仿的对象或者比现实中更好,或者比现实中更坏,或者和现实中相当。所以亚里士多德表示:"摹仿者描述的人物,要么比我们好,要么比我们差,要么等同于我们这样的人。"② 摹仿"再现"的是人类命运的复杂性,将其中某个片段重新呈现出来。

所以,若用现代观念来看,艺术品的价值似乎在其自身,可若用亚里士多德为代表的古典艺术观念来看,作为人工制品的艺术品,其价值仍然属于人类,任何人工制品的出现都是有其目的和功用,而它们的存在不过是为了让人们享受智慧与幸福,艺术品存在的最终目的并不超然于人类之外。这便代表着艺术品的本体论意义,在康德那里,"正确的事情不一定是令人愉快的事情",③ 价值与实现价值的手段是分裂的——这种观点都没有把作为目的的人和作为手段的人统一起来,反而把某种隶属于抽象领域的、普遍化了的"基本原理"当成人类追求的最终目的。艺术品和人一样,既是类存在,也是个体存在,不能为了普遍而牺牲个别,不能为了抽象而忽视具体,把"原理""法则"当成人类追求的目的在伊格尔顿看来相当于买椟还珠,他认为这种"异化"的代表就是康德及其伦理学体系。

在康德眼中,苏格兰启蒙思想家们提及的"道德感"主要是一个"摹仿"问题,因为他们强调"人同此心,心同此理",但康德认为:

---

① Terry Eagleton, *The Ideology of The Aesthetic*, Oxford: Blackwell Publishing, 1990, p. 65.
② [古希腊] 亚里士多德:《诗学》,陈中梅译,商务印书馆1999年版,第38页。
③ [英] 伊格尔顿:《美学意识形态》,王杰等译,中央编译出版社2013年版,第67页。

"在所有关乎道德的问题当中,摹仿没有立锥之地。"① 不同的主体有不同的摹仿技巧,悲剧和喜剧的摹仿不同,同样,观众和演员对同一摹仿的反应也是不一样的,摹仿本身就是不可靠的,因为摹仿终究要源于主体的选择。从摹仿推导出伦理观念显然是缘木求鱼。相反,康德认为,来自肉体的感官经验、情绪都是不可靠的、是转瞬即逝的、个别的、无法普遍化,只有特定情况下才有可能用于道德判断,对甲适用的未必对乙适用,所以感觉、情感之类的范畴必定不可成为道德准则。"情感、习性和偏好(inclinations)不能为我们提供客观准则。"② 康德曾举例道:"有一些富有同情心的人,即便没有虚荣或者利己的其他动因,他们也对在周围传播愉快而感到一种内在的喜悦,如果别人的满足是他们引起的,他们也会为之感到高兴。但我认为,在这种场合,诸如此类的行为无论多么合乎义务,多么可爱,都不具有真正的道德价值,而是与其他偏好同属一类"③,康德认为,即便行善带来愉快,也并不能因此而将这种善视为具有真正的道德价值,因为这仍然是一种"偏好",它本身并未"出自义务"。客观上说,康德对18世纪英国道德哲学的批评是有道理的,"同情与慈悲之心固然不错,但如果这些东西构成了我们行动的原因……这些东西就会成为影响我们正确思考的负担"④,同情(sympathy)之类的情感在康德看来显然是非理性的,容易让我们陷入不冷静的状态中,他认为,只有客观冷静超然的态度才能够做出公平公正的判断。"在没有任何偏好再鼓动他去施惠的时候,他却从这种死一般的麻木中挣脱出来,没有任何偏好地、仅仅出自义务地做出这个行为,在此情况下,这个行为才具有其真正的道德价值。"⑤ 既然如此,那就只有那个外在于

---

① Terry Eagleton, *Trouble with Strangers: A Study of Ethics*, Oxford: Wiley – Blackwell, 2009, p. 106.
② Ibid.
③ 康德:《道德形而上学的奠基》,《康德著作全集》第4卷,李秋零译,中国人民大学出版社2005年版,第405页。
④ Terry Eagleton, *Trouble with Strangers: A Study of Ethics*, Oxford: Wiley – Blackwell, 2009, p. 107.
⑤ 康德:《道德形而上学的奠基》,《康德著作全集》第4卷,李秋零译,中国人民大学出版社2005年,第405页。

第三章 伊格尔顿论"审美"与"道德"

每一个主体的、理性原则——也就是道德法则(道德律)——才是有意义的。虽说康德的看法颇有道理,只是伊格尔顿认为,对于现代社会而言,康德的伦理学观念会导致某种可怕的结局。

在道德律面前,每个主体都是平等的,道德律给每个主体的奖赏也不得不因此而变得毫无差别,然而主体的需求并非整齐划一,千人一面。为了平等对待每个主体,道德律不得不变得异常冷酷,忽略每个主体的特殊性,伊格尔顿说:

> 因为法则要在如此众多的个体之间进行中介调解,而每个个体都有其特殊的利益与欲望,所以法则必定具有沉默寡言式的美德,以尽可能不发声为目标。于是,那些试图遵照其命令的个体便陷入了一种神经过敏式的焦虑当中,他们担心自己是否已经违背了法则,在何种情况下他们才能知道自己是否已经违背,以及这种设想是否有实际意义。①

道德律是纯粹的形式,是一种模仿了美学原则的、以自身为依据的纯粹法则,像上帝一样没有前提,它是没有内容的纯形式,正因为没有内容,所以主体不得不在无形中给自己设定无数条条框框,主体不知道自己应该怎么去做,主体也不知道道德律的具体条款有哪些,他们只担心自己受到责罚,只是惧怕道德律的崇高地位,这可以算作康德伦理学给人带来的消极意义。进一步看,这种思想把每个主体都当成了原子化的对象,因为只有这样主体才是平等的,但这种处理方式的结果便是:"只有当人们被简化成稻草人,其填充材料都被拔了出来,他们才是平等的,可这样做又让这种平等烟消云散了。"② 若按此逻辑,平等的意图最终将会产生不平等的结果,因为,主体之间的平等不是把他们当成同样的人来看待,而是"不偏不倚地处理每一个人的独特处境,平等是对一个人的特殊性和另一个人的特殊性给予

---

① Terry Eagleton, *Trouble with Strangers: A Study of Ethics*, Oxford: Wiley - Blackwell, 2009, p. 103.

② Ibid.

同样的重视"。①康德的伦理学思想把现代主体都当成了原子化的客体对象，他看重的审美意象其实是静观、沉思、冥想的对象，就如同现代科学一样，把美的对象、把人都看成了科学研究的客体事物，似乎只有如此，主体才能得到平等对待，主体才能认识他者，进而认识自己。所以，康德伦理学的出发点是平等，可结局却不平等，他试图用普遍性法则来平等地观照千差万别的个体，可做法和实际效用却南辕北辙，这对现代社会来说是一个最为严重的后果。这种高高在上的、虚无缥缈的、形而上学的伦理学体系模仿了美学的形式，却抽掉了美学的内容，美学是可感的，而不是可畏的，伦理学不能静悄悄地走进神学领地。

那么，伊格尔顿所垂青的是哪种伦理观念呢？他认为在现代社会哪种伦理思想被忽视了呢？在2003年出版的《理论之后》一书中，伊格尔顿用了几乎一章的篇幅来讨论康德伦理学与亚里士多德伦理学之间的关系。

二 主动实现的美德，还是被迫接受的美德？

康德的伦理学思想，当然要谈论到幸福，"尽管幸福是对美德的奖赏……可它不可能成为具有引导作用的推动力。幸福不过是一种经验意义上的概念，而非理性之典范"②。在伦理学的话语体系当中，不谈论幸福是不可能的，但康德这儿的幸福是一种奖赏，奖赏的来源却是美德，也就是说，幸福是拥有美德的结果。伊格尔顿也讨论了人的幸福感或者成就感问题，他的问题是，如果人的幸福或者成就感来自于某个目标之实现的话，这个目标是什么？在哪里？在自身之内或之外？是符合本能的自愿吗？是那个被称为"美德"的东西吗？伊格尔顿提出一个悖论："烈士就是为了让别人自由全面发展而牺牲了自己幸福的人。你也许会觉得这很有意义，但绝不是什么幸福的事。要不是情势所逼，你自己不会选择走这条路。"③也就是说，烈士之

---

① [英]伊格尔顿：《理论之后》，商正译，商务印书馆2009年版，第141—142页。
② Terry Eagleton, *Trouble with Strangers: A Study of Ethics*, Oxford: Wiley-Blackwell, 2009, p. 105.
③ [英]伊格尔顿：《理论之后》，商正译，商务印书馆2009年版，第109页。

第三章 伊格尔顿论"审美"与"道德"

牺牲固然有意义,但这对他自身来说是一种主动实现的"成就感"吗?他是"自愿"并且"乐于"去牺牲吗?这个时候,肉体上牺牲成了幸福的目的,因为这样可以满足道德律的崇高要求,那才是真正的幸福,个人的肉体幸福反而成了符合道德律的手段。这究竟是个人价值的实现,还是道德律本身的实现?

"人必须为了普遍性的满意而奋斗——但这是一种与最纯粹道德原则结合,并服从于后者的满意。"① 康德认为人的满意和幸福最终在于能否满足那个道德律,烈士牺牲自己是美德,这种美德最终隶属于道德律,而不是烈士本人。康德不同意英国道德学家们的唯物主义看法,因为后者把道德原则建立在情感与感受之上,康德却认为道德原则是超乎主体之外的,是一个依靠理智而非情感来判断的领域,他"不相信在感觉、情感或者追求幸福的过程中可以发现道德原则……感觉并不是自我认知的基础。道德主体属于理智领域,而不是感官领域。面对道德义务之时,我们必须放弃考虑幸福原则"。② 因而,对康德来说,幸福有两种,一种是个人的感官或者情感满足,另一种是符合道德律的满足,如果要成为真正有道德之人,需要主体完成道德义务的时候,其感官或者情感满足必须被牺牲掉。第二种幸福才是真正的幸福。

伊格尔顿认为,康德这种幸福观很成问题。

求生而非求死是人之本性,伊格尔顿提出了一个重要的伦理问题,即:"我们有能力违背自己的本性,因此忠于我们自己的本性乃是美德。"③ 这里的美德观并不是让人去违背自己的本性——比如去死——而是让人顺应自己的本性,因为"本性这个概念,就像一条底线:你不能问长颈鹿为什么如此这般行事。……你也不能问为什么人们要想感到幸福或有成就感。……幸福不是达到目的的手段"。④ 伊格尔顿认为,本性应当是一个最终目的,我们不能去问别人为什么想

---

① Terry Eagleton, *Trouble with Strangers: A Study of Ethics*, Oxford: Wiley-Blackwell, 2009, p.105.
② Ibid.
③ [英]伊格尔顿:《理论之后》,商正译,商务印书馆2009年版,第106页。
④ 同上书,第112页。

要幸福，幸福不是实现其他目的的手段，幸福是最终意义上的，必须与人的本性相符合，所以实现这种本性就是实现人的最终目的，人的最终目的是幸福，实现了幸福才是真正的美德，幸福应当归于人本身，而不是超越人本身以外的任何范畴。本性、最终目的、幸福、美德，这四个词共享了同一内涵。如果按前面所举的例子，烈士之死是幸福的，那么人的本性就是通过肉身之死来得到幸福，可这显然不符合人之本性，死无论如何都会牺牲掉个人的幸福。幸福是个无法再去问为什么的问题，本性也是如此，同样，这些就是最终目的，实现了这些最终目的才是美德。伊格尔顿提到的这种伦理学观点非常近似于亚里士多德。

亚里士多德的伦理学观点被称为"德性伦理学"，这种观点认为有德性的人是那种乐于行善之人，他们将行善本身视为目的，践行有德性的行动就是实现自我，即"美德本身就是满足之源"。[1] 同时，这种观点把"行为者和他的生活作为一个整体一起考虑，而不注重单个的或孤立的对与错的行动"[2]。亚里士多德的德性伦理学一方面关注善行而非善念，另一方面关注善行与其情境之间的关系，强调善行其实是为了把观念层面的价值维度落实到实践层面的事实维度上来，同样，强调善行与情境之间的关系也是为了将作为主观之善（价值）与客观之善（事实）结合起来。

我们必须清楚，亚里士多德对"善"的理解不同于现代，他的善是一种事物自身之目的（功能）实现的善，其哲学思想认为事物皆有一个从潜能到现实的完善过程，这个完善的过程也是实现此事物之目的的过程，建筑师把房子建得漂亮安全就是建筑师的"善"，医生可以医治好病人就是医生的"善"，同样，人本身之善也要体现于人的行动当中，人的目的（telos）即人的终点，这个目的就是完善自我，实现自我的潜能，这种潜能和人在社会秩序中的位置、与其所要实现的功能与目的有关，建筑师的目的就是建好房子，医生的目的就

---

[1] ［英］伊格尔顿：《理论之后》，商正译，商务印书馆2009年版，第113页。
[2] ［美］大卫·福莱主编：《从亚里士多德到奥古斯丁》，冯俊等译，中国人民大学出版社2004年版，第147页。

第三章 伊格尔顿论"审美"与"道德"

是医治好病人,长笛演奏者的目的就是演奏好长笛,所以人能否实现自身的目的决定了他能否实现自己的幸福,在古希腊人那里,如果每一类人都能履行好自己的职责,那么,这人就能实现他最好的、最高的状态,这同时也是古希腊思想美善不分、政治学与伦理学合二为一的哲学源头。

在亚里士多德那里,人类之所以不同于其他生物,原因在于"有种特别的生活方式使我们成为我们这类生物中的佼佼者,这种生活方式就是追随有德性的生活"。① 我们所做的便是我们应当去做的,实然与应然是统一的,从而,追随有德性的生活便是自我的发展与完善,因为这种发展与完善便是实然与应然的统一,是对人之本性的完善,也就是伊格尔顿所说的:"'本性'在这里就意味着'我们最有可能充分发展的方式'。"②

他还举了一个足球球员的例子,英国球星贝斯特通过踢球取得成功之后便开始大肆挥霍,最终在酒色之中堕落成一个笑话。伊格尔顿认为:"贝斯特的生活失败,不是因为他不再取得任何成就,而是他不再充分发挥自己的才能。……他没有以最好的方式生活,请原谅我这里用了一个双关语。"③ 在这儿,贝斯特的成就可以通过两种方式,一种是发挥自己的足球才能,把实现自我当作目的;另一种是将自己的足球才能当作工具,去实现其他的目的,比如酒色。显然,伊格尔顿认为第二种方式是失败的,因为贝斯特的英文名是 Best(意为最好的),没有以"贝斯特自己"的方式生活,便是没有主动选择一种"最好的"方式去生活,因为这样会背离贝斯特的本性,只有充分发挥自己的才能才符合德性伦理学的基本要求。

三 付出式的美德,还是回报式的美德?

在伦理学体系当中,亚里士多德的"德性伦理学"(Virtue ethics)与"义务论伦理学"(Deontology)以及"功利主义伦理学"(Utaliti-

---

① [英]伊格尔顿:《理论之后》,商正译,商务印书馆2009年版,第118页。
② 同上书,第116页。
③ 同上书,第111页。

rism）相并列。后两者属于现代伦理学范畴。在康德的义务论伦理学中，"道德是理性的普遍法则，个人权利是至高无上的"；功利主义伦理学则认为："一个人行动的目的只是为了产生最大量的幸福"①，相比较而言，义务论也好，功利主义也罢，都强调了个人的利益和幸福，但在这个问题上，亚里士多德的古典伦理学思想，更强调个人幸福与他人幸福的关系，在这套思想当中，个体首先是政治人，个人是城邦的组成部分，他的幸福、利益必然要和他人发生关系，城邦是个人的前提条件。这种思想在资本主义时期，自然会遇到水土不服的结局，因为此时的整个社会条件已然发生彻底变化。

我们还是要回到英国经验主义那里，伊格尔顿指出，经验主义者们认为，人的无私（disinterestedness）就是"带着同情或是同感来看世界"，"它意味着满怀想象努力感受他人的经历，分享他们的欢乐忧愁，而不是考虑自己"，"在这个范围内道德和美学紧密地联盟"，"这并不是说我们没有利益，其实我们的利益扎根不在我们自身，而在别人身上。这种充满想象力的同情，就像是亚里士多德心目中的德性，本身就是它的回报"。② 一方面，美德体现为一种人与人之间的"共在"，与他人共同分担欢乐忧愁，表现为同情心、移情；另一方面，精神或者情感层面上的同情心会外化成为具体的行动，进而影响到他人，这种美德不是封闭式的、只为个体利益的自我完善，而是要将利益之根驻扎到他人身上，如果每个人都能实现这种美德，那么，这当然就是每个个体最大的回报，这是对德性伦理学的一种心理学解释。

不同的伦理学有不同的视角，以夏夫茨伯里和哈奇森为代表的伦理学观念是接近亚里士多德的，基于亚里士多德的德性伦理学视角，"道德讨论的是如何自我实现，而不是如何自我克制"，③ 这和康德形成了鲜明的对照，也就是说，道德其实是一种"回报"；但若基于康德的义务论伦理学视角，道德就成了一种"付出"。伊格尔顿指出：

---

① ［美］大卫·福莱主编：《从亚里士多德到奥古斯丁》，冯俊等译，中国人民大学出版社2004年版，第146页。
② ［英］伊格尔顿：《理论之后》，商正译，商务印书馆2009年版，第129页。
③ 同上书，第122页。

第三章 伊格尔顿论"审美"与"道德"

"对康德派而言,重要的不是目标,而是我们不计后果,不顾行为对我们的幸福所造成的后果,以某种方式行动时的意志的纯粹。道德是一个责任问题,而不是愉悦、实现、功利或社会正义的问题。"① 在这里,康德的伦理学认为道德是一种责任,是你应该做的事情,个人的"幸福"是不重要的,重要的是完成这种道德行为的时候,你能否尽到那个道德责任,或许为了尽责,你会损失掉某些属于个人的"幸福",但这种损失属于尽责的一部分,即"我们越是能够克制自己的本能意愿,我们在道德上就越值得称赞"②。所以此时的道德对个人来说是一个"消极"的范畴,它鼓励甚至强制你去放弃一些本属于个人的福利,伊格尔顿觉得这有悖于人之常情,他当然承认康德的道德观念有其积极意义,做有道德之事,不应当是一个手段,那样容易流于伪善,有道德的行为应当成为目的,但这不等于说,要做到这一点,就应当弃绝人类本性,将"道德"变成某个类似于上帝似的无条件服从对象,这种思路有价值,可惜它把手段和目的分裂了,道德目的是无条件的、必须遵从之,所有作为手段的道德行为必须听命于它,哪怕它很苛刻甚至冷酷。这样的话,为了实现道德目的,完成道德责任,就可以"不择手段"了?无论什么方法,哪怕是自我伤害,只要是为了道德目的,都是合理的?

所以伊格尔顿认为,道德律是普遍化的,不考虑具体个别的行为,但道德行为既是个别行为,也要彰显普遍性,"更为古典的道德思想试图达到的境界,正是这两者的结合"。③ 这种所谓的古典思想正是亚里士多德的德性伦理学,道德行为本身蕴含着道德目的与道德手段,行有道德之事,便是有道德之人,而这种行事是自发自愿的,是快乐的,符合人之本性。

如果说,现代意义上的善举是先萌生出某种有道德的感情,再付诸有道德的行为,那么,古典意义上的善举便是一种自然而然的习惯,"德性不是一种心理状态,而是一种禀性","善是习惯问题",

---

① [英]伊格尔顿:《理论之后》,商正译,商务印书馆2009年版,第120页。
② Terry Eagleton, *Trouble with Strangers: A Study of Ethics*, Oxford: Wiley-Blackwell, 2009, p.107.
③ [英]伊格尔顿:《理论之后》,商正译,商务印书馆2009年版,第120页。

回归古典

"出于习惯性的做勇敢或慷慨之举,我们就会变得勇敢或慷慨"。① 这种禀性既是普遍的善本身,也是具体的善行善事,因此亚里士多德在《尼各马可伦理学》中认为②,合乎德性的行为必须具备几个条件,第一,他知道此行为乃善举,不是无意识去行善;第二,他必须经过抉择,只能去行善或者被迫去行善,都不符合德性;第三,行善不能有其他外在于善举之外的目的,不能为了表现善心或者躲避灾祸;第四,行善是一种稳定的个人品性,不是偶然之举。简言之,亚里士多德的德性伦理学就是一种把行善的目的与手段、思想与行动、原因与结果、收获与付出合二为一的思想,这显然与康德的伦理学有所差别。

总之,康德伦理学把人的自然倾向,与他所要服从的职责义务之间,做了对立式的解读,似乎要顺从于本能,就无法履行义务,或者若要履行义务,必须压制本能。正因为如此,伊格尔顿说,亚里士多德的道德性情(moral disposition)被康德伦理学排除了出去,可是,康德未能更理解的是,道德性情"既非抽象义务亦非情感冲动,不是盲目的习惯,也不是艰难的意志行为。性情包含着情感;但是这种情感和判断力密不可分,它的目的是一种潜在的行动,并非沉溺于情感当中的、以情感自身为目的的烦躁不安、内疚悔恨"。③ 也就是说,亚里士多德的这个"道德性情"概念,既有情感维度,也有理智维度,既属于纯粹理性,也属于实践理性,它的最终目的是去行动,而不是仅仅判断命题之对错,"为了适当地行动,我们必须拥有某种适当的判断力、情感以及意向;但是最终要由适当的行动来起决定作用"。④ 不能为了行动而忽视情感与理智,但也不能为了后者而放弃行动,思考与行动是密不可分的,判断、情感和行动之间相互不能割裂。如此,在一定程度上可以说,康德伦理学看似强调行动层面上的

---

① [英]伊格尔顿:《理论之后》,商正译,商务印书馆2009年版,第130页。

② [古希腊]亚里士多德:《尼各马可伦理学》,廖申白译,商务印书馆2012年版,第42页。

③ Terry Eagleton, *Trouble with Strangers: a Study of Ethics*, Oxford: Wiley-Blackwell, 2009, p. 108.

④ Ibid.

义务，其实它偏重于行动之前的、处于潜能状态中的甚至是先验的理性；而德性伦理学看似强调处于潜能状态的、品质上的德性，其实它更偏重于内在德性外化到实际行动当中的结果。

四、伊格尔顿区分德性伦理学与义务论伦理学的现实意义

（一）义务论困境：手段与目的的分裂

在伊格尔顿看来，康德伦理学过度强调了"意志"，这种意志要对个人本能进行克制，他说：

> 在康德寻找某种超越其英国前辈们基于人性之同源类似关系的共同体原则当中，善良意志（good will）的概念应该扮演着极其重要的角色。可是，它过度依赖于讨论动机与意志的伦理问题，这有些冒险。因为一件善举的动机是值得怀疑的，康德错误地假定，意志在伦理事务当中占据最高地位。然而在这样的情形当中，最重要的是你所做之事，而非你的意志或者目的。①

善良意志是康德伦理学的核心，它是先验的，是一种无条件的善，本身就是善良的，即便行善者生不逢时，即便善良意志经过不断努力也未能实现其意图，善良意志仍然是善的，它不确信结果是否能够实现，但它确信自己是道德的；它既不是为了尽守某种职责而行善，也不是出于某种偏好或者倾向（inclination）而行善，因为这两种行善是自利行为，故而这种伦理学观念既不同于功利主义伦理学，也不同于德性伦理学。麦金太尔指出，这种伦理学"从一开始，注意力就集中在当事人的意志上，集中在他的动机和意图上，而不是集中在他实际所做的事情上"。② 伊格尔顿的看法与此类似，如果这种伦理学强调行善者的绝对意愿（will），那么，这很可能是一种过于理想化的东西，甚至有些自欺欺人，先不论是否存在这样一种善良意志，

---

① Terry Eagleton, *Trouble with Strangers: A Study of Ethics*, Oxford: Wiley–Blackwell, 2009, p. 108.
② ［美］麦金太尔：《伦理学简史》，龚群译，商务印书馆2010年版，第255页。

即使存在的话,善良意志最终也有可能产生有损他人(甚至自己)福祉和利益的结果,从而削减了这种伦理学思想的现实价值。重要的是做了什么,而不是想做什么,坏心办好事,在康德那儿是绝对不允许的,其意愿是不道德的;同样,好心办坏事又是有可能出现的,但这又会让这种道德思想的实际意义大打折扣。

究其原因,伊格尔顿认为,康德伦理学还是把目的和手段给割裂了,似乎善良意志是目的,善行是手段,可实际上,在现实世界中是否存在另一种情况?最终体现为善行,但善行已经蕴含了善意?此善行不是手段,此善意也不是目的,善行与善意既是目的又是手段,最终实现自利与利他的统一。这便是亚里士多德的伦理学设想,在这套体系当中,行善就是履行人的本性,而这种履行不是意图,而是行动,行善是人的目的,也是人的手段,人通过行善而成为人本身,通过行善这种活动人就实现了自己的本性。

伊格尔顿对这两种伦理学思想的比较,根本上还是要反思资本主义发展所带来的尴尬,尤其是要反思人们在生存意义上的目的与手段、事实与价值二元对立困境。

首先是目的和手段之间的二元对立,"现代资本主义社会念念不忘地从手段和目的的角度来进行思考,思考用怎样的办法能有效地达到怎样的目的,他们的道德思维因而受到这种模式的影响。生活好意味着什么,因此也变成了采取行动实现某种目标的问题"。[1] 对于现代社会生活来说,目标导向的思维几乎是毋庸置疑的,先设定目标,再制定步骤,最后考核结果,但是,在道德领域,我们是不是也照搬了这种目标化思维呢?后现代主义思想崇尚享乐,康德在他们眼里几乎像一位苦行僧,这二者有什么联系?

伊格尔顿认为,这二者关系甚大。对康德来说,道德法则是绝对的、无条件的要求,我们对它负有无限责任,关键问题在于,作为"应然"的道德法则和作为"实然"的现实生活之间,没有必然的因果联系,道德律就像上帝一样存在于彼岸(应然),不能用此岸(实然)来揣测之,也就是说,这种不能从实然推导出应然的逻辑"不

---

[1] [英]伊格尔顿:《理论之后》,商正译,商务印书馆2009年版,第119页。

第三章 伊格尔顿论"审美"与"道德"

同于亚里士多德或者马克思的观点,世界的实然和我们在世界中如何行事的应然之间,或者说我们的实然和我们的应然之间,不再存在确定的关系","我们生存的方式和世界生存的方式……不能作为道德评判的基础"①,世俗生活是此岸的,道德律却成了遥不可及的彼岸,恰恰就是这种强制型的甚至有些非理性的道德观念,让我们在物质生活中逐渐放弃了精神约束,道德律高高在上,但作为行为人,我们无法克制自己的私心杂念。当信仰变得高不可攀时,这种信仰必定会把自己的信众吓跑,康德设立的这个用尽全力依然难以实现的目标,在实际生活中就会蜕变成虚无缥缈的东西。原因在于,伊格尔顿认为,若按康德的逻辑,把"应然"当成目的,"实然"就不能被视为手段,否则这二者之间就会因为缺少必然联系而各奔东西,实然应然不能分割,实然不是手段,实然也应当有目的,手段也应有善恶,如果只有"应然"是目的,那么无条件服从的道德律就会与现世生活渐行渐远,这种伦理学就没有实际价值了。这正是伊格尔顿呼唤亚里士多德德性伦理学的重要原因。

(二)目的与手段合一的德性论

伊格尔顿进一步指出,本性是一个"游离于事实(某事的实然)和价值(某事的应然)之间"②的词汇,也就是说,在亚里士多德所属的古希腊,那时候人的本性并不仅仅是"可以做什么",而且包括"应该做什么",人之实然和应然是统一而非分裂的,人可做善事,也可做恶事,但人的本性是从善而非作恶,那个时代怎样做人和成为怎样的人是一个硬币的两面,即实际行为和理想行为是合二为一的,实然的人和应然的人是同一个人,人性一词既"可以描述我们是怎样的生物,也可以意味着我们应该有怎样的行为"③,这样看来,伊格尔顿对亚里士多德的追随并非一时兴起。

他继续批评道:

---

① [英]伊格尔顿:《理论之后》,商正译,商务印书馆2009年版,第147页。
② 同上书,第165页。
③ 同上书,第118页。

回归古典

> 历史上，没有一种生活方式比资本主义喜爱超越和转变……在其无情的工具主义的逻辑中，它不喜欢本性这个观念——因为本性只存在于自我实现和自我展开，完全是为了自己，压根儿不考虑目标的观念。①

如果说康德伦理学让实然和应然天各一方，那么，现代资本主义发展的结果便是用工具理性去代替价值理性，因为在目的无限高于手段的情况下，当目的问题几乎变得遥不可及时，人们不得不退而求其次去追求手段问题，进而把手段当成了目标，最终迷失了本性。在这样的时代氛围当中，目标貌似是一种"目的"，实际上它不过是披上了"目的"的外衣，本质上，这种目标仍然是一种手段，金钱不是目标，而是实现幸福的手段，但是在资本主义发展突飞猛进的今天，幸福似乎都用金钱来衡量，甚至被后者代替了。资本主义所谓的"超越"和"转变"不过是永不停歇地设立一些所谓的"目标"而已，这些目标都是无止境的，最终是反人性的。在伊格尔顿看来，人的真正目的应当是人自身的全面发展，是人本性的全面完善，人的本性就是自我实现，而非借助其他手段来实现，人的本性没有外在目标，若说有，其目标也是内在的自我完善，这种自我完善本身就包含着对他人的责任和义务，因为每个人都要自我完善，这便否定了人与人之间的工具性关系，所以他说：

> 满足自己本性的想法不利于资本主义的成功伦理。资本主义社会的每件事情必定会有意义和目的。干得好，你就想要奖赏。对比之下，对亚里士多德来说，干得好本身就是奖赏……对美学的奖赏似乎并不是幸福；具有美德就是幸福。干得漂亮就是享受来自满足自己本性的那种深深的幸福。②

资本主义发展的结果就是让人们适应这种意识形态。它用手段把

---

① ［英］伊格尔顿：《理论之后》，商正译，商务印书馆2009年版，第115页。
② 同上书，第113页。

第三章　伊格尔顿论"审美"与"道德"

目的遮蔽，同时却又把手段误以为目的。似乎奖赏位于行动之外，似乎目标和手段形同陌路，因此，资本主义就是一个把人钝化甚至异化、物化的过程。而对亚里士多德来说，行动本身就蕴含着善，干得好本身就是奖赏，这种奖赏来源于本性的满足，而不是对外在的索取，就此而言，伊格尔顿不啻为当代最有力的马克思主义伦理学家——

> 对某些现代的道德主义者而言，好像幸福同样与美德相抵触。在这样一个时代当中，那种危害性极大的、认为美德与自我实现多少有些龃龉的信念逐步形成了，而对亚里士多德、阿奎那和马克思而言，美德和自我实现却是紧密联系在一起的。①

这里的现代道德主义便是指康德的伦理学思想，因为在后者看来，享受幸福有时会和拥有美德相背离，美德更多体现为冷静克制，而不是享受快乐，所以这里的幸福和美德多少有些抵触。但在亚里士多德那里，并不如此，亚里士多德认为，幸福和美德不可分，拥有美德才能获得幸福，幸福之人必有美德，美德甚至相当于一种天赋能力，会运用美德的人才是会幸福的人，"说一个人是有德性的，是说在如此这般的境况下，他将以如此这般的方式行事"②，拥有美德是一种必定会产生具体行动的品质，所以美德不是什么外在的规范，而是内心的要求，是自发的快乐行为，是自我完善的本性，这种人才是真正的幸福的人，这也可看作亚里士多德、阿奎那和马克思的某种共识。

（三）亚里士多德与马克思的共识

伊格尔顿比较亚里士多德、英国经验主义者、康德三种不同的伦理学思想，首先强调的是人类之本性，尤其是最基本的情感与快乐问题：

---

① Terry Eagleton, *Sweet Violence: The Idea of the Tragic*, Oxford: Blackwell Publishing, 2003, p. 220.
② ［美］麦金太尔：《伦理学简史》，龚群译，商务印书馆2010年版，第95页。

亚里士多德认为，那些未能从善行当中收获满足的人事实上在德行上是有缺陷的，大卫·休谟则强调，这样一种愉悦正是道德高尚的标记，而康德认为，那些性情冷静的人在践行善事之时并不考虑此因素，他们在道德上处于最高等级。我们越敢于与自然倾向作抗争，我们便会在道德上更值得称许。在康德挑剔的眼光里，愉悦是一种低级的动机，但对夏夫茨伯里和哈奇生来说并非如此。①

在亚里士多德看来，行善可以获得情感上的满足甚至肉体上的愉悦，虽然后者并不是它的目的；在休谟、夏夫茨伯里、哈奇生看来，能从善行当中获得愉悦，恰恰说明了道德主体是高尚的；在康德看来，情感上的满足和愉悦是低级的；伊格尔顿不同意康德的看法，因为这种伦理学思想对身体感官的排斥和压制，反而激起了人们在世俗世界中对它的嘲讽甚至反抗，在实践层面上它是得不偿失的。在现实生活中，人们毕竟还是要追求个体幸福。

不过，亚里士多德的幸福有行为好之意，也有"生活得好"之意，所谓"生活得好"，就是伊格尔顿所指出的："具有德性的人做人很成功，就像屠夫和爵士钢琴师胜任他们的职责那样。"② 亚里士多德把幸福和德性放到了依人类之本性而"自由全面发展"的语境中来，幸福之人便是具有美德之人，而具有美德之人能够实现自己的潜能，有意愿做好自己擅长之事，所以亚里士多德的德性就是一种做人的技巧或技能，如何实现自己的潜能便是如何利用各种技巧来完善自己的本性，这才能够享受到幸福，从而实现了自己的自由全面发展。

故此，亚里士多德和马克思都强调了个人的"全面发展"和"自我实现"，这种发展与实现就是完善自我，在行动中成就自身，把实然的人和应然的人完美进行了结合，人性（本性）一词既具备

---

① Terry Eagleton, *Trouble with Strangers: A Study of Ethics*, Oxford: Wiley - Blackwell, 2009, p. 107.
② ［英］伊格尔顿：《理论之后》，商正译，商务印书馆2009年版，第121页。

描述性意义，也具备规范性意义。因而伊格尔顿总结道：

> 康德一脉相承至今的伦理意识形态，可以用糟糕透顶来形容，它是相当反政治的，它主要根据职责、义务、责任来理解伦理……由于康德的那一脉危害极大的世系，从亚里士多德和阿奎那到黑格尔、马克思和尼采的另一脉系举步维艰，在这一脉人看来，伦理是关于生活的丰富性、多彩多样的自我实现、权力、乐趣、能力的财富等等的。从这个意义上讲，马克思绝对是一位伦理思想家，只是他自己没有察觉。①

伊格尔顿曾强调："我不是后马克思主义者，我是马克思主义者。"② 从伦理学这个视角上看，他确实是一位敢于反思的、与时俱进的马克思主义者，更是一位马克思主义伦理学家。

第六节 伊格尔顿论德性伦理学与文学艺术的关系

虽然在一部分人眼中，同时谈论道德伦理与文学艺术容易滑向"道德主义"甚至"说教"，但是，这两个领域自古以来就没有各行其是，相反，这两个领域总是互相渗透的。伊格尔顿首先指出，古典意义上的道德，尤其是亚里士多德的伦理观并没有把艺术（诗歌）和道德伦理问题分裂开来：

> 如果说诗歌讨论的是愉悦，道德似乎就成了它的对立面。事实上，就其传统而言，在责任与义务论问题的拥护者们介入这个问题之前，道德研究的是如何使人最充分地发展并且过上最适意

---

① [英]伊格尔顿：《批评家的任务》，王杰等译，北京大学出版社2014年版，第276页。
② 王杰、徐方赋：《"我不是后马克思主义者，我是马克思主义者"——特里·伊格尔顿访谈录》，《文艺研究》2008年第12期。

的生活。①

在这里，康德的义务论与亚里士多德的德性论是对立的范畴，因为后者强调人本身的充分发展，而不是强调主体去履行某种外部职责。

但是，康德体系的影响力实在深远，以至于在现代语境中，道德不但包括善恶对错，其字典里还包括"轻率、挑剔、温和、讥讽、活泼、灵活、多愁善感、麻木以及乖戾。道德与行为有关，不仅仅是善行。……批评词汇在很大程度上就构成了道德词汇，还包括了某种技术性的或者审美术语的混合物"。② 本来，在古典伦理学思想中，道德内含着规范性维度，道德即美德，但是在现代条件下，道德的含义似乎是一种事实判断，而非价值判断，轻率、温和之类的词汇似乎是描述性的，于是，道德词汇就成了批评词汇、技术词汇、审美词汇的混合物，它的适用范围扩大了，可实际价值却被缩小了，道德也从行动层面退回到了思想层面，艺术同样步其后尘。

既然我们已经知道，伊格尔顿探讨的道德，并不是康德义务论层面上的责任、义务问题，而是亚里士多德德性伦理学层面上的价值、意义问题，那么，我们便会继续追问，德性伦理学中的"美德"和文学艺术有何关联？

首先，在义务论伦理学的框架当中，责任和义务是至高无上的，这类似于说，道德行为都要服从于某种道德律，在文学中，浪漫主义以降的理论家们似乎喜欢强调某种所谓的"独立自主"法则，至于为什么要独立自主，为什么只有为艺术而艺术的作品才具有高人一筹的艺术地位，这简直毋庸置疑，自在自为的艺术就是最高阶的，然而，这既不现实也不可能。文学艺术品都有特定功能，不论它们如何宣称自己多么独立自主，正如伊格尔顿所指出的："没有人会把某个思想或者情感仅仅写给自己，即便《芬尼根守灵夜》的作者也不会

---

① Terry Eagleton, *How to Read a Poem*, Oxford: Blackwell Publishing, 2007, p. 28.
② Ibid.

第三章 伊格尔顿论"审美"与"道德"

这样。"① 同样的道理,没有读者会把某部作品仅仅看成属于作者本人的文字产物,读者需要阐释,读者都有自己的期待,读者"期望从所谓的文学作品当中得到更多的东西,不仅仅是特定人物或者处境的故事性……期待作品能够展示出超出它们自身之外的东西"。② 因此,当文学艺术想要影响到他人,或者说当我们想要从文学艺术品当中读(看)出点什么的时候,文学就带有了特定的道德意义甚至政治意义。那些通过强调艺术作品"无目的的合目的性",进而大谈特谈艺术之非功利性、非实用性的看法,只见树木不见森林,"无目的"只是表象,合目的才是重点,这种目的最终是主体之目的,艺术品从属于这个目的。

其次,"美德"在亚里士多德那里(伊格尔顿常称其为道德的古典意义)是一种行动或者实践,是一种习惯性的善行,是一种个人美德的自我实现过程:"文学作品代表着一种实践(praxix)或者行动中的知识,这类似于古代意义上的美德。"③ 因此,这种自我实现是双重性的,既实现了自我,还成就了他人,这就类似于艺术品,既在作品当中实现了自身的目的,还在作品之外,对作品的观(受)众产生了影响。伊格尔顿指出:诗歌都是关乎道德的陈述,这并不是因为它们会依据某些道德法则来做出某些具有说服力的判断,而是因为它们所论及的是人类的价值、意义与目的问题。④ 显然,根据某种法则来做出某些判断,这是康德式的义务论伦理学观点,而讨论人类行动本身的价值、意义和目的问题,则属于亚里士多德式的德性伦理学观点。在伊格尔顿看来,人的存在不应当以法则为目的,就如同安全驾驶不等于时刻背诵安全条例,法则是服务于人本身的,同样,文学艺术也是展示人类生存状态的,并不是为了证实或者证伪某些道德法则,生存是主体持续不断地行动,而不是去验证某种具有普遍意味的主体特性,主体都是个别的、各具特色的,所以伊格尔顿说:"亚里

---

① Terry Eagleton, *The Event of Literature*, New Haven and London: Yale University Press, 2012, p. 85.
② Ibid., p. 82.
③ Ibid., p. 64.
④ Terry Eagleton, *How to Read a Poem*, Oxford: Blackwell Publishing, 2007, p. 29.

回归古典

士多德在《伦理学》中明确地表明了，生活的目的是一种行动的目的，而不是某种品性的目的。伦理学以行动为中心运行，悲剧也是如此。"① 他的意思是，对行动中的主体来说，行动的完成才是有意义的，主体的性格、特质都要服务于主体的行动，而不是反过来。人物的性格、特质都是可以抽象的，但是行动不可以，行动就是美德，抽象化的行动法则却不是，即美德位于具体行动之中，美德可以讨论，但不能脱离具体语境与行动。悲剧之所以具有鲜明的伦理意义，很重要的原因在于，它展现了具体情境中的具体行动，只有在具体的行动（生活）当中，我们才能去判断行为人的道德，同样，也只有那种能够展现具体行动与情境的，而不是抽象出完美寓意的作品，才是优秀的作品。

再次，现代意义上的文学与道德有很多共通性。比如说，人们评价一部作品主要强调它本身的审美价值或曰形式价值，而从其他角度关注作品的表现内容、作品道德观点似乎都属于"外部研究"（韦勒克与沃伦《文学理论》），而且，文学最好不要说教，文学只做自己的分内事，道德说教不归文学。同样，现代意义上的道德也是个人之事，自律自省、不从众、不流俗是对某人的较高评价，道德更像是对主体自身的要求，其效力不在主体之外，谁如果那么做，就会变成假惺惺的道学家。

伊格尔顿对这两种观点都不赞成。针对文学与道德的关系，他说："人们没有理由认为，文学作品无论如何都应该羞答答地淡化其道德目的。"②《复活》《动物庄园》《汤姆叔叔的小屋》《社会栋梁》都有其明确的道德目的，把文学艺术当成一个独立的审美领域，从而与社会、政治、世俗生活截然两分的想法，既不理智，也不现实，尽管道德不是文学的充分条件，但它是一个必要条件，"没有对于人类生活之价值和意义的探询，怎么会有文学？"③

---

① Terry Eagleton, *Sweet Violence: The Idea of the Tragic*, Oxford: Blackwell Publishing, 2003, p. 78.
② Terry Eagleton, *The Event of Literature*, New Haven and London: Yale University Press, 2012, p. 69.
③ Ibid., p. 70.

第三章 伊格尔顿论"审美"与"道德"

文学和道德都不是孤立的,道德也必须与他人实现连接,那种认为道德属于卧室,政治属于会议室的想法把道德和伦理对立了起来,进而把伦理和政治也对立了起来,这种观点实质上分离了个人和社会,因为它认为私人道德、公共伦理和政治分属于不同的领域。但是,对亚里士多德而言,"伦理学和政治学密不可分,伦理学讲述如何出色地成为卓越之士,但没人能单独做到这一点"①,这是德性伦理学最重要的观点,在古典意义上,道德楷模一定要擅长与人交往,赢得众人称赞,更要积极参与政治事务,因为这就是他成为道德楷模的主要标准。其实伊格尔顿想说,对个人价值之评价不可能脱离他生存其中的语境,不能用义务论伦理学的思路把规范、原则之类抽象出来,再用这些标准来挨个打量处于具体行动中的主体,好像主体行动若有哪一点不符合某一条原则,他便是不道德之人似的。

由此再返回到文学的话题上来,伊格尔顿认为:"我们要做的是在德性伦理学而不是康德义务论的基础上考察道德意义上的'文学'。和德性伦理学一样,诗或者小说中的道德判断对象,并不是孤立的行为或者一组命题,而是某种生活形式的品质(quality)。"② 抽象的命题判断总要从具体的行动或者语境当中抽取出来,它必然是普遍化的,但若强行用一些命题式的规范对文学中的道德判断对象指手画脚,那就走向了道德的反面,原因在于:"鲜活的生活经验并不能被简单转化为法则与规范"③,伊格尔顿理解的道德绝不是康德意义上的道德,而是亚里士多德意义上的道德,这种道德的目的在自身之内,和具体性、个别性紧密结合,但它并不排斥抽象性、普遍性,所以此时的"文学就像美德一样,其目的就在自身之内,只有在文学所表征的语言表现行为(performance)之内,也只有通过这种行为,文学才能实现自身的目的。在现实世界当中美德有自己的效力——对亚里士多德而言,只有通过美德人类生活才能繁荣兴旺——但是,也只

---

① Terry Eagleton, *After Theory*, Basic Books, New York, 2003, p. 142.
② Terry Eagleton, *The Event of Literature*, New Haven and London: Yale University Press, 2012, pp. 63 – 64.
③ Ibid., p. 64.

有在美德自己的法则当中，这才是真实准确的。文学艺术作品与此类似"。① 为什么说文学与此类似？从根本上说，就是不再从作品当中抽取什么规则、原则，而是去认真地体味作品本身展现出来的言语表现行为（performance），因此，伊格尔顿说："像伟大的小说家那样来理解道德，就是要把它看成差别细微、性质与层次错综交织的结构……亨利·詹姆斯的小说中确实也有好些规则、原则和义务，但这样做是为了把它们置于不一样的背景当中去审视……它们是美好生活基本框架的一部分，但本身并不是目的。"② 道德和道德法则的关系，不是具体和普遍的关系，而是一种无法截然两分的情境关系，道德判断必须和具体的道德背景相结合，规则、义务不是抽象出来的法则，而是情境本身的组成部分，这也是伊格尔顿看待文学与道德具备根本一致性的主要原因，因为文学所提出的道德问题同样内置于作品当中，重要的是实际的道德效力，而不是抽象的道德命题，这是马克思主义伦理学的出发点。

---

① Terry Eagleton, *The Event of Literature*, New Haven and London: Yale University Press, 2012, p. 64.
② ［英］伊格尔顿：《理论之后》，商正译，商务印书馆2009年版，第139页，引用时略做改动。

第四章　伊格尔顿论"本质"与"形式"

"本质"一词在当代似乎是个老掉牙的话题,好像它代表着某种陈腐的"形而上学",后现代主义者们则憎恨"本质",在他们眼中,追寻本质就像刻舟求剑。但美学、文学界对于"本质主义"和"反本质主义"的争论一直延续到了今天。在这场学术争论当中,伊格尔顿是一个无法回避的人物。

受益于《文学理论导论》(有三种中译本)的广泛影响力,人们尤为看重伊格尔顿的"反本质主义"态度,[①] 但自《理论之后》(2003)和《文学事件》(2012)出版以来,人们猛然发觉,伊格尔顿在政治、伦理上其实是个"本质主义者"[②],这似乎应验了"三十年河东,三十年河西"的俗话。大家的疑问在于,伊格尔顿在文学问题上到底是"本质主义"者,还是"反本质主义"者?因此在讨论文学"本质"之前,我们不得不回顾一下哲学当中的"本质"与"本质主义"。

第一节　新世纪新"转向":从"反本质主义"到"本质主义"

大约三十年前,在《文学理论导论》当中我曾提出一种坚决

[①] 吴炫:《论文学的"中国式现代理解"——穿越本质和反本质主义》,《文艺争鸣》2009 年第 3 期。

[②] 王伟:《伊格尔顿:为"本质主义"喝彩》,《东南学术》2014 年第 2 期。

的、关于文学本质的反本质主义观点。彼时我坚称文学是没有本质的。那些被命名为"文学"的写作并没有一个或者一组共同的属性。尽管我还会捍卫这一说法，但如今我比过去更加清楚地认识到，唯名论并不是实在论的唯一替代物。但这并非导致下列说法：文学没有本质，故而这个范畴根本没有合法性。①

三十年前说文学没有本质，三十年后改口说文学并非没有本质。文学到底有没有"本质"呢？或者说，三十年前的"本质"和三十年后的"本质"含义有所不同吗？

实际上，三十年前的"本质"是一种"共同特征"或者"共同性"，当时伊格尔顿说：

> 在由于各种原因而被称为"文学"的一切中，想分离出一些永恒的内在特征也许不太容易。事实上，这就像试图确定一切游戏所共有的唯一区别性特征一样地不可能。文学根本就没有什么"本质"。②

所有被称为游戏的活动并没有什么共同特征，所有被称为文学的作品也无法归纳出共同特征，因此文学是没有本质的——这种说法显然借鉴了维特根斯坦的"家族类似"说。类似的，斯坦利·费什认为："所有虚构作品并没有某个或者某组共同特点，后者是虚构作品成立的必要与充分条件"；E. D. 赫希认为："文学并没有展现出共同特征，它们并未能被定义成亚里士多德意义上的'种'（species）"；其他诸如莫里斯·韦茨、罗伯特·L. 布朗和马丁·斯坦曼、柯林·莱斯、彼得·拉马克皆纷纷提出，文学并没有什么本质属性，没有本

---

① Terry Eagleton, *The Event of Literature*, New Haven and London: Yale University Press, 2012, p.19.
② ［英］伊格尔顿：《二十世纪西方文学理论》，伍晓明译，北京大学出版社2007年版，第8页。

第四章 伊格尔顿论"本质"与"形式"

质的事物是不合逻辑的①。

按上述诸人的说法,本质的存在决定了事物的存在吗?没有"本质"的事物是虚假的、不存在的?本质究竟是实体还是概念?

答案要到哲学中寻找。如果说本质是事物具有的共同普遍性,那么,这种本质不过是一种"共相"(the universals),在经院哲学中的唯名论②者看来,共相(普遍性)仅仅是语词,是概念而非实体,并非先于事物产生,是对事物的概括。因此,就这重意义而言,文学的本质是归纳出来的,是一种具有普遍性的观念,我们不能用这种观念性的东西来替代"文学"实体;文学所谓的"本质"属性,其作用在于,我们要用它来对文学进行归纳性的、理论性的言说、比较甚至研究;但同时,文学还是一个又一个具体的事物(即殊相,the particulars),是个别事物,可在经验上予以直接把握,此时的文学是实体,而非观念。故而,共同拥有的"本质"存在与否,不能推导出文学存在与否,也就是说,文学在概念上的共性并不能代替文学存在本身。共相和本质属于概念,而殊相属于具体的、个别的事物,如果我们站在唯名论的立场上看,前者显然不能代替后者。

伊格尔顿之所以在三十年前说文学没有本质,是因为彼时语境当中的"文学"二字是一种历史性的、功能性的观念,不同历史时期有不同的文学形态与文学价值,不同历史时期的文学"概念"分别对应着不同的文学"实体",所以在此基础上,当人们力图给这些千差万别的"实体"进行进一步的概括、抽象时,这种努力显然是徒劳的,也不可能收获什么结果。

而三十年后,伊格尔顿之所以说文学有本质,其原因在于:尽管作为"实体"的文学形态各异,但在历史长河当中,人们赋予某些

---

① Terry Eagleton, *The Event of Literature*, New Haven and London: Yale University Press, 2012, pp. 19–21.

② 在西方哲学史上,古罗马哲学家波菲利(Porphyry)曾提出的三个关于共相的问题,对这三个问题的回答大致可以把中世纪经院哲学家们分为实在论者和唯名论者,这三个问题是:(1)共相是实体还是思想中的观念?(2)如果共相是实体,它们是有形的还是无形的?(3)共相是与可感事物相分离的,还是存在于可感事物之中?粗略地说,回答前者即为实在论,后者为唯名论。当然,这二者间关系比较复杂,不在本书论述范围内。

文字作品以"文学"美名的时候，大家始终要提及某些基本的、必要的特性，比如伊格尔顿在《文学事件》中提到的虚构性、道德性、语言性、非实用性以及规范性等，虽然它们并不是逻辑上的、文学之为文学的充分条件或者必要条件，但是，人们在谈论文学的时候，或多或少要用到这几个经验意义上的标准，因为这些特征不是对文学实体，而是对文学概念的本质性概括。

表面上看，文学的本质主义界说和反本质主义界说之所以同时存在，是因为人们同时站在实在论和唯名论各自的立场上去理解文学：对实在论者而言，作为共相的"文学"是存在的，某些特性决定了文学之为文学，人们创作文学、谈论文学、研究文学，正是在实在论意义上分享了文学二字，似乎"文学"相对于作品而言是一个先验的存在，否则人们怎么知道自己的所作所为与"文学"有关？而对唯名论者而言，"文学"只存在于具体的作品当中，作为共相的"文学"只是一个语词，不能用文学之"概念"来代替文学之"实体"，因为作为共相的"文学"只是观念上的存在，它没有本质可言——如果非要为文学下定义，找本质，并用此定义和本质来强行划定文学范围，似乎不具备这个本质的作品便不是文学，这是极端的实在论；如果非要认为文学没有共性，文学不过是一些任意武断的、想当然的强行命名，甚至说文学根本不存在，这是极端的唯名论——伊格尔顿在《文学事件》当中所提出的"唯名论并不是实在论的唯一替代物"正是要调和这种论争，也就是说，在观念当中，文学有本质，但这本质并非文学存在与否的前提，可在存在论意义上，文学并非纯粹、任意的概念，它们都是真实存在的实体。

这样的话，如果"反本质主义"文学观是一种唯名论（文学仅仅是概念），而"本质主义"是一种实在论（某些特质决定了何种文字可称为文学），那么我们能把三十年前的伊格尔顿当作"反本质主义者"，而把如今的他当成"本质主义者"吗？或者说，三十年前的伊格尔顿若是唯名论者，三十年后他摇身一变成了实在论者吗？

这就必须回答下一个问题，即：西方哲学体系中的事物本质究竟是什么？我们还得讨论一下所谓的"本质主义"。

第二节　伊格尔顿理解的"本质主义"与"反本质主义"

在西方哲学史中,"本质主义"一词的出现是相当晚近的事,与后现代的"反本质主义"思潮密切相关,大体上,"本质主义"是去寻找事物的"本质"来把握外部世界,"本质主义的思维方式认定并相信任何事物都有一个深藏在其外在形态之中的本质,从而把揭示事物的本质视为哲学认识的目的,把反映事物本质的知识称作真知识,而视其他知识为意见或谬误"。① 照此看来,柏拉图的"理念"、亚里士多德的"是其所是"、黑格尔的"精神"、弗洛伊德的"欲望",甚至后现代主义者们的"文化",都可以在认识论上归入本质主义,因为这些人都把引号当中的范畴视为反映了事物之"本质"的真知识。

因此,卡尔·波普尔说:

> 我用方法论本质主义这个名称来表示柏拉图和许多他的后继者所主张的观点。这种观点认为,纯粹知识或"科学"的任务是去发现和描述事物的真正本性,即隐藏在它们背后的那个实在或本质。柏拉图尤其相信,可感知事物的本质可以在较真实的其他事物中找到,即在它们的始祖或形式中找到。其后有许多方法论本质主义者,例如亚里士多德,在这一点上虽然和他并非完全相同,但是他们都和他一样都认定纯粹知识的任务是要发现事物的隐藏本性、形式或本质。所有这些方法论本质主义者都和柏拉图一样认为,本质是可以借助智性直觉来发现并识别出来的;认为每一本质都有一个专门的名称,而可感知事物则按该名称来称谓;认为它是可以用语词来描述的。对事物本质的描述被称为"定义"。②

---

① 王晓朝、李树琴:《西方古典哲学本质主义思维方式的演进》,《学术月刊》2009年第10期。
② [英]卡尔·波普尔:《开放社会及其敌人》,陆衡等译,中国社会科学出版社1999年版,第66页。

在波普尔看来，本质主义是一种认识论，把握事物便是去把握事物背后的"本质"，本质隐藏在事物/现象的背后。而且，每个本质都有一个名称，可以用语词来描述，它是命名可感事物的根源，事物的定义就是对事物本质的描述，掌握了事物本质，进而就能够掌握可感事物，因此，在这一重意义上，本质表现得更像某种"实在"而非"概念"：理解事物，必先理解其本质，这是认识上的简化，否则人们就会被具体性、个别性迷惑，抓不住事物的普遍性；由是可知，事物的本质本来是一种认识论意义上的语词，为事物下定义的时候要用到它，可如此又会导致人们往往在逻辑上假定本质是优先于事物而存在的，进而错把这个逻辑上的"本质"误认作某种事物存在之前的"实在"，这才是本质主义带给我们的思维迷惑，仿佛掌握不了事物的"本质"便无法把握具体事物一般。

不同的哲学家假设了不同的"本质"，我们重点讨论亚里士多德的本质主义观①，显然，与柏拉图不同，亚里士多德更加关注现实世界而非理念世界，后者是柏拉图自己头脑中的设想，是一种思维逻辑的产物，只不过柏拉图自认为这个理念世界是真实存在的，就此而言，柏拉图的本质主义观点倒很类似于前文所述的，以斯坦利·费什、E. D. 赫希等人的逻辑，这批人的逻辑是这样的：只有理念世界存在，现实世界才是存在的；同样，只有本质存在，事物才是存在的。本质先于具体事物而存在着。

然而，亚里士多德之"本质主义"的依据是"现实世界"②，这一点不但与柏拉图不一样，与分析哲学为代表的现代本质主义也有所区别，现代的本质主义③在逻辑上设定了各种各样的"可能世界"，把本质问题当作语言逻辑问题来讨论，亚里士多德"本质主义"关

---

① 张家龙认为，"本质主义"是由亚里士多德创立的一种哲学理论，参见张家龙《论本质主义》，《哲学研究》1999 年第 11 期。

② 毛崇杰：《本质主义与反本质主义》，《杭州师范学院学报》（社会科学版）2003 年第 3 期。

③ 相关研究请参考刘叶涛、张家龙《现代本质主义的逻辑基础与哲学意蕴》，《哲学研究》2012 年第 2 期；以及张家龙《论本质主义》，《哲学研究》1999 年第 11 期。

第四章 伊格尔顿论"本质"与"形式"

注的是认识论问题,并非语义逻辑问题,亚里士多德研究"本质"是为了得到一种关于现实世界的真知识,后现代主义反对的"本质主义"并不是基于语义逻辑分析的现代本质主义,而是从亚里士多德、培根到笛卡尔以理性为中心的形而上学,这也是伊格尔顿对后现代主义表示不满的一个主要原因。

伊格尔顿在多部著作(《后现代主义的幻象》《文化的观念》《理论之后》)当中都提到,后现代主义在骨子里都属于这种"反"本质主义和"反"形而上学。比如,伊格尔顿指出,在后现代主义者眼中,本质主义是这样一种信念,即"认为事物是由某些属性构成的,其中某些属性实际上是它们的基本构成,以至于如果把它们去除或者加以改变的话,这些事物就会变成某种其他东西,或者什么也不是",而这正是"后现代主义著作中提到的最为十恶不赦的罪恶之一,几乎是首要罪行"[①],后现代主义者们认为,根本就不存在那些所谓的"本质",不但这些"本质"归纳不出来,而且没有什么东西不可以去除或者不能够加以改变,那些被归纳出来的"本质"都是永恒的、固定的,其实是宏大的元叙事,而这些普遍的、永恒的、自诩为真理的东西都不存在,自以为是的"本质主义"和形而上学才是虚假不实的首要代表。

可惜的是,后现代主义者们既误会了本质,也误会了本质主义,他们误把"本质"视为"共同性",似乎本质就意味着整体性、普遍性,同时本质还暗含着霸权,压抑了局部性、个别性,似乎本质并没有什么积极的、增进人类福祉的价值;他们还误将认识论意义上的"本质"挪到存在论的语境中来,似乎本质是具体事物存在的前提,似乎无法在认识与逻辑上归纳出本质的事物便不是真实存在的事物。

后现代主义者上述观点的悖谬之处在于,他们认为无法归纳出"本质"的现象/表象是骗人的、无意义的,他们用语义逻辑代替了现实世界,用事物的定义代替了事实本身。在后现代主义者们眼中,好像本质主义都试图用"本质"来代替现象/表象,用认识来代替世

---

① [英]伊格尔顿:《后现代主义的幻象》,华明译,商务印书馆2005年版,第112页。

界似的。可事实上，这不过是后现代主义者的偏见，他们犯了稻草人谬误。在认识论层面上，用本质来代替现象，用定义来代替事物本身，不过是一种方便之门，是为了让人们免受纷繁复杂的现象世界困扰，可这样做的结果，又导致人们常常在存在论意义上理解这个问题，这是大家在思维上常犯的逻辑错误，棍子不能只打在"本质主义者"们身上，更何况他们未必真犯过这种错误。我们首先要反思的是自己的思维方式，因此，伊格尔顿说：

> 费什是一个颠倒了的本质主义者。他和托马斯·阿奎那一样都相信，没有本质的事物是不存在的；可问题在于，阿奎那认为实际上拥有本质的事物，费什却认为它们没有本质。[①]

为什么斯坦利·费什是颠倒的本质主义者呢？因为他觉得所有虚构作品（文学）并没有什么共同特点构成其充分或者必要条件，故而虚构作品（文学）是不存在的。此时费什认为文学若作为某种存在，它必须具有"本质"，在这点上，他显然属于"本质主义者"阵营；但是，他认为文学的"本质"便是它存在的充分或者必要条件，没有本质便不存在文学，此时，他就成了典型的、反本质主义的后现代主义者了，因为他把认识论上"本质"当成了"文学"存在的前提条件——伊格尔顿所说的"颠倒"便是存在论与认识论上的颠倒——按理说"本质主义者"相信的是认识论中的本质，亦即事物背后的、可供认识的本质，可费什却认为，无法被归纳出来并被人们认识到的本质才是事物的本源，没有这种本质，就不存在具体事物，这岂不是颠倒了的"本质主义者"吗？

更重要的是，伊格尔顿把费什和阿奎那放在一起比较，阿奎那认为有本质的事物，费什却认为没有，阿奎那的"本质"和费什的"本质"有何不同呢？阿奎那的"本质"不是"共同本质"吗？

这就必须回到亚里士多德"本质"一词的原初内涵上来，回到亚

---

① Terry Eagleton, *The Event of Literature*, New Haven and London: Yale University Press, 2012, p. 19.

里士多德的"形而上学"中来。

第三节 重返"本质主义"源头：亚里士多德的本质与本质主义

按照所谓的"本质主义"思路，认识到本质，就可以将这类事物和那类事物区别开来，在文学研究当中，理论家们试图去完成的，便是找到某个或者某组把文学和其他写作区别开来的"本质"属性，这种属性必须是这些写作形式共有的特征，故而，有一种具有代表性的观点认为，"本质便是不同个体，或者某类个体之间的共同之处"[①]，本质在这里被称为共同之处或者公约数，如果说此时的"本质"属于个体之特征，只不过为不同个体所共有，那么，这种本质就属于"共同性""普遍性"或者"共相"。这种"本质"难道不是亚里士多德的意思？

根据亚里士多德的形而上学观点，回答既是肯定的，也是否定的。

一 本质与 logos（言辞）：存在与认识的纠缠

首先我们需要理解，亚里士多德为什么要用"本质"来阐明事物的存在方式。

在海德格尔看来，亚里士多德的"定义被规定为某种关于本体[②]的认识"[③]，这一点确认无疑，定义是认识事物之本质的途径，但同时海德格尔指出，定义本身又是一种"言辞"（λογοσ，logos，逻各斯），"是对某物的一种言说（sprechen，speech）"[④]，"言辞"就是言说[⑤]，这一点在陈中梅先生在《诗学》附录中也有提到，亚里士多

[①] 南帆：《文学研究：本质主义，抑或关系主义》，《文艺研究》2007年第8期。
[②] 此处的本体即亚里士多德的本质（ousia），吴寿彭译为"怎是"，苗力田译为"是其所是"。
[③] ［德］海德格尔：《亚里士多德哲学的基本概念》，黄瑞成译，华夏出版社2014年版，第18页。
[④] 同上。
[⑤] 同上书，第19页。

回归古典

德有时用 logos 指代"'定义'或阐明事物性质和特点的语言"。①

既然定义是一种 logos，是一种言说，那么它就一定需要言说对象的存在，也要有一定的言说意图，不是胡说乱说，因此海德格尔认为，言辞（logos）的功能就是"使一种实事得见"，每一种言说"要么是对一种对某人或他人言说，要么是一种与自己或对自己言说……与他人就某事交谈，总有一种自我表达。通过就某事与某人交谈，不管明确与否，我都表达了我自己"。② 他的意思是，logos 是一种既有意图亦有所指的言说，既要表达言说者本人，也表达了言说的对象——这就回到了我们上文所提到的症结，言说对象往往是从个别到一般的，但言说者本人却要将之用言语表达出来，这就需要接受言说的人将这种经过抽象的、一般化的言语再还原（需要满足很多条件）回特定的事物那里，只有如此，二者的沟通才是顺畅的，对双方才能产生意义。

但什么样的言辞（言说）才是有效的、有意义的、真实可靠的？在亚里士多德那里，只有描述了事物之本质的定义才能达到上述要求。可问题在于，事物的本质必须通过言辞才能被描述出来，这就出现了一个悖论：事物的本质和对本质的言辞（logos）无法截然分开，本质是定义，属于言辞的范畴，定义和本质都是言说的产物，本质和言辞形成了某种交织缠绕的关系。海德格尔于是指出，言辞便是"对人之为人的存在的基本规定"，"人被希腊人视为拥有言辞的动物"③，只有人拥有言辞，只有人通过言辞与同伴交流观点，同时只有人用言辞来谈及自己对世界的看法，所以，"人在他的世界中的基本存在方式是：与世界交谈、谈论世界、谈及世界。人正是通过言辞而得到规定的"。④ 所有上述讨论的结论便可概括为海德格尔的那句名言："语言是存在之家。"人通过语言、言辞而存在着，这就是人的本质，而事物本质更是难逃语言之约束。

---

① 陈中梅：《诗学·附录 Logos》，[古希腊] 亚里士多德《诗学》，商务印书馆 1999 年版，第 200 页。
② [德] 海德格尔：《亚里士多德哲学的基本概念》，黄瑞成译，华夏出版社 2014 年版，第 19 页。
③ 同上。
④ 同上书，第 20 页。

第四章 伊格尔顿论"本质"与"形式"

人的认识要用言辞（logos）表达出来，这种言辞表达就代表了人的本质，与此同时，事物的本质必须由人来认识，其本质也必须用言辞表达——所以，对亚里士多德来说，甚至对他所处的那个时代来说，存在论和认识论是不做区分的[①]，因为，人如何存在与人如何去认识世界（包括自身），本来就是同一个问题，人通过语言而存在；同时，人的存在只能用语言来表征，这关系到人如何认识世界，如何表达自己的世界观，同样，事物的存在，其本质的被认识，也必须和人的存在、人的言辞紧密结合起来——这个在古希腊并不稀奇的话题，竟然在现代社会成了抽象的哲学问题。

如此，我们便清楚地看到了前面斯坦利·费什等人所犯错误的根源：在古希腊，认识事物便是把握事物，便是与事物"共在"，也就是说，那个时代的事实与价值是统一的，事物如何存在（存在论），与事物之存在如何被主体所认识（认识论）是合二为一的。地上的万物有生有死，天上的万物不停运动，对这些事物的研究必定是永不止息的，亚里士多德的认识论和他的宇宙观紧密结合着，加之，他又非常确信理性的自由，所以任何事物的本质终究要被人所认识，任何认识必然既是描述性的，也是规范性的；既体现了下定义者本人的卓识，也不可忽略他的偏见；既要故意凸显出事物本身的某些特质，还要无意甚至有意地遮蔽掉事物本身的另外一些特质，这类结局不可避免。亚里士多德所说的"真实""真知识"可不像我们这个年代所以为的那样，是独断性的、强迫性的，甚至宗教式的"真理"（the Truth），它只是某种"真实"（reality），在亚里士多德那里，"真知识"更多是一种思辨的产物，是百家争鸣、百花齐放的结果，是一种永不停歇的智性活动。就像他经常说的，类似于某种永恒的圆周运动，亚里士多德并没有表达出任何既定定义必然永恒正确的意思，他若作如此设想便违背了自己的理性，他一直强调思想是最自由的，是纯粹的形式，这种纯粹不受约束，思想的对象和思想本身是合二为一的，如果任何有关本质的定义是一劳永逸的东西，那么思想这个圆周运动就停滞不动了，这岂非自相矛盾？

[①] 参考聂敏里《存在与实体》，华东师范大学出版社2011年版，第47页。

所以，一方面，事物的本质不是那个超验的、永恒的"理念"（型、相）般的存在，认识事物本质是一种理性活动，这种思想运动是永不停歇的；另一方面，事物本质终究要用言辞来表达，这种对本质的认识与人通过语言来存在是同一个问题。

二 从"四谓词"理论追溯本质与定义的关系

众所周知，《形而上学》是亚里士多德所有著作当中最复杂难懂的一部，其中关于"实体"的思想就是其中的核心与难点，而什么是实体与如何判断事物的本质密切相关。

通常情况下，当我们想要在认识上把握一个对象的时候，我们会用"A 是 B"的方式来为其下定义，这个下定义的方法，正是找到事物之本质的方法，也就是说，事物的定义描述了事物的本质，掌握了定义就掌握了本质，这种认识论的根源在亚里士多德那里。

"A 是 B"这样的判断被亚里士多德称为谓述（predication，断言，述说），"是"和谓词 B 共同陈述了主词 A。在亚里士多德看来，对 A 的谓述有四种，分别是定义、特性（或固有属性）、属和偶性，定义便是"揭示事物本质的短语"；特性"不表示事物的本质，只是属于事物"[1]，比如人的一个特性是可以学习文化，睡眠不是人的特性；属是事物之属（genos）或简单地理解为种类意义上的归属；偶性表示事物的偶然属性。亚里士多德还认为，任何谓述的主项和谓项都可以互换位置，凡能换位且换位后意义不变的，此谓述的谓项便是事物的定义或者特性，如果此时的谓项又揭示了事物的本质，那么它就是事物的定义，否则就是特性，特性作为谓项并不能揭示事物之本质。举一个未必精当的例子来说，"人是会学习语法的动物"，主谓项颠倒之后，会学习语法的动物是人，此时"会学习语法的动物"就是"人"这个主项的"特性"，但是，人的特性不仅仅是学习语法，他还会写字、算术、唱歌；再比如"人是通过说话来表达自我认识的动物"，主谓项颠倒之后，原来的判断变成了"通过说话来表达

---

[1] 苗力田主编：《亚里士多德全集》（第 1 卷），中国人民大学出版社 1990 年版，第 357 页。

第四章 伊格尔顿论"本质"与"形式"

自我认识的动物是人",这个时候,"通过说话来表达自我认识的动物"就可看作"人"这个主项的"定义",因为它揭示了人的本质。

那么亚里士多德的"四谓词"理论对文学研究意义何在?

人们常说,文学的定义必须要揭示文学的本质,为了回答"文学是什么"的问题,人们需要为文学下一个定义,通过这个定义就能抓住文学的本质,从而实现了对文学之真正知识的掌握。这个逻辑并没有错,数千年来人们都是如此认识世界的,把文学和植物、绘画、几何当成研究对象并没有问题,所以在文学研究当中,定义与本质的关系便无法摆脱亚里士多德的影响,前文中伊格尔顿所特别提到的斯坦利·费什就认为,当诸多文学无法归纳出本质、无法下定义的时候,文学就是不合法的,甚至是不存在的。他似乎并没有违背亚里士多德的谓词逻辑,但伊格尔顿老是嘲笑他,他的问题究竟出在哪里呢?

原因在于,亚里士多德在这里说明了事物的定义必须说明事物的本质,但他却没有明确指出,事物的本质究竟是什么,费什以及更多的人,虽然理解了定义与本质的关系,理解了作为定义的谓述,其主项和谓项可以互换位置,但大家却没有深刻地理解亚里士多德的"本质",因为只有说明了"本质"的谓述,才可视为事物的定义,可大家理解的本质是亚里士多德的"本质"吗?也就是说,什么样的事物才是亚里士多德所说的"本质"呢?如果无法确定什么属于本质,就算给事物下了定义也是徒劳,定义只不过是对事物本质的一个逻辑判断(谓述),事物的本质,才是事物可供定义的前提。大家争执了半天的前提——本质指什么——始终是混乱的。本质如果是共性,很多事物并没有什么共性,比如维特根斯坦所说的"游戏",可如果本质不是共性,那理解本质有何意义?难道每个事物的本质各不相同?如何回答伊格尔顿的质疑:"哪里有关于某一颗卷心菜的学问?"[①] 卷心菜的本质不是所有卷心菜的共性吗?科学研究不就是研究共性吗?

我们知道,为事物下的定义,必然是一个全称判断,所有定义都是普遍化的、整体性的、概括式的,那么,这就会导致人们常常把某

---

① Terry Eagleton, *The Event of Literature*, New Haven and London: Yale University Press, 2012, p. 3.

种普遍性的东西当作事物的本质，这种普遍性属于认识论范畴，也就是说，我们错把认识论上的普遍性，当成了存在论上的普遍性，似乎只有在认识上抽象出某种共同性或者普遍性，事物才能因此得到定义，进而，我们错把认识论上的事物共同属性，当成了存在论上的事物共同属性，把属于人类理解当中的共性，当成了事物存在上的共性，问题就出在这里。

那么，亚里士多德的"本质"究竟指什么？它和存在论上的"实体"又有什么关系？和认识论上的共性有何关系？

三 从"十范畴"理论确定本质与事物的关系

有学者指出，亚里士多德的本质主义集中表现在他的四谓词理论之中。① 但是，四谓词理论并没有比较清楚地阐明"本质"究竟意指何处，所以还要回到亚里士多德的"十范畴"理论中来。

亚里士多德在《范畴篇》中指出，语言有简单和复合之分，复合词如"人奔跑"，简单词如"人"，所有的简单词都可以分为十种范畴，分别是：实体、数量、性质、关系、地点、时间、姿态、状况（具有）、活动（主动）、遭受（被动）②。这十种范畴用来做什么呢？在《论题篇》中，亚里士多德指出，谓述所有主词的四谓词（定义、特性、属、偶性）都属于这十个范畴之一，也就是说，说明主词（主项）的谓词（谓项）不外乎这十种，要么说明主词是某种实体，比如人或者马；要么说明主词具有某种性质，比如白色；或者是说明它所处的地点，比如在市场里；所具有的姿态，比如坐着的；具有的状况，如穿鞋的；等等。

亚里士多德对这些范畴进行的分类，其实是对"being"所做的分类，这些范畴是"世上事物的基本种类，是世界的独立组成部分"③，也就是说，亚里士多德认为世界上所有事物（包括事物的存

---

① 张家龙：《论本质主义》，《哲学研究》1999 年第 11 期。
② [古希腊]亚里士多德：《范畴篇·解释篇》，方书春译，上海三联书店 2011 年版，第 12 页。
③ 余纪元：《亚里士多德〈形而上学〉中 being 的结构》，中国社会科学出版社 2013 年版，第 21 页。

第四章 伊格尔顿论"本质"与"形式"

在状态)可以用这十种范畴来做谓词。这样我们就可以发现,在亚里士多德的框架下面,所有谓述(命题)都不过描述了范畴论所指出的这十种情况,那么,说明事物之本质的"定义"和这十种范畴有什么关系呢?

我们必须知道,在十种范畴当中,"实体"最重要,它是其他九个范畴得在存在的前提,而在所有的谓述(命题)当中,其他九个范畴都可以做"实体"的谓词,唯有实体不能做其他九个范畴的谓词,这就是说,实体才是最基本的世界组成部分,没有它,其他范畴皆不存在。因此,有学者指出,亚里士多德形而上学研究对象便是"作为存在的存在",它所指的正是"实体"①,而不是"存在"方式本身,同时,这个实体不是类(genos),不是普遍性,更不是事物的其他属性(偶性)②。事物所属的类(比如作为种类的动物、颜色),某些事物所共有的普遍性(比如柔软、可吃),或者某种偶然属性、状态(平躺、行走),对亚里士多德来说都不是实体,实体"是一切谓述的终极主词和一切谓项的终极主体"③,"人和猫都会呼吸",会呼吸是"普遍者"(the universal),不是实体;同样"那只猫在走着","在走着"只是属性(偶性),更不是实体。

那么,什么样的事物才属于实体?

按亚里士多德《范畴篇》中的理解,基本上所有事物都可以做主词,但只有一少部分事物才能做主体,颜色就不是一种单独的存在,某种颜色可以当主词,但任一颜色必须依附于某一主体。因此,对亚里士多德来说,"有一类东西既不存在于一个主体里面,又不可以用来述说一个主体"(比如某一个人或者某一匹马),这种"既不用来述说一个主体又不存在于一个主体里面"的东西就是"实体"④,也就是说,独立的、不依附于其他范畴的某一事物(而非某类事物),

---

① 此处的实体也蕴含着实体本身的存在方式,参考海德格尔《亚里士多德哲学的基本概念》,华夏出版社2014年版,第28页。吴寿彭译为"本体"。
② 聂敏里:《存在与实体》,华东师范大学出版社2011年版,"代序"第11页。
③ 同上书,"代序"第8页。
④ [古希腊]亚里士多德:《范畴篇·解释篇》,方书春译,上海三联书店2011年版,第12页。

才是实体——实体必须是独立的,可以做主体被其他范畴(比如性质、状态、地点之类)所依附,同时,它还必须是一个,而非一类事物,因为作为类别的事物,是可以用来述说这类事物中的个别存在,事物的类(种属)可以做该事物的谓词,但某一事物只能做主词,不能做谓词。举例来说,在"这只猫是黑色的"这个谓述当中,黑色谓述(predicate)了猫,同时,黑色只能在猫这个主体当中存在,黑色只是一种颜色,是一种普遍的属性,它不是实体,只有"这只猫"才是实体,而且猫不是实体,它是类(种属),"这一只猫"才是。

亚里士多德还提到另外两种事物。其中的一种,它们"既可以用来述说一个主体,并且又存在于一个主体里面",他用"知识"来说明这种东西,因为"知识既存在于人的心灵里面,又可以用来述说语法"[1]。某一种特定的语法属于知识,但是知识不是独立存在的,必须依附于心灵,存在于心灵这个主体当中。所以,知识不是实体,因为它既可做谓词,还依附于特定的主体,不是独立的。推而广之,回到文学的话题当中,文学可以做谓词,用来谓述某部文字作品,但是它类似于知识,文学不是单独的存在,它存在于某一部(一类)作品当中,所以,若按亚里士多德的十范畴理论理解,文学并非实体,因为文学不可能脱离某个主体(某部文字作品)而单独存在,"文学"不是独立主体,只能用来谓述主体。

理解了亚里士多德的"实体"概念,我们才能继续探讨亚里士多德的"本质"问题。很多人认为本质是普遍性或者种属,可实际上,普遍性和种属是可以无限上溯、无限抽象的,最终无益于人的认识,也违背了古希腊哲学的"不走向无限"的基本原则[2]。

所以,亚里士多德探讨本质的进路必定依托于具体个别的事物,这是他的逻辑起点,"唯有个体事物才是实在,类、普遍者和其他各种属性都依附于个体实在,个体实在构成了世界的本质和核心,类、普遍者和其他各种属性,它们……都不是实在。"[3] 这里的"实在"

---

[1] [古希腊]亚里士多德:《范畴篇·解释篇》,方书春译,上海三联书店2011年版,第10页。
[2] 参见海德格尔《亚里士多德哲学的基本概念》,第43页。
[3] 聂敏里:《存在与实体》,华东师范大学出版社2011年版,"代序"第11页。

第四章 伊格尔顿论"本质"与"形式"

便是前文所提到的"实体",事物所属的"类",所共有的"普遍性",以及它们所具有的属性(偶性)都要依附于这个"实体",这个实体就是个别的事物。故此,亚里士多德理解的本质就不是我们常说的"类本质"甚至普遍性的本质,认识本质是为了把握对象,认识个别事物并不是为了单纯地获得一种普遍化的抽象知识,知识最终还要返回到这个事物身上,发现它的价值和意义,因而,在亚里士多德那里,"个体事物和其本质是同一的"[1],"一个本质个体就是一个事物在其种种偶性表现背后的当然的主体"[2],这才是亚里士多德的"本质主义",也就是说,亚里士多德的"本质"最终关注的是个别事物的本质,只有个别事物才是真正的实体(实在),"当我指出一个事物必然如此,我们就达到了对这个事物的终极认识,换句话说就是,我们达到了这个事物的本质、实体、实在"[3]。从这个意义上说,亚里士多德的"本质"恰恰就是"个别事物",这也再次验证了人们称其为"完全的经验主义者"的说法,对亚里士多德而言,从个别到一般,从具体到抽象,这些都是认识事物的方法,然而认识事物最终不是为了掌握那个抽象化、普遍化的东西,而是要返回到具体事物当中,让其为我所知、为我所用,这是一个辩证过程。

正因为如此,我们就可以回答文初的疑问:伊格尔顿为什么要把费什和阿奎那放在一起比较:"费什是一个颠倒了的本质主义者。他和托马斯·阿奎那一样都相信,没有本质的事物是不存在的;可问题在于,阿奎那认为实际上拥有本质的事物,费什却认为它们没有本质。"[4] 阿奎那认为有本质的事物,费什却认为没有,阿奎那的"本质"和费什的"本质"有何不同呢?阿奎那的"本质"是什么呢?

阿奎那的本质并非认识论上的本质,他强调的是本质的实存性,他认为存在者与本质是同一的,"只有事实存在或者实际存在中才有

---

[1] 聂敏里:《存在与实体》,华东师范大学出版社2011年版,"代序"第12页。
[2] 同上书,"代序"第13页。
[3] 同上书,"代序"第14页。
[4] Terry Eagleton, *The Event of Literature*, New Haven and London: Yale University Press, 2012, p. 19.

本质可言,在纯粹逻辑存在中是根本没有本质可言的"①,对阿奎那来说,事实上存在的存在者就是逻辑上存在的存在者,在这里,阿奎那和亚里士多德对于本质的理解是一致的:他们都认为本质具有特殊性,本质只有在实际存在当中,也就是只有在实体当中才能够成为本质,认识中的、逻辑中的存在物,皆非真正的"本质","文学"这二字只有在个别作品意义上才有本质,一旦被抽象到理论的、普遍的层面上,它就没有"本质"可言了。

也就是说,阿奎那认为的"本质"并不是什么普遍性,本质是实体才具有的,它根本不是一种逻辑上的存在物,逻辑当中没有本质,就文学来说,只有作为实体的文学作品才有本质,作为概念的、逻辑上的"文学"并无本质可言。阿奎那的本质和个体事物是同一的,所以他当然要认为存在的事物皆拥有本质,事物的存在是其本质存在的前提条件,而不是反过来。综合上面的论述,我们终于明白了,伊格尔顿为什么要说:斯坦利·费什是一个"颠倒了的本质主义者"。

第四节 伊格尔顿论文学的"本质"与"功能"

根据上面的讨论,我们得知:其一,亚里士多德的"本质"和语言无法分割,本质要用语言表达出来,揭示事物之"本质"的"定义"仍然是一种"谓述"(命题),对事物本质的定义,与对其特性、类甚至偶性的命题在逻辑上是并列的,因此,既然定义不过是一种命题,这种命题便不可能是一劳永逸的,本质不可能是永恒的,即便我们把本质主义的源头归到亚里士多德那里,他也没有认为认识本质便可以代替具体事物,同时,他更没有认为这个本质是永恒不变的,本质实际上依附于实体的生灭变化,他不同于自己的老师柏拉图,他没有把这种"本质"当成彼岸世界的永恒"理念",所以后现代的反本质主义者们给本质主义扣上罪恶的帽子,其实是没有理解亚里士多德。

---

① 段德智:《附录一:西方形而上学传统中的一部经典之作》,[意]阿奎那《论存在者与本质》,商务印书馆2013年版,第103页。

其二，亚里士多德的"本质"并非事物的共同性，而是指个体事物本身，个体事物便是十范畴当中的"实体"，它在存在上和逻辑上同时具有最优先的地位，别的范畴都用来谓述它，它只能做主词，"实体"的本质便是实体本身，这不是同义反复，而是一种认识论上的辩证法，是一种从具体到抽象，再回归到具体的过程。

一　文学本质对文学功能（目的）的依赖

亚里士多德的本质观给我们一个非常重要的启发，即事物本质与其功能之间的关系。事物的本质和事物是不可分割的，必须在事物本身及其存在过程中，本质才有意义，而这种本质必然要和事物的目的/功能密切相关，这种目的/功能不是神学上的目的论，而是亚里士多德自然哲学意义上的自我生成、自我完善。作为实体的个体事物"是一个具体的自然生成物"①，"是一个功能个体"，"一个具有一定自然功能并且在自然地实现着这个功能的存在"，② 实体的本质表现为它要按照自身的本性运动着、存在着，它表现出来的特性、偶性都是在确定它正实现着的功能，此时的事物不是一个静止对象，而是"一个可确认的现实发生着的功能存在"③，举例来说，一只断手孤立存在着，并不是实现了功能的手，它不能被称为手，但如果它在身体当中正常存在，并且承担了手的功能，此时它才可以被称为"手"，所以亚里士多德的"本质主义"必须和"功能主义"放在一起才是有意义的，才可以被顺畅地理解，实体就是"一个在现实中实现着它所具有的特定功能的物质体"④。这样看来，所有关于"本质主义"和"本质"的问题，就必须放到"功能"的语境当中来理解了，而这就把我们在哲学中的讨论拉回了文学当中，因为，人们一度认为讨论文学的功能和讨论它的本质风马牛不相及，似乎文学不应当承载什么功能，而这正是伊格尔顿一直大力批判的偏见甚至谬论。

---

① 聂敏里：《存在与实体》，华东师范大学出版社 2011 年版，"代序"第 20 页。
② 同上书，"代序"第 21 页。
③ 同上。
④ 同上书，"代序"第 22 页。

回归古典

通常认为,"非功能性(non-functionality)即文学艺术的本质"①,艺术不能用"功能"来定义:"不论哪一个关于艺术的功能性定义,都会自然而然地在艺术品用途与作用之多样性面前望而却步"②,因为"文学文本的功能我们是无法预测的,我们不能在这样那样的情形当中预定文本的'使用'或者阅读状况"③,大家普遍觉得,一方面,文学艺术的功能是不好确定的,不同时代、不同语境当中的功能是不同的;另一方面,文学艺术的非功能性(无目的性)应该优先于它所具有的功能性(目的性),它具有类似于康德"无目的之合目的性"的特征。

但是问题在于,我们常常会把埃德蒙·柏克的演讲看成某种具有诗意的表演,可柏克的演讲在他那个时代具有非常明确的政治功能,我们在当代赋予其文学的美名,依据在哪里呢?是它在我们这个时代的功能(目的),还是它在其所处时代具有的功能(目的)呢?

艺术的非功能性与其功能性密不可分,如果认为艺术仅仅具有所谓审美的功能,这种所谓非功能性将艺术的价值缩小了、矮化了甚至歪曲了。其实这种所谓的"非功能性"仍然有一种"功能"。即便以康德意义上的纯粹美为例,大自然以其"非功能性"给人带来的美感最终也产生了"功能性"的价值,这正是其无目的之合目的性的真正内涵,也就是说,无目的本身就是一种合目的,非功能本身也是一种功能。

追根溯源,这种非功能性/无目的性来自现代社会,伊格尔顿借威廉斯的研究指出:

> "创造性的"或者"想象性的"文学观念最早产生于18世纪晚期,作为一种抵抗形式,它要对抗日趋功利性的社会秩序。……文学与艺术成为了宗教的替代形式,在这块保护地当中,价值被看作社会功能失调后的避难所。我们对于文学的许多观念都应该回

---

① Terry Eagleton, *The Event of Literature*, New Haven and London: Yale University Press, 2012, p. 77.
② Ibid., p. 24.
③ Ibid., p. 75.

第四章 伊格尔顿论"本质"与"形式"

溯到这个很晚近的历史时刻。①

既然人们要把文学艺术看成宗教的替代形式,那么文学艺术就具有了十分鲜明的功能性特征,只不过,为了赋予其合法性,人们不得不用一种话语为其划定势力范围,从而让文学艺术能够在现代社会继续生存,并占有一席之地。同时,人们又耍了个花招,用"无目的性"或者"非功能性"的外套裹在文学艺术的身上,似乎文学艺术是纯粹的、神圣的、不可亵渎的完美之物,其实这不过是一种障眼法,无目的性就是在这个功利主义、工具理性主义盛行的现代社会,文学艺术不得不穿在身上的制服外套,没有这件制服,文学就像裸奔一样被人耻笑,因为它社会生活当中没有位置和瞬间可见的实用价值,无法融入这个以"现实意义"、以实际效用或者物质利益衡量事物价值的大体系中来,所以伊格尔顿说——

> 我们所说的某些话语,在特定的实际使用当中,故意要让它变成非功能性的——这种无目的就是我们目的性的一部分,也是我们所说的"文学性"或者"艺术性"的组成部分。②

"无目的性"不过是"目的性"的一部分,相对于文学艺术之外的领域而言,作品是没有其他目的,但"文学性"或者"艺术性"又是文学艺术本身的目的,那么,这种目的性和它宣称的"无目的性"是不矛盾的,最终无目的性还是要为目的性服务,而不是相反。

文学艺术的无目的性/非功能性还有更重要的理论内涵,那就必须回到亚里士多德的观点中来,文学艺术的目的/功能不在自身之外,就在自身,这就是它真正的本质!文学艺术——

> 这种活动的形式有一个古老的名称,即实践(praxis),意思

---

① Terry Eagleton, *The Event of Literature*, New Haven and London: Yale University Press, 2012, p.90.

② Ibid., p.137.

回归古典

是这项活动的目的就在内在于自身。对亚里士多德来说,美德就是这样一种至高无上的行动实例。有道德的人们并不是为了什么功利目的才去施展自身的能力和才智,而是为了实现自身这个目的。这种观念拆解了功能性与自身目的性之间的差别。人能够依据某种目的而行动,但这种目的却是行动本身。这种理念在文学作品当中表现得淋漓尽致。①

这段文字需要涉及亚里士多德的两种观念:形而上学中的本质观,伦理学当中的美德观。这两种观念是一个不可分割的整体,理解了美德观有助于理解他的本质观。首先,在亚里士多德的伦理学体系当中,技艺和实践是不同的,技艺以制作为目的,以产品为结果,"所有的技艺都使某种事物生成"②,也就是说,技艺的目的不在技艺本身,而在技艺之外,但实践与技艺不同,其目的可以实践之外,也可以实践之内,亚里士多德认为,"合德性的实践"是一种除自身之外别无他求的实现活动③。在其伦理学体系中,亚里士多德认为美德不是一种天生的品性,做公正之事方成为公正之人,完成有道德的行动才能成就有道德的人,因此,对有德性的人而言,做有德之事的目的就是完成此事本身,而不是通过做善事来实现善事以外的目的——如果用现代的观点来看,若把行动当成表象,把品性当作本质的话,那么这种行动的表象和本质就是合一的,也就是说,亚里士多德的本质论和美德论其实也是合一的,合德性的行动既是手段也是目的:既然事物本身与其本质是合一的,认识事物的本质是为了迅速抓住并理解事物,那么,认识某人的品性也就是为了迅速认识并理解这个人的行事方式,如果把品性当成这个人的本质,人的行动就是他的表象,在这个意义上,人的本质和人的表象正是合二为一的,只有从他的行动才能判断他的品性,同时,也只有确定了他的品性,才会知道他会

---

① Terry Eagleton, *The Event of Literature*, New Haven and London: Yale University Press, 2012, p. 204.
② [古希腊]亚里士多德:《尼各马可伦理学》,廖申白译,商务印书馆2003年版,第171页。
③ 同上书,第303页。

第四章 伊格尔顿论"本质"与"形式"

在尚未发生的情形当中采取什么样的行动。因此，判断某人有美德，是因为他做了有德之事，同样，判断某人的"本质"如何，是因为他在具体行动当中展现出了这种"本质"，完成有德之事便是实现了美德的"功能"，功能若不在，本质即消逝。这才是亚里士多德所理解的，本质和功能、美德与合德性的实践之间共同哲学依据。

所以，当返回到文学功能与目的的话题上，我们就会发现，事物的功能与其自身的目的是同一的，事物的功能就是实现它自身的目的，目的不在自身以外，这和亚里士多德意义上的美德实践完全相同，如果把文学艺术看成一种实践，那么这种实践的目的就在自身之内，如果把这种实践的目的当成"无目的性"，那么它的目的就不在文学艺术之外，这样就解答了康德美学当中所谓的"无目的的合目的性"问题，因为这种"无目的性"就是一种"合目的性"，其目的不在自身之外，所以它既是无目的的，也是合目的的，既实现了功能，也达到了目的，这一切均发生在艺术实践之内。换句话说，这相当于"文学艺术只为它自身而存在"，但这存在是一种自我完善。

伊格尔顿总结道："艺术和人文学科在功能上是类似的，其功能并不外在于自身，而在于它们自我实现的活动之中。"[1] 文学艺术的目的就在于文学艺术的实践当中，尽管其外在目的多种多样，但其内在目的只有一个，就是把艺术创作实践本身当成结果。当伊格尔顿提出，人为了某种目的而行动，我们就应该意识到，这个目的就是行动本身，因为人的所有行动都不过是为了人自身，这种将事物（现象）与其本质合二为一，将事物功能与自身目的合二为一的哲学鲜明地体现了亚里士多德的本质主义思想。

正因如此，伊格尔顿嘲笑道：

> 那些可耻地宣称艺术没有什么功能的唯美主义者，在这意义上，正是市侩庸众们糟糕透顶的孪生兄弟。这两种人对功能的理解贫乏之至。正是那些市侩庸众才相信，具备瞬时见效的东西才

---

[1] Terry Eagleton, *The Event of Literature*, New Haven and London: Yale University Press, 2012, p. 205.

有价值，而唯美主义者错误地认为，具备某种功能和在自身内部实现目的必定是自相矛盾的。然而，某个功能实现了它自己的目的，这本身还是一种功能。对激进的浪漫主义传统来说，艺术作品具备什么样的功能，是通过它自身以什么目的存在来实现的。①

唯美主义者和市侩庸众们认为，功能就是某种效果的立刻显现，所以，假如艺术不能立即产生某些效果，那么，艺术就应该不具备什么功能。同时，唯美主义者们还认为，艺术若具备某种功能，那么这种功能一定是艺术之外的，比如政治功能、社会功能、历史功能，等等，但是，他们从未料到，在事物自身内部，也可以实现某种功能，比如人的功能就是人的健康成长，人的功能不是改造自然或者服务上帝，人的功能和目的就在他自身。

况且，这里的浪漫主义者和唯美主义者们还认为具有某种特定功能的艺术是可耻的，但他们恰恰忘记了，宣称无目的性的艺术本身也是一种目的，即便按他们所假设的，当艺术以其非功能性/无目的性实现了自身的功能/目的之时，这种目的的实现本身依然是一种功能！这正应验了"否定之否定"。所以，当我们理解了亚里士多德的本质观和伦理观之后，我们便能非常清晰地把握下列问题，即：事物的本质就在事物之内，它的本质便是它的功能和目的，它的功能不是实现外部的目的，而是实现自身的目的，进而，它的目的不是别的，而是自身的完善，这种完善是一种从潜能到现实的运动过程——作为一种技艺（诗艺）的产出物（作品），文学艺术从创作开始到具体成形，这本身就是一种完善的过程，它的目的就在它自身之内，它的功能便是实现这个完善自身的目的。这就类似于，美德实践本身就实现了美德的目的，人的功能便是完善自我，这便是美德。

伊格尔顿对"功能"的概念有些爱不释手，他还说：

> 那种尝试消除描述与规范、事实与价值之间隔阂的准则便是

---

① Terry Eagleton, *The Event of Literature*, New Haven and London: Yale University Press, 2012, p. 204.

第四章 伊格尔顿论"本质"与"形式"

去诉诸功能的概念：一只表之所以良好，是因为它能够实现其准时的功能，这样，它的价值便在事实上确立了。①

在现代语境当中，事实与价值是各行其道的，从事实不能推导出价值，但是伊格尔顿认为，借助于"功能"，尤其在亚里士多德哲学的基础上去理解"功能"，完美实现了自身之目的，或者良好实现自身之功能的事物，便是事物的价值，也就是说，准确报时的表便是表的价值，完美演奏乐器的乐师便是乐师的价值，通过具体实践来不断完善自身美德的人，便体现了人的价值，这就在亚里士多德功能主义的基础上，实现了事实与价值的融合！因而，如果说亚里士多德的本质主义"是在功能主义意义上的本质主义"②，那么伊格尔顿对于文学本质主义的看法也延续了这一思路，即文学的功能/目的就在文学本身，同样，文学的本质也在文学本身，功能、本质和具体事物是一个统一体。

> 历史地说，文学作品的功能是高度多变的……从更广义上说，正是功能决定着结构。作品试图去对待的语境，决定了作品所选择的技巧，也决定了作品的演进方式。③

文学的功能和目的实在太多，"从巩固政权到赞美上帝，从提供道德教诲到证明某种先验的想象力，从替代宗教到增加商业利润"。④不一而足，但伊格尔顿认为，正是作品的功能决定了作品的结构，作品要实现的目的就决定了它要采取什么样的技巧，实现什么样的结果，正是事物的"功能"决定了事物的"本质"和"形式"，这才是所谓"功能主义意义上的本质主义"。

---

① Terry Eagleton, *The Event of Literature*, New Haven and London: Yale University Press, 2012, p. 81.
② 聂敏里：《存在与实体》，华东师范大学出版社2011年版，"代序"第23页。
③ Terry Eagleton, *The Event of Literature*, New Haven and London: Yale University Press, 2012, p. 194.
④ Ibid., p. 24.

回归古典

若按照亚里士多德的自然目的论体系来看,"文学"这种事物必有其动力因,那便是文学终究还是一种功能性的存在,它的功能既有内在的,也有外在的,而若按亚里士多德对人类活动的划分,"文学"首先是一种制作的技艺,其次才是行动实践,最后则是理论沉思。就技艺层面的文学而言,所有制作活动都要有制作物(产品)作为结果,这正是亚里士多德把研究"悲剧""史诗"的《诗学》称为"诗艺"的原因。文学既然是产品,它既然是由某种技艺生产出来的,所以它必然天生具有某些目的,它自身内部也必定具有某种实现其功能和目的的动力。

站在存在论立场上,从文学的起源来看,其最初始的动力来自于人类本身,其存在是为了实现人类各种各样的实用或非实用性目的;站在认识论立场上,从文学概念的发生学意义上来看,文学的桂冠往往是由读者赠予的,任何作品被视为"文学"是因为它们在不同的历史阶段实现了不同的人类目的,实现人类的不同目的,这正是文学艺术的最大目的。

因而,我们可以说,文学作品具有实现其目的的潜质,在那个不把文学艺术和其他技艺甚至实践严格区分开的古希腊,艺术必然有其现实目的,但在目前这个把文学艺术单列出来,标榜其"非功能性""无目的性"的时代里,艺术仍然掩藏着现实目的,这都说明,文学的本质其实就是这些忽隐忽现的"目的"。有很多具有明确实用目的的文字,在其尚未被称作"文学"的时候,它们只是潜在的"文学",但它们必定具有各种可能性,这些可能性和不同时代、不同读者的"目的"密切相关,我们把演讲词、回忆录、随笔、书信当作文学,正是我们自己的"目的",在这个意义上,对"文学"的发生学研究,其目的不应该放在文字作品身上,而应当放到我们自己身上。

所以,当某些"文字作品"变成"文学"的时候,这个从潜能走向实现的过程,其实是人类发现自己的过程,"文学"的目的就是人的目的,文学的功能就是人的功能,文学的本质也是人的本质。这也符合古希腊的认识论观点。

二 "本质"的价值取向与伦理意义

亚里士多德的"本质主义"不像后人所设想的那样,把寻找本质当成了哲学甚至人生的最终目的,"本质主义"不是刻舟求剑,在古希腊,这种所谓的"本质主义"思维其实有着十分明确的道德伦理意义,这种伦理意义正基于他的"功能主义"。

海德格尔指出:"定义是一种言辞",如果"它按照其界限性表明了存在者;它按照其存在为存在者划定了界限。这样的言辞就是定义,就是通达存在者的本真方式,作为定义的言说就是本真地言及世界……因为界限就是此的基本特质。定义言说存在者,……因为定义涉及的存在者是划定了界限的存在者"。①

在这里,"界限"是一个非常关键的术语。人们常用"界定"或者"界说"来指定一个概念的适用范围,"界"即划界,为事物"下定义"就是用言辞把眼前的事物从纷繁的背景当中凸显出来,从熟视无睹的环境中抽取出来,当此事物的功用不为他人所知,或者被人误解的时候,下定义才是更有效的、认识该事物的方法,然而定义也好,本质也罢,不过是为事物划定一个界限,"界限和划定界限的存在就是本真存在特质"②,"对于认识而言,界限就是有限性,之所以如此,只因为界限就是事物的有限性,事情被限定于其界限之内……对亚里士多德和古希腊人而言,理论研究的内在原理是:不走向无限。'走向无限'是走向根本不存在的某物,因为,如此失去了界限。这种避免'追溯至无限'的原理,对古希腊人而言具有完全确定的含义和完全确定的重要性"③,对亚里士多德来说,无限是一种"恶",在《形而上学》中,质料未赋予形式之前什么都不是,赋形便是一种"善";在《政治学》中,追求金钱就是恶,因为金钱代表着一种无穷无尽的交换价值,而不是使用价值,使用价值是有限的,

---

① [德]海德格尔:《亚里士多德哲学的基本概念》,黄瑞成译,华夏出版社2014年版,第44页。海德格尔此段引文中出现了古希腊语和德语,"言辞"的原文是 λόγο ς(英译 logos),"定义"的原文是 ὁρισμό ς(英译 horismos),"界限"的原文是 περας(英译 term)。
② 同上书,第38页。
③ 同上书,第43页。

回归古典

交换价值却是无限的；而在《伦理学》中，过度和不及都是恶，有限的、适度的、中庸才是善……所以，为事物"下定义"或者确定其"本质"既是认识论问题，也是伦理学问题，既是事实，也是价值。它是为了避免让我们自身陷入那种无穷无尽的状态，在一定程度上，我们可以说，亚里士多德的本质主义关注的核心问题就是无限和有限、普遍与个别、具体和抽象之间的关系。

如此，为事物下定义就是为其找到本质，把无限的、尚未认知的事物用有限的、可以被他人理解的言辞框定出来，赋予其形式，用语言形式来将事物描述出来，进而在人存在的过程当中，在人与人交往的过程当中，大家都可以利用这个"本质"来把握事物，此时本质便在一定程度上替代了事物本身，我们认识事物、影响世界的逻辑相当于"定义→本质→事物"，定义和本质能够指代具体事物，甚至可以取代后者。

然而，用有限的形式去指代无限的事物，本身就表现了有所选择、有所放弃的价值取向，这与现代科学范式下的、常人所理解的"定义"相去甚远，后者把价值取向当成了偏见，似乎"定义"是纯客观的、不掺杂任何个人偏见，是价值无涉的，但是，这种逻辑恰恰导致下定义者自己在不知不觉中陷入了偏见的泥淖，他们忘了，任何用有限之物指代无限之物的努力都是有取舍的价值选择行为。若依古希腊哲学家们的想法，为事物下定义并不像现代社会这样，先要把事物的价值属性排除在外，正相反，为事物下定义，为事物找本质，不可能是一种纯粹理性活动，而是一种实践理性活动。不涉及价值选择的纯粹理性活动是不存在的。

就文学而言，伊格尔顿认为，对它的规范性定义，就是把受到高度评价的写作视为文学[①]——这种思路在现代社会听起来让人难堪，因为在人们眼中，"高度评价"因人而异，根本就没有什么共性可言，这部分人的高度评价不能代表另一部分人的高度评价，所有人都"高度评价"的、"有价值"的作品不可能存在于世，这怎么可以用

---

① Terry Eagleton, *The Event of Literature*, New Haven and London: Yale University Press, 2012, p. 25.

第四章 伊格尔顿论"本质"与"形式"

来规定文学这个范畴呢?

这部分人在伊格尔顿眼中,正是那种试图用"一网打尽"式的术语给文学下定义的人,同时,他们还想摆出纯粹客观、价值无涉的姿态,其实他们并不敢把自己的立场亮出来,似乎自己一旦高度评价了某些作品,并将之命名为文学,就是要一劳永逸地、亘古不变地将它们视为"文学",似乎这个被定义了的"文学"概念就像柏拉图的"理念"一样存在于另外一个世界上,一旦现实世界当中的文字作品,和那个理念世界当中的"文学"产生了丝毫偏差或者半点冲突,我们这个世界的文学观念和文学现实就会同时彻底崩塌。可是,下定义在亚里士多德那里是为了认识具体事物,不借助文学的定义人们就看不懂文学了?得月而忘指,登岸而舍筏,才是定义与事物之间的合理关系,我们借助定义并不是把终点放在定义身上。

更何况这一批人忘记了,任何对事物本质的概括、任何定义的表述,都要在描述客观对象的同时,融入描述者本人的主观情感,就像肯尼斯·博克所说的那样,"定义本身就是一种象征行为,所有描述性的术语其实都包含着决断、选择、排除、偏好,如此等等"[1]。选择某一类事物下定义,排除某事物的这个那个属性,这些行为本身不都是主观的?亚里士多德从来没有说过甚至表达过,事物的本质与观察并描述事物本质的主体之间是相互独立、互不相干的关系,他关心的重点根本不是这个,他关心的是定义本身为我们带来的现实(实践)意义,认识主体和认识客体在他那里无法隔离。文学的定义更是如此,古典意义上的文学和现代意义上的文学,差别甚大,文学的定义首先要考虑定义本身对于主体的意义,定义有何目的和意图,这才符合认识论上的本质主义观,这怎么可能是价值无涉的?伊格尔顿说,即便"在现实主义文学当中,忠实于生活本身就是一种道德价值。这种描述性的判断实质上也是规范性的"[2]。现实主义小说最喜欢标榜的就是自己与现实生活之间的关系,可事实上,这种关系是纯

---

[1] Terry Eagleton, *The Event of Literature*, New Haven and London: Yale University Press, 2012, p. 133.

[2] Ibid., p. 73.

粹主客二元式的吗？是事实与价值截然两分的吗？这一类假定不过是臆想。

第五节　从亚里士多德视角解读伊格尔顿的文学"本质"与"形式"

根据前文的论述，当我们得知，事物的"本质"是一种认识论意义上的价值选择，是一种具有明确道德伦理意义的行动结果，我们就可以讨论下一个重要问题，即文学的本质与文学形式的关系。

早在20世纪80年代，国内已有学人提出了文学形式的本体论问题："正如人是一个自足的自主体一样，文学作品是一个自我生成的自足体。……形式不仅仅是内容的荷载体，它本身就意味着内容。"[1] 在传统的文学理论框架中讨论内容与形式，似乎内容是主旨，形式为内容服务，可事实上，任何形式都是有目的的创造物，形式本身就具有非常重要的意义。把作为客观存在的形式简化为表达观点的技巧，相反却把因人而异的解读内容拔高成唯我独尊的主旨，这种思路显然是有问题的。

论者还指出："如果人们能够承认文学作品如同人一样是一个自我生成的自足体的话，那么……这种生成在其本质上是文学语言的生成。或者说，所谓文学，在其本体意义上，首先是文学语言的创造，然后才可能带来其他别的什么。由于文学语言之于文学的这种本质性，形式结构的构成也就具有了本体性的意义。"[2] 我们发现，这番观点与亚里士多德之生成论自然观有很多相通之处，"自我生成的自足体"的说法几乎完全吻合亚里士多德的哲学观念，因为在后者看来，地上世界的万物都是运动的，这种生住异灭的状态是自然而然的；而且，作为人类活动的创造物，一切技艺的产品都有它的目的，这是它的"目的因"与"形式因"，任何人类技艺的产出物所具有的形式就是在其目的引导下的必然结果，这二者是统一的，它们的目的

---

[1] 李劼：《试论文学形式的本体意味》，《上海文学》1987年第3期。
[2] 同上。

第四章 伊格尔顿论"本质"与"形式"

因、动力因与形式因是完全一致的。因此,需要回到亚里士多德的哲学体系中来,去理解形式和内容的关系非常有必要①。

一 伊格尔顿论内容与形式的关系

关于文学形式与内容的关系,我们通常所理解的和伊格尔顿指出的相差无几:

> 大体上,我们把诗所表达的东西称之为内容,而把它如何表达称为形式。②

> 文学的内容包括意义、行动、性格、观念(idea)、故事情节(storyline)、道德观、论据等等,文学的形式则包括语气、音高(pitch)、节奏、发音(diction)、音量、韵律、情态(mood)、叙事语态、称呼(address)、神韵(texture)、结构、音色(quality)、句法、音域(register)、视点、标点符号等等。③

> 当我们想要意指一部文学作品时,其部分含义在于,要根据它的表达形式来判断它的表达内容。在文学这种写作形式当中,表述内容与呈现内容的语言不可分割。语言构成了现实或者经验,而不仅仅是它的表达工具。④

在文学教育中,教师常常会指导学生去区别文学的形式与内容,但是,这种做法有没有什么值得反思的地方?伊格尔顿在其一系列著作当中,都非常明确地强调了文学形式的重要作用,他认为,文学是

---

① 赵宪章曾指出,亚里士多德的"形式因"已经包含了"动力因"和"目的因",该文非常清晰地论述了亚里士多德四因说当中"形式因"的重要性。赵先生明确提出:亚里士多德的形式概念,既在本质上规定了艺术和美的现实存在,又在创作上涵括着艺术和审美的主体能动性,还在目的上涉及艺术和审美活动的功用与价值。本质论、创作论和目的论,即存在、功变和价值,三者构成了一个有机的整体。这就是亚里士多德"形式"概念之最基本的美学内涵。参见赵宪章《形式概念的滥觞与本义》,《文学评论》1993 年第 6 期。
② Terry Eagleton, *How to Read a Poem*, Oxford: Blackwell Publishing, 2007, p. 65.
③ Ibid., p. 66.
④ Terry Eagleton, *How to Read Literature*. New Haven and London: Yale University Press, 2013, p. 3.

特殊的文字，但要"依其表达方式来理解其表达内容"，"文学的内容和呈现它的措辞不可分割"①，不仅如此，文学和日常语言在形式的问题上，也没有什么明显差异："在日常生活当中，说话的内容也是由说话形式决定的。……文学和生活之间并没有什么清晰的隔断界限。"② 在日常语言当中，"内容是形式的产物。或者说，所指（意义）是能指（言语）的产物。意义便是我们如何去使用词汇，而不是词汇把自身单独代表的意义转达出来"。③ 所以，不论是文学语言，还是日常语言，都是形式起着主导作用，而不是所谓的内容，形式决定着意义的有效性。同样写雪景，"山舞银蛇，原驰蜡象"和"忽如一夜春风来，千树万树梨花开"，意义及其意境相去甚远，而在生活当中，"吃了吗？"并不是说话者想知道对方是否吃过饭，这不过是一种打招呼的方式。因此，在此类形式和内容的关系上，作为形式的表达方式显然占有优先地位。

伊格尔顿进一步指出，在文学当中，诗是一种非常明显的、可以用来说明这种形式之优先地位的文学类型，"诗歌尤其揭示了所有文学写作的幕后真相：正是诗歌的形式构成了它的内容，而不是反映了后者。语调、节奏、韵律、句法、谐音、文法、标点等才是事实上的意义生产者，它们并不仅仅是封装后者的容器。对它们的任何修改都会改变掉意义本身"。④ 其实，除诗之外，小说、戏剧也是这样，同一个题材在不同作者那里有着完全不同的表现，即便是同一作者，运用不同形式表现同一内容也不稀奇。

那么，伊格尔顿为什么要强调文学形式的重要性？这和前面所讨论过的文学"本质"有何关系？

这就必须回到亚里士多德的本质观上，前文提及，本质是定义，是一种言辞，是一种赋形，事物的形式就指向了"这一个"事物，事物之所以如此，便是事物的形式，这个形式是其目的的实现，也是

---

① Terry Eagleton, *How to Read Literature*, New Haven and London: Yale University Press, 2013, p. 3.
② Terry Eagleton, *How to Read a Poem*, Oxford: Blackwell Publishing, 2007, p. 67.
③ Ibid., p. 68.
④ Ibid., p. 67.

第四章　伊格尔顿论"本质"与"形式"

其存在于世的原动力，而对其之所以如此的言说，即是事物的定义，定义揭示了它的本质，就是揭示了它的形式，它为什么在这里，它在这里如何存在着，因此，"形式恰恰是规定事物之为'这一个'的那个本质"[①]，在亚里士多德的哲学当中，形式与质料相对，铜是铜像的质料，但铜像之所以能展现出它的本质，呈现出"这一个"铜像所具有的意义，正是因为建造者为铜赋予了一种"形式"，这种形式就是它的本质，但铜作为质料并不能说明铜像的本质，从质料出发，我们得到的并不是事物，而是一种没有意义的东西，也就是说，把握铜的质料之后我们依然无法把握这一个铜像，作为质料的铜，不如作为形式的"像"更能说明铜像本身，铜像的形式（与其质料结合）才能说明它的目的、意义、价值。

　　回到文学当中，当我们用某一种诗体来描述事物、表达情感的时候，就是为这种情感赋予了形式，否则，爱、痛苦这类作为质料的情感用什么来表达呢？只能借助于诗的形式。同样，运用小说或者散文的形式，也不过是为了将自己对于世界的认知、看法和情感表达出来，这些形式都是人作为主体来言说世界的方式。所以，事物的"本质"就是它的"形式"，它的"定义"就是用来揭示这个本质，此定义便是人们用言辞来为这个事物赋予一种新的"形式"，难以表述的、不熟悉甚至不可辨识的事物，其实就类似于一堆作为质料的"铜"，只有利用某种形式（比如语言）把它从无形、无限、无法表达的状态当中凸显出来、抽取出来、框定出来，事物就变得可见了，可以言说了，因此，这就是"形式"的重要性所在。

　　伊格尔顿说：

　　　　在阅读现实主义小说的时候，我们可以在某种可控实验的条件下去理解小说内容的含义，而这是以经验和活动为背景的——这种背景对维特根斯坦来说，在实际生活当中非常复杂、隐蔽，并且是难以总体化，就像他在《文化与价值》一书中所说的那样，它是"难以表述的"，但是虚构作品却能赋予其某种确定的

---

① 聂敏里：《存在与实体》，华东师范大学出版社2011年版，第138页。

回归古典

形式。……维特根斯坦所说的生活形式,马舍雷称之为意识形态。①

这就是说,文学形式本身就是一种化繁为简的手段,就像马舍雷所设想的,意识形态本身是难以言说的,但文学这种形式可以将其表述出来,当我们阅读现实主义小说时,这种小说的形式本身就为我们提供了一种背景,或者一种语境,只有在这背景当中,我们才能去理解它所要表达的东西。差别在于,现实主义小说以现实生活经验为背景,而对现代主义小说来说,起背景作用的可能就换成了人的直观感受或者心理活动。

伊格尔顿提道:

《尤利西斯》用一个无标点的句子来结尾,不是半页,而是60多页,肆无忌惮地涂满了下流话。仿佛现代生存方式的晦涩难懂和错综复杂渗入了文学作品的形式而不仅仅是它的内容当中。②

现代的生存方式对常人来说是难以言表的,甚至是无法呈现的,但《尤利西斯》做到了这一点,它如何把杂乱的、晦涩的、无直观意义的、复杂的事物呈现给我们?对作品而言,这些都是"质料",《尤利西斯》要为这些质料赋予"形式",其形式便是那个"无标点的60多页的长句",理解了质料和形式的关系,便有助于我们理解这部现代主义小说内容与形式之间的关系。

不过,有的作品"质料"并不复杂,伊格尔顿还另举一例:

在小说《动物庄园》中,乔治·奥威尔把布尔什维克革命复杂的历史用某种明显简单化的、讲述农场动物的寓言方式重构了

---

① Terry Eagleton, *The Event of Literature*, New Haven and London: Yale University Press, 2012, p. 160.

② Ibid., p. 125.

· 184 ·

第四章 伊格尔顿论"本质"与"形式"

一遍。在这些例子当中,批评家可能会讨论形式与内容之间的张力。他们可能会认为这种矛盾本身就是作品意义的一部分。[1]

故事本身的情节和人物是非常简单的,它们是作品的质料,质料本身似乎价值不大,但《动物庄园》把复杂的革命史用显然简化了的寓言重新了演绎一遍,作品本身就是要表达一种内容和形式之间的张力关系,这种张力的主导方不在于内容,恰恰在于形式,用动物寓言来讲述革命是一种意味深长的形式,形式才是我们感受作品的媒介,媒介就是意义本身,它表面上是某种媒介,实际上却指明了其所要表达的内容。

因此,伊格尔顿进一步指出:

> 诗是一种形式与内容、能指与所指再次反转倒置的写作。诗歌让我们很难抛开词汇而直达意义。诗歌表明,所指是能指复杂活动之后的结果。如此这般,诗歌让我们体验的恰恰就是我们自己的体验手段。[2]

诗歌是最明显的颠倒形式与内容的文学类型,我们不可能通过将一篇韵文翻译成散文来感受它的情感和意义,诗歌的形式就代表了诗歌的本质,我们能感受到的正是诗歌这种形式,通过这种形式来理解它所要表达的实质,小说、戏剧亦如是。

此外,对文学作品来说,若按传统理解,"质料"相当于作品的意图或者意义,那么,这种作品显然是蹩脚的,真正的读者目的绝不是去还原那个"质料",他想要感受的是"形式"带给自己的意义和价值。伊格尔顿认为,有时候,作品形式往往是作者和作品意图的扭曲变形,他借用弗洛伊德的欲望观点来再次论证了文学形式的重要性,在后者那里,艺术是一种满足欲望的替代品,艺术让人沉浸在幻

---

[1] Terry Eagleton, *How to Read Literature*. New Haven and London: Yale University Press, 2013, p.3.

[2] Terry Eagleton, *How to Read a Poem*, Oxford: Blackwell Publishing, 2007, p.68.

想当中，却又无须自我谴责，萨德、劳伦斯甚至勃朗特的小说，无不如此：

> 艺术为我们修正了一些不太正当的狂想，让它们易于被社会接受，在欲望和必然性之间、快乐原则和现实原则之间达成了妥协。对精神分析批评家而言，艺术是快乐原则接受现实原则正确控制的典范，和自我一样，在文学形式的伪装下，文学对欲望进行了规范，否则后者将逃脱我们的掌控。①

当我们在现实生活当中的欲望无法满足之时，梦境甚至艺术就可以起到一种为欲望赋形的功能，通过隐喻或者转喻，梦境和艺术都可以把人类欲望这个难于表述的"质料"重新赋予了有形的"形式"，这体现了"形式"的重要性。所以，

> 文学作品就可以看作是对无意识幻想的客观化，它把这些无形的、极其令人恐惧的东西变成了可感的有形形象。一旦用这种方式实现客观化，那些可能遭遇的矛盾冲突和悲痛不幸就能够得到缓解减轻。②

当文学把无意识幻想（本我）通过具体有形的形式客观化、对象化之后，那些无形的、令人恐怖的事物就具有了可被社会规则（超我）接受的形式，所以这正是弗洛伊德把文学当成某种精神防御机制或者精神控制机制的原因之一，利用这种为"质料"（欲望）赋予"形式"（可感事物）的策略，文学艺术就像梦境一样满足了人们的底层心理需要。这也是艺术成为一种低成本精神治愈疗法的价值所在，因此伊格尔顿说："那个满足了人类幻想，同时又是社会能够接

---

① Terry Eagleton, *The Event of Literature*, New Haven and London: Yale University Press, 2012, p. 220.
② Ibid.

受的艺术形式，便是小说。"①

二 形式的悖论：实体存在与本质言说之间的悖论

按照康德对于知识的理解，我们可以推论，事物的本质其实是不可认知的，而亚里士多德所提出的，质料是不可认知的，形式才是我们能够把握、认知并理解的东西，事物的真正"本质"、最原初的样子是超验的、不可认知的，我们对事物所提出的定义，赋予它某种形式，其实不过是一种把握事物的手段，从这意义上说，我们对世界的认知能力，或者，我们言说世界的能力就意味着事物的本质，因为这种本质是我们认知的结果。

然而，这就会导致一个问题频繁被提出，即，事物和它的本质（形式）假如是先天（天然）存在于那里的，我们对后者的发现与表述，仅仅是针对这一个事物呢，还是针对这一类事物？正像伊格尔顿提出的："哪里有关于某一颗卷心菜的学问？"② 我们认知卷心菜的结果必然是关于"类"（种或属）的，而不是这一颗那一颗卷心菜，我们不可能就某一个个别事物去下定义，认识它的本质。

况且，即便我们不想做出具有普遍意义的判断，但接受这个判断的其他人，仍然会把这个判断看作具有普遍意义，正像伊格尔顿指出的：

> 我们只能在语言当中来确定客体对象，语言就其本身而言正具有普遍性。如果语言不具有普遍性，我们就需要为世上每个橡皮鸭子和大黄枝条来找不同的词汇。像"这样""这里""现在"以及"彻底的独特性"这些词汇也不是专有词汇。③

如此看来，这种对事物本质的表述——定义——对下定义之人和

---

① Terry Eagleton, *The Event of Literature*, New Haven and London: Yale University Press, 2012, p. 220.
② Ibid., p. 3.
③ Terry Eagleton, *How to Read Literature*, New Haven and London: Yale University Press, 2013, p. 57.

接受定义的人来说，同时既是一个个别判断，也是一个普遍判断。进一步说，事物的本质在其存在论意义上是属于个别事物的，但是，如果上升到认识论的层面上，这个本质必然就是普遍性的，一方面，对本质的言说要用到语言，而语言必然是普遍性的；另一方面，这一个事物的本质必然要上升到它所属的类的层面上，认识某一个事物为我们增加的知识极其有限，难以进一步有效把握外部世界。所以这就体现出一种存在论与认识论之间的必然矛盾，即那个事物是那样存在着的，我们把它如此这般表述（呈现）过之后，我们的言说对象对它的理解，和我们最初的理解必然要产生差距，这种差距是事物之存在与事物之认识之间的差距。同时，言说对象对我们所表述的、事物之本质的理解，既是对这一类事物的普遍化理解，也是对这一个事物的个别化理解。

回到文学当中来，我们可以将这个哲学问题用文学术语再转述一遍：

首先，文学和日常语言一样，都是一种"反讽性"的存在，因为它们同时要利用普遍性来关注特殊性，即"为了抓住个别事物的'本质'，即令其独一无二的东西，我们不可避免地要用到一般化的措辞术语。对文学和日常语言来说都是如此。有时候文学作品被认为关注具体性与特殊性，而这仍是一种反讽。"[1]

文学作为一种语言形式，和日常语言一样，都要面临着一个普遍性与特殊性同时存在的矛盾，而语言所要揭示的事物本质同样如此，也就是说，事物之本质与形式，正是语言尤其是文学语言所要阐释（亦即言说，Predication）的对象，因为文学语言具有这种同时表述普遍性与特殊性的特质，伊格尔顿说：

> 在这种语言的双重性本质当中隐含着一个悖论。人们越是试图用语言严格地说明某物，此举便会招致更多普遍化的可能，这无法避免。利用所有的独一无二性来描述一个事物，意味着语言

---

[1] Terry Eagleton, *How to Read Literature*, New Haven and London: Yale University Press, 2013, p. 55.

第四章 伊格尔顿论"本质"与"形式"

越堆越多;而这种对事物的语言束缚,又是一个密不透风的内涵意义网,允许人们的想象在其周围任意嬉戏。试图堆积的语言越多,你便越是试图捕获所有你正在描述的事物本质(quidditas);与此同时,你也唤起了更为丰富的可能性来替代这个你正在描述的东西。①

越是要说明事物的独特性,我们就越是要运用更为丰富的词汇与表达方式,这正是现实主义小说的特征之一,但这种行为又让读者拥有了更为广阔的阐释空间。作品试图用复杂的语言、尽量准确地描述某一个对象,还原某一场景或者瞬间,可语言毕竟具有普遍性意味,它可能会对读者的理解起到某种遮蔽本原甚至偏离初衷的消极作用,这是一个无法避免的悖论。

那么,诗、小说或者其他文学形式所呈现出的事物本质,与其他人类认知方式所呈现的事物本质有何区别呢?伊格尔顿认为:

> "文学"事关感受而非事实,事关超越而非世俗,强调唯一性与独创性,而非社会传统。诗歌厌恶抽象,只谈及特殊与个别的东西。它关心你的生命力所感受到的东西,而非普遍性的概念。就此而言,诗歌理论是自相矛盾的。你不可能拥有一种研究具体性的科学。并不存在某种研究个别事物的系统性知识。②

就现代思想而言,文学艺术关注的是个别事物,但在亚里士多德那儿,诗(悲剧)却是要"普遍性",这种普遍性不同于历史当中的具体事件,而是要根据可然性或者必然性某一类人可能要说的话或者要做的事(参见《诗学》第9章),也就是说亚里士多德试图表现某种可理解或者可预测的、类似于"规律"的东西,这种类似于"规律"的东西其实就是亚里士多德谈论的"本质",本质作为普遍性的

---

① Terry Eagleton, *The Event of Literature*, New Haven and London: Yale University Press, 2012, p. 84.

② Terry Eagleton, *How to Read a Poem*, Oxford: Blackwell Publishing, 2007, p. 12.

回归古典

知识，其地位当然要高于个别的感官经验，诗（悲剧）之所以在地位上高于历史，就是因为后者描述的是个别的人或事，只有具有普遍意义的事物才是更严肃的，更有哲学意味，诗便是在表达严肃的本质。可是如果这样理解的话，岂不是与我们前面论述的，亚里士多德对于个体事物存在及其本质的强调自相矛盾了？

伊格尔顿指出：

> 认为诗歌只能去关注具体个别事物的偏见其实在最近才产生出来。从某种意义上，它可以追溯到柏拉图，他认为诗歌属于不守规矩的个别事物，就像难于管教的乌合之众，凭借几乎相同的理由，它把诗歌和民主政体都排除在他的理想国之外。但是，亚里士多德认为诗歌谈论的是普遍性……伴随着18世纪中叶以来现代美学的发展以及浪漫主义的勃兴，那种认为具体的个别事物尤为珍贵的思想瞬间就彻底占领了文学舞台。诗歌致力于它所感受到的独特性，对普遍化的观念保持怀疑，这种假设毫无疑问会让亚里士多德、但丁、莎士比亚、弥尔顿、蒲柏、约翰逊等人大吃一惊。①

现代美学和浪漫主义的发展，让人们对于经验主义上的个别性十分推崇，这种思想的萌发有其社会原因，但是正像有学者指出的，所谓的"现代性"思潮受唯名论哲学影响甚大，后者认为，神是万能的，世界之存在是偶然的，神完全是自由而不受任何限制的，所以共相根本就不是实体存在，而是一种思维产物，每个个体都是神的独特创造物，每个世界上的个人也是独一无二的。② 因此，这种对于个人之无限潜能的强调就导致诗人们也纷纷把自己"打扮"成万能上帝的模样，似乎自己和神一样都可以创造万物，诗人就是创造者，每个人都是自我决定的，这种"人文主义"思想高度重视人的个体性以

---

① Terry Eagleton, *How to Read a Poem*, Oxford: Blackwell Publishing, 2007, p. 13.
② [美]吉莱斯皮：《现代性的神学起源》，张卜天译，湖南科学技术出版社2012年版，第32—33页。亦可参见 Terry Eagleton, *The Event of Literature*, New Haven and London: Yale University Press, 2012, pp. 10–11。

第四章 伊格尔顿论"本质"与"形式"

及人在宇宙中的特权地位①。

然而问题也在这里，诗人们虽然打算创造万物，并且都大胆表达了自己对世界的看法，可是他们并不认为自己仅仅是认识到了局部的世界或者偶然的事物，他们想要表达的是对世界的整体看法。既然诗人作为创造者，秉承了造物主的光辉，那么，他们对于特殊性费尽心机的描述与再现最终仍是为了传达一种普遍性，所以伊格尔顿精彩地总结道：

> 人们期望浪漫主义的象征物能够通过独一无二的特殊形式来把某种普遍性的真理具体地表现出来。这种观念以某种方式结合了个别性与普遍性，它通过避开语言、历史、文化以及理性的方式来为个别性和普遍性之间建立起某种直接的连接。……就诗歌而言，把这种思路转换成不太高深的术语，便是诗人们拥有两种方式用于摆脱真实历史的影响。他们要么看到事物"下面"的东西，直抵那个难以言喻的特殊性；要么上升到事物之上去揭示那些普遍性真理。在象征物（symbol）的辅佐之下，诗人们恰恰可以同时实现这两重目的。②

个别性与普遍性难舍难分，在哲学上想要抛开一方去强调另一方是不可能的，文学也是这样，浪漫主义借鉴了自然科学从经验当中提炼规律的方式，而这两种人类活动不过是认知世界的不同角度。因此伊格尔顿说：

> 对黑格尔和卢卡契来说，对于本质的知识将使个别的个体释放出它真正的本性，并揭示出后者的秘密。以美学术语来说，这包含着一种奇妙的双重活动，首先，从许多经验个体当中，抽取出典型或者本质，然后，再用一种特殊性的光辉覆盖其表面。类

---

① ［美］吉莱斯皮：《现代性的神学起源》，张卜天译，湖南科学技术出版社2012年版，第96页。
② Terry Eagleton, *How to Read a Poem*, Oxford: Blackwell Publishing, 2007, p.13.

似地，浪漫主义想象的任务便是，把现象转换成它们本质的意象，与此同时，又保留了它们丰满的感性存在。①

认识事物的本质，终究还是要释放个体的能量，对普遍性和个别性的关注是一种双重活动，先是从具体到抽象，把事物的"本质"呈现出来，随后再把个别性注入普遍性当中，浪漫主义想要做的就是，既要把现象转化成本质，还要保留现象的生动性。这是文学艺术特有的、把握世界的方式。

诚然，"在亚里士多德那里，'个体、这个'（tode ti）的在场方式具有优先性。'个体、这个'（tode ti）如何在场，如何呈现，'个体、这个'在场的'如此实情'，是亚里士多德关心的主要课题"。②不过，这和我们刚才所讨论的话题并不矛盾。首先，亚里士多德认为，事物的本质就是"这一个"个体事物的本质，也就是说事物的存在与它的本质是合一的。其次，正像亚里士多德用"种 + 属差"的方式来下定义一样，我们所要掌握的事物本质必然要将这一个个体事物放到它所归属的一个类别当中来，个别事物的本质只有在类的存在当中才能体现出它的价值和意义。

于是，伊格尔顿借此逻辑，将现实主义小说的"典型性"问题讨论了一遍，因为这个问题既关系到作品之质料的特殊性，也关系到作品之形式的普遍性，人物、情节、环境可能是特殊的，但是通过"典型"这个赋形的动作，通过这种"形式化"（formalize）过程，普遍性的意义就展现了出来：

> 了解某事物的典型特征便是拥有了一种知道该事物通常将如何运行的知识，这对现实主义来说尤为关键。现实主义讨论的是可能发生之事，这是典型行动的另外说法。事物的"典型"或者"本质"可被视为它所特有的可能性范围，我们可以确切地预料

---

① Terry Eagleton, *The Event of Literature*, New Haven and London: Yale University Press, 2012, p. 9.

② 孙周兴：《本质与实存》，《中国社会科学》2004 年第 6 期。

第四章 伊格尔顿论"本质"与"形式"

到它的行为形式,这种形式属于它所属的那一类事物。①

伊格尔顿认为,现实主义之所以关注典型,原因就在于它想要讨论事物的本质问题,掌握了事物的本质,就可能预料到事物在下一步继续行动的可能性:把握了这一个本质,就可以掌握这一类事物。而要展现"这一类"事物的特征,就必须先掌握许多"这一个"事物的特征,必须先把许多"这一个"事物浓缩成为"典型","典型"就是"本质",这就是一个从特殊到抽象,再从抽象返回到特殊的辩证法。

> 了解事物的典型特征,是为了让我们去控制并且预测事物,……你可以把外部世界离奇古怪的复杂性简化成某种具有稳定特征的框架草图。这些特征相当稳定,它们就有助于强化某种保守的眼光。人与物都在发展,但这发展要受到相当严格的限制——这就是所谓"典型"所设立的限度。②

由是观之,"典型"的价值就是"本质"的价值,典型就是从特殊到抽象,再从抽象返回到特殊的关键性中间环节,也就是说,"典型"和"本质"都是既关注特殊性,又关注普遍性的范畴,简单地说,在存在论意义上,它必须关注特殊性,但在认识论意义上,它又必须关注普遍性。掌握了亚里士多德哲学中个体本质和类本质的关系,伊格尔顿的这个逻辑就会变得很好理解。

> 没有哪样东西完全只属于它自身。这问题仅仅出自浪漫主义之后。像但丁、乔叟、蒲柏和菲尔丁这样的作者并不如此看待个别性。他们并不认为个别是普遍的对立面。相反,他们认为对于人类这个物种来说,这些都是人类自出生便共有的特性。实际

---

① Terry Eagleton, *The English Novel: An Introduction*. Oxford: Blackwell Publishing, 2005, p.58.
② Ibid.

上,"个别"一词过去常意指"不可分"。这意味着个体与更大程度上的语境密不可分。恰恰因为出身于人类社会,我们才是独特的个体。①

在亚里士多德看来,城邦是优先于公民的,公民个人的价值必须放到城邦之中才能体现出来,这也是他把政治学与伦理学,甚至诗学、修辞学熔于一炉的主要原因,作为实践指导的伦理学,作为技艺指导的诗学与修辞学,都有一个共同的目的,那就是城邦的稳定繁荣,也正因为如此,政治学在亚里士多德看来,是一切技艺与科学当中最高级的学术形式,这里的政治不是现代意义上的政治,而是一种与他人共享的政治与社会生活。

所以伊格尔顿和亚里士多德都认为,正由于人类是一种"类存在",每一个身处其中的个体才具有自身价值,没有什么东西只属于自身,人类终究是一种共同体,个别的人或者事物都只有在群体(共同体)当中才能体现出它的价值来,就像事物的本质,只有利用语言这种具有普遍性意义的人类存在方式才能表达出来一样,人类既是政治的动物(生活在共同体中),也是语言的动物(通过语言共同存在),更是理性的动物(人会反思自身)。

三 文学"形式"的实践与道德意义

就像事物的质料与其形式不可分割一样,文学的内容(寓意或阐释)与形式(技法或结构)也是不可分割的,这表现为两重含义:第一,形式本身也拥有内容(寓意);第二,根据亚里士多德的文艺观,作为一种技艺的产品,文学艺术的内容和形式共同构成了一种有目的的实践形式。

当我们阐释文学作品的时候,往往会把自己的阐释理解成某一种寓意,而这种寓意必然是另一种言语表述,必然处于作品之外,这本身就是另一种"赋形",把一种形式解释成另一种形式,似乎把诗

---

① Terry Eagleton, *How to Read Literature*. New Haven and London: Yale University Press, 2013, p. 58.

歌、小说、戏剧用另外的散文形式重述一遍，就相当于将作品的这一种"形式"转译成了另一种"内容"，可实际上，这不过是用一种"形式"代替了另一种"形式"，所谓的内容仍然属于"形式"。所以伊格尔顿说：

> 文本的策略所要处理的正是这个处于"形式"和"内容"边界之间的连续运动，它能揭露任何想要分割这二者的根本圈套。其实，就像启明星和长庚星一样，形式和内容在分析的时候是有差异的，但它们却是完全相同的存在。①

形式和内容本来就是一回事，所谓的文学艺术作品不过是用一种语言形式把另一种生活形式吸纳了进来，这就类似于马舍雷所说的"文学生产"，把所谓的意识形态原料转换成另一种意识形态产品，高明一些的经典之作可以对原有的意识形态提出挑战，但平庸之作仅仅类似于某些不太成功的半成品。因此，就文学而言，内容便是另一种形式，这二者当然是完全相同的存在之物。

> 正如柏拉图对话所暗示的，在虚构形式与道德认知之间存在一些紧密联系。柏拉图之所以将他的诸多思想通过一些戏剧化的、对话式的形式表现出来，是因为这种抵达真理的过程在某种程度上，正是真理的组成部分。②

柏拉图的对话集运用了大量戏剧化的修辞技巧，按理说，他很反感巧舌如簧的诗人，可实际上他本人就是一位高明的诗人。为了彻底阐明自己的哲学思想，柏拉图运用了各种各样的"形式"（修辞）来抵达他自己所谓的"内容"（真理），这恰恰说明，形式本身就是内容的组成部分。而那种认为文学形式将会反映并且必然反映某种特定

---

① Terry Eagleton, *The Event of Literature*, New Haven and London: Yale University Press, 2012, p. 184.
② Ibid., p. 67.

回归古典

内容的思想,把文学简化成了一种必然有所意指的符号行为,这种思想认为:

> 所有艺术作品的有形实体都是有所意指的,作品的任何特征都会在某个统一的意义模式当中占有它自己的位置。这种想法将艺术作品看作救赎或者复活的身体,词语构成血肉,其物质性存在物则被视为意义的透明化表达,就像微笑或者招手那样。①

如果按亚里士多德《诗学》中的理解,把艺术作品看成一种"技艺"的产出物,那么,这种思想自然也没什么错,毕竟任何作品都有其目的,都会产生意义,所以作品的形式就像是微笑或者招手一样,都会或明确或暗示地表达某种意图,读者所要做的就是把这种意图还原出来。但问题在于,这种想法将会把我们带到一个误区当中,即,艺术作品的形式是相对不重要的,它的内容、意义、意图更重要。伊格尔顿想要指出的是,其实,艺术形式同样也能彰显作品的内容、意义和意图。他说:

> 文学作品更适合海德格尔式的、显现或者揭示的真理,而不像是自学式的操作说明书。就像亚里士多德的实践智慧,后者体现了一种隐性的道德知识,通过一般化的或者命题化的形式并不能充分领悟这种知识,当然,这也不是说没有一点可能。这种认知形式不能从它们被习得的过程当中轻易抽象出来。当我们宣称,文学文本的形式与内容不可分割时,和上述判断表达了同样的意思。这种隐性的知识有一个极端的例子,就是用口哨去吹《小夜曲》的秘诀,这种知识和完成它的行为没有分别,它不可能教给别人。②

---

① Terry Eagleton, *The Event of Literature*, New Haven and London: Yale University Press, 2012, pp. 208-209.
② Ibid., pp. 65-66.

第四章 伊格尔顿论"本质"与"形式"

亚里士多德认为,人的活动主要有三种形式:理论沉思、实践、制作(技艺)。理论沉思是对不变的、必然事物或事物本性的思考,对这种活动的研究包括形而上学、物理学等。而实践和制作(技艺)则是人的有目的的行动,这种行动出于某种善的目的,可以改变事物状态,对实践的研究有政治学和伦理学,而对制作(技艺)的研究就包括诗学、修辞学。制作(技艺)的目的是使事物生成,这种活动的目的不在活动本身,而在活动之外,医术的目的不是医术如何高明,而是能治病;实践的目的则既可以在活动之外,也可以在活动之内,实践与制作(技艺)的最大区别在于,前者尽管也要实现某种外在的目的(外在的善),比如繁荣、稳定、荣誉、财富,但是,实践活动本身也是一种目的(内在的善),这就是我们在《尼各马可伦理学》当中所收获的:获得美德与完成合乎美德之事,是完全统一的,是一回事,这就是一种实践智慧,实践是为了"善"(美德),但只有在实践当中才能把"善"(美德)显现出来,获得关于美德的知识必须去完成合乎美德之事。

于是,伊格尔顿在亚里士多德伦理学的基础上,把这种善称为"隐性的道德知识",原因在于,通过其他人类活动形式(比如知识),我们并不能掌握这种"道德知识",只能通过具体的实践来掌握之,文学所展现的道德真实或者真理不能通过某种命题来把握。比如说,语文教师把文学中的道德真实用某种语言转述出来,学生再去背诵这种二手的、很可能已经谬以千里的抽象认识,这样所理解到的"道德知识"显然就是我们常规所理解的、从"形式"到"内容",得到"内容"(寓意)而扔掉"形式"(作品本身)的那套陈词滥调。文学作品本身——包括它的结构与展现形式——与其内容(寓意)不可分割,我们要想去把握它想要表达的真实或者道德知识,必须把它当成一种实践智慧,在作品形式当中去领悟它,就像用口哨吹《小夜曲》一样。

既然文学形式与其内容(寓意或称道德知识)不可分割,那么:

> 许多现实主义小说都欢迎读者能够认同他们的小说人物。……现实主义小说让我们通过想象去重建他人经验,这种方式开阔并

且深化了我们的同情心。在这意义上,这是一种无须在事实上进行道德教化的道德现象。也许,这种道德寓意的依据是作品的形式,而不仅仅是它的内容。①

以现实主义小说为例,伊格尔顿认为这一类小说之所以能够创造典型人物、还原社会风貌、再造无限真实,就是我们在前文所论述的一种"摹仿",它帮助我们在想象过程当中去把他人的经验还原出来,让我们的同情心在社会生活当中得到强化,所以这种小说形式本身就是一种道德教化,这是现实主义作品之形式带给我们的重要意义。伊格尔顿接着指出:

> 相对于现代风格来说,乔治·艾略特是一位说教式的作家,但是她自己是这样理解小说的,"我热切盼望自己的作品能够产生的唯一效果便是",在一封信中她说,"那些读到它的人们能够更有效地设想并且体验那些和自己迥然有别之人的喜怒哀乐,而事实上大家都不过是在苦苦挣扎当中不断犯错"。对艾略特而言,这种具有创造性的想象力是利己主义的对立面。它允许我们进入到他人的内心世界,而不是局限在我们自己私人领域的小圈子当中。艺术在这个意义上非常类似于伦理道德。只有当我们可以从他人的视角上来理解世界,我们才能够对他人怎样以及为何如此行动有着更加全面完整的认知。②

感受他人的经验是为了避免人们陷入利己主义的泥淖,进入他人的内心世界才能产生更明确的道德价值,这是现实主义文学与道德伦理密不可分的地方。

伊格尔顿还举了夏洛蒂·勃朗特的例子:

---

① Terry Eagleton, *How to Read Literature*, New Haven and London: Yale University Press, 2013, p.75.
② Ibid.

第四章 伊格尔顿论"本质"与"形式"

《简·爱》在一系列的价值冲突和不同的叙事形式当中寻找折衷。为了摆脱某种道德或社会困境,在一种全新产生的、富有战斗性的现实主义当中,作品自身正在试图拼接缝合某些传统的文学类型……当这种叙事没有任何现实主义的解决方案可供使用之时,它便可能回过头去寻找一些更具寓言性的或者神话性的技巧,并以此作为"解围必杀技"(deus ex machina);这些技法——诸如从天而降的遗产,多年失去联系的亲戚重新出现,及时雨般的突然死亡,奇迹般的心意改变——在维多利亚时期小说中随处可见。①

伊格尔顿认为,《简·爱》这样的作品和其他现实主义小说一样,试图针对当时的历史语境,为某些具有时代意义的迫切问题提出了某种想象性的解决方案。这些问题包括:"个人如何才能让自我实现和自我屈从和谐一致呢?如何让责任和欲望、男性权力和女性尊重、平民之狡诈和贵族之文雅和谐一致?怎样调节浪漫主义式反抗和对社会传统的尊重?如何平衡积极进取的上流社会野心和小资们对傲慢上层的怀疑?"② 解决这些问题的方案被吸纳进小说这种艺术形式当中,但问题在于,作品在内容上无法提供比较完美的答案,这就体现为内容(寓意)和形式(技法)之间的必然矛盾,在解决矛盾的过程当中作品不得不寻求折中,既然小说在"内容"上是"现实主义"的,而"内容"又无法满足寓意的要求,那么,只有在"形式"(技法)上借助一些容易上手的边角料,这些形式技巧就包括诸如从天而降的遗产、失联亲戚的重现等。可见,只有借助于"形式","内容"才能得到流畅的表达,而这种表面上的冲突、实际上的妥协恰恰就构成了作品所能展现出的、最重要的道德意义。

不但现实主义小说如此,其他文学形式也体现着同样的道德意味,比如伊格尔顿提到了《动物农场》:

---

① Terry Eagleton, *The Event of Literature*, New Haven and London: Yale University Press, 2012, p. 184.
② Ibid.

回归古典

奥威尔的《动物农场》讲述了一群占领了农场的动物想要自己运营农场并因此招致灾难的故事。小说想要成为某种早期苏联社会主义民主制度垮台的寓言。然而，事实上动物们不可能运营农场。不用手而用蹄子的时候，你很难去签署支票或者打电话给供应商。显然，动物们实验失败的原因不是这个，但是它会对读者的反应造成某种潜移默化的（unconscious）影响……这无疑背离了本作左派作者的意图，这个寓言可能暗示着工人阶级太过愚蠢并不能掌控自己的事业。小说的标题也可以被读为反讽。"动物"和"农场"自然而然地联系在了一起，但它们并不能和谐共存。①

这部小说用内容和形式之间的反讽表达了作品的道德意义，就像伊格尔顿所打的比方："内容和形式互相依据对方来理解自身也不必然意味它们是统一体，就类似于婚姻双方，形式和内容也可以发生争执冲突。"②

类似的例子还有很多，伊格尔顿指出："假如说作品有什么统一连贯性的话，那便是，作品的道德观点在形式和内容当中可能都是隐秘的——语言与作品结构或许就是那个所谓的道德内容的母体和源头。③"既然文学艺术的道德寓意是隐性的，像海德格尔所说，是呈现出来的，我们就应该去注意艺术作品形式在呈现其寓意的过程中所起到的巨大作用：

一首充分利用了英雄双行体之齐整性、对称性以及平衡感的新古典主义诗歌；只有通过对舞台之下的摹仿，才能暗示那些难以可靠呈现于眼前的现实，这样一部自然主义戏剧；打乱时间顺序或者肆意转换角色视角的小说：所有这些例子都说明，艺术形

---

① Terry Eagleton, *How to Read Literature*, New Haven and London: Yale University Press, 2013, pp. 96–97.
② Terry Eagleton, *How to Read a Poem*, Oxford: Blackwell Publishing, 2007, p. 69.
③ Terry Eagleton, *The Event of Literature*, New Haven and London: Yale University Press, 2012, p. 46.

第四章 伊格尔顿论"本质"与"形式"

式本身就是道德或者意识形态意义的母体。即使是一首胡诌的打油诗,一个字谜或者一句没有任何认知意义的戏言,都可能隐含着一种道德观点,都会因为它本身所具有的某种创造性力量而感到愉悦,都可以发挥种种无意识的自由联想。①

在伊格尔顿看来,新古典主义诗歌关注"齐整、对称和平衡",自然主义戏剧则关注那些"难以可靠呈现的现实",这些都说明艺术形式本身就能够产生道德甚至意识形态意义,这样的话,"形式"就能够代表作品的价值,也是其意义之源。

最终,伊格尔顿对形式的强调仍然要回到普遍性和个别性、艺术和伦理、政治、生活、意识形态的关系上来:

> 道德价值既位于作品内容之中也位于作品形式之中……对浪漫主义思想家而言,艺术作品不同部分之间积极有益的共存可以被视为某个和平共同体的原型,因此它就像是一种政治上的乌托邦。在此界限当中,艺术作品没有压迫或者操纵。诗或者绘画以其特定的形式提供了一种关于个体和总体间关系的新样式。这种关系由某种一般性法则或意图支配着,但这种法则又和它的感官上的特殊性相一致,并且不能从个别性当中抽象出来。为了把它的成分组成一个整体,艺术作品把每一个成分都带到一种自我实现的最高程度上来;这也预示了某种乌托邦式的秩序,在这个秩序当中,个体与其共同体是和谐一致的。②

伊格尔顿在 20 世纪 80 年代是一位旗帜鲜明的马克思主义者,其《文学理论导论》最重要的结论一章以"政治批评"为题,但当人们怀疑他在近十年来视角已经发生"转移"之时,在人们以为他可能已经投身伦理学、形而上学甚至神学话题之时,伊格尔顿在新世纪用

---

① Terry Eagleton, *The Event of Literature*, New Haven and London: Yale University Press, 2012, p. 46.

② Ibid., p. 60.

回归古典

自己明确的文学理念表明,他并没有远离"政治"——只是这种"政治"在很大程度上与浪漫派甚至亚里士多德产生了共鸣,此政治既是一种展望人类未来的乌托邦式畅想,也是一种基于共同体政治的现实反思,借助于亚里士多德对城邦体制下公民政治、伦理、艺术、思想等活动的思考模式,伊格尔顿提出了自己对个体与共同体(总体)、自由与必然(法则)、自我实现与秩序(整体)等人类根本问题的看法,这种追根溯源的思路在一定程度上也体现了伊格尔顿的高明之处。

第五章　亚里士多德视野中的伊格尔顿"神学"

当伊格尔顿在新千年发表了一系列涉及神学话题的论著（如《神圣的恐怖》《理性、信仰与革命：对上帝论争的反思》《论邪恶》《文化与上帝之死》等）之后，有人提出，伊格尔顿通过对悲剧的研究，尝试从神学伦理学中寻找理论资源，试图发掘宗教的革命潜力；有人认为，伊格尔顿发现宗教神学在关注人的解放方面与马克思主义有异曲同工之处；更有学者明确表示，伊格尔顿在2000年之后明确地出现了"神学转向"[1]。尽管这些观点已经敏锐地感受到伊格尔顿的学术兴趣变化，但在本书看来，这些认识尚未充分意识到伊格尔顿讨论神学话题背后的复杂性，而对此问题的拿捏对于整体把握新世纪伊格尔顿的哲学、美学、文学思想十分重要。

第一节　由隐而显的学术资源：伊格尔顿的"神学"

2008年，伊格尔顿承认："我对神学，具体地说，对基督教神学始终充满兴趣，这些概念在我的著作中起着更为核心的作用。"[2] 今天，我们感兴趣的是：起核心作用的神学概念有哪些？神学与从事文学研究并自称为"马克思主义者"的伊格尔顿之间有什么重要联系？

---

[1] 耿幼壮：《编者絮语：西方马克思主义与神学》，《基督教文化学刊》2010年第2期，第4页。

[2] 王杰等：《我不是后马克思主义者，我是马克思主义者：特里·伊格尔顿访谈录》，《文艺研究》2008年第12期。

回归古典

早在《神圣的恐怖》作者序言当中,伊格尔顿便表示:"我本人在最近这些年已经发生了某种形而上学或者神学转向(或称回归)。"① 这种转向虽有人欢迎,但也激怒了另一些人,因为在后者看来,作为一名左派学者,伊格尔顿怎能对神学这种保守的意识形态感兴趣?面对质疑,伊格尔顿自问自答:"在神学话语中,撒旦、酒神、替罪羊和魔鬼所隐含着的政治激进性,并不亚于当代左派们的所谓正统话语";他认为,"研究诸如死亡、邪恶之类的神学或形而上学概念,是为了拓展左派们的话语空间并向右派叫板"②。可见,一方面,在身为左派学者并注重政治实践的伊格尔顿看来,神学话语当中隐藏着反抗压迫的解放性力量;另一方面,神学和形而上学体系对抽象问题、先验问题的终极探索可以拓展左派知识分子的话语空间。

问题恰恰就出现在这里——从字面上看,伊格尔顿是把"神学"和"形而上学"放在一起连用的,他力图拓展的话语空间体现在哪里呢?他所谓的神学和形而上学有没有特殊含义?其次,所谓的"转向"(turn)在伊格尔顿这里要和"回归"(full circle)放到一起去理解,可怎样理解才能不被"激怒"呢?也就是说,怎样才能在我们的认识结构与水平之上理解这种"回归"?这个"turn"是我们常规所理解的含义吗?

一 重回或者重提

大概自理查德·罗蒂1967年主编的论文集《语言学转向:哲学方法论文集》出版之后,"转向"一词开始受到理论界追捧,在1998年弗雷德里克·詹姆逊的论文集《文化转向》出版后,一些文学理论研究者干脆把这个"转向"(turn)不加区别地理解成为由此及彼、大幅跨越、另起炉灶甚至180度大转弯,然而,这个词汇放在特里·伊格尔顿身上未必贴切。

首先,关注神学和形而上学问题对他来说,并不是"从无到有"

---

① 此处的括号系伊格尔顿本人所加,"回归"的原文是 full circle,字面意义为绕一圈儿再回来。
② Terry Eagleton, *Holy Terror*, New York: Oxford University Press, 2005, p. vi.

的、"发现式"的结果,而是一个从潜流到表流、从隐含到显露的过程——在接受 2012 年《牛津人评论》的采访时,伊格尔顿明确表示:将马克思主义的左派政治和宗教(尤其是天主教)结合,是自己学术生涯的主要议题,只是它们最近才浮出了水面,而在此前的所谓"阿尔都塞阶段",这些问题仅仅是一股潜流①。

在 2009 年出版的《批评家的任务》一书中,采访者 Matthew Beaumont 问道:"如果说《理论之后》前半部分在一定程度上重新回顾了《文学理论导论》(1983)的话题,那么,后半部分就回到了《新左派教会》(1966)。后半部分有意将前现代思想作为后现代宣言的前提。你是在自觉返回到早期关注的话题吗?"伊格尔顿明确答道:"我不清楚自己是否真的返回到这些话题上面。在某种意义上,他们从来没有彻底远离过我。"②

在《批评家的任务》这段对话中,回顾、回到一词的原文是 revisit,有重访、重提之意,而这个 revisit 恰好和《神圣的恐怖》中的 full circle 遥相呼应,应该可以用来描述伊格尔顿的思想脉络;而如果在字面意义上理解"转向"(turn)的话,容易让不明就里的人们误以为伊格尔顿在新千年里的兴趣和观点发生了根本转移。

二 嘲讽有神论、反驳无神论

既然伊格尔顿承认自己重新回到了"神学"话题上,那么此"神学"和我们日常理解的有何异同?

他的"神学"思想比我们想象的复杂得多。在那本广受争议的《理论之后》中,伊格尔顿说:"如果上帝真是世界的基础,显然他是一时犯了过失,仓促创造了这个世界,他还需要好好解释,为什么一定要同时给我们霍乱和医用麻醉剂氯甲烷,答案并不完全一目了然。"③可见,伊格尔顿也和无神论者们一样,用个人理智对上帝是

---

① Alexander Barker and Alex Niven, "An Interview with Eagleton, Terry", *The Oxonian Review*, (2012), Issue 19.4, http://www.oxonianreview.org/wp/an-interview-with-terry-eagleton.
② Terry Eagleton, *The Task of the Critic*, Matthew Beaumont eds., Verso, 2009, p. 269.
③ [英]伊格尔顿:《理论之后》,商正译,商务印书馆 2009 年版,第 187 页。

否存在表示了怀疑。他还说，"上帝在创造宇宙时犯下了一个致命而愚蠢的错误，他创世，为的是这个世界能自由自在，这意味着这个世界要独立于他意志的支配"，这样看来，上帝岂非做了一个自相矛盾的决定？如果人类由上帝的相貌得以创造并拥有了自由，那还要上帝做甚？故而结论就是："上帝因为自己的创造而变得多余。"①

这么看来，伊格尔顿在嘲笑神学吗？

不，他同时还在为神学进行辩护。他认为无神论"不过是颠倒了的宗教"，后者"往往提出一种在心智正常的情况下无人会赞同的宗教变体，然后又理直气壮地抛弃了宗教"。② 正因为无神论者们常把宗教理解成偏执、盲从、偶像崇拜，所以人们才把"宗教"当成不理智的东西。可是，无神论者的理由并非出于理性思考，他们对神学有偏见。伊格尔顿提醒我们注意："耶和华永远在提醒他那病态地喜好崇拜的子民，救赎是政治事务，而不是宗教事务。他本人就不是神……他没有名字，因为他担心自己会被盲目崇拜的狂热信徒变成另一个物神。"③ 同样的，"伊斯兰信仰的核心，是非暴力、共享和社会正义，它明显讨厌神学臆测。……为了强调信徒的平等，不允许产生一个基督教意义上的神职阶层"。④ 如此看来，伊斯兰教和基督教一样，都反对偶像崇拜，都崇尚平等正义，并不盲从，更不偏执，伊格尔顿的意思是：我们并没有理解神学（宗教）话语，同时却被一些无神论者的"故意抹黑"蒙蔽了双眼。他要强调的正是这些隐藏在日常思维当中的刻板印象，因为我们似乎已经习惯了一种"先树靶子，再打倒它"的思维方式，而不是理性地思考问题本身，真正深入问题当中去理解认识对象。

然而，我们又会发现：既然神学有时不能自圆其说，无神论也会任意篡改，那么，伊格尔顿便同时开辟了两条战线，既和前者作战，也和后者对决，我们不由得会问：他的立场究竟是什么？他所谓的"神学"思想到底什么样子？

---

① ［英］伊格尔顿：《理论之后》，商正译，商务印书馆2009年版，第188页。
② 同上书，第169页。
③ 同上书，第167—168页。
④ 同上书，第170页。

第二节 对"神学"话语的人文反思

众所周知，在当代，神学、形而上学、科学、哲学话语之间有些术语是共用的，在日常生活中，几乎很少有人去质疑诸如预测、信念、理性、基础、本质、原因之类的词汇有什么特殊内涵，而实际上，这些词汇被各个学科大量运用，其不同的使用方式已经决定了它们在不同语境中的内涵，而其中有一些词汇的运用方式会占据思想体系的主流地位，它们在不同程度上影响甚至塑造了我们多数人的思维方式。

比如，在当代的科学话语体系当中，我们会问"这个现象背后的原因是什么？"可是，神学、形而上学、哲学同样也在思考这些问题，为什么在神学、形而上学中提出同样的问题，似乎就显得滑稽可笑呢？伊格尔顿反问："数学让物质世界变得可以理解，对科学而言，这是合理的，因为它和物质世界的法则一致——这样的看法难道不是一种'信仰'？"[①] 我们为什么要"迷信"科学（数学）呢？科学（数学）的话语必然正确吗？这本身不就是"信仰"吗？神学或者科学难道不都属于"信仰"？如果从理性出发思考这些问题，我们决不敢轻易下结论。伊格尔顿所要反思的正是这些已然固化在人们头脑当中的、不假思索的、其实有些非理性的"意识形态"问题。所以，他的所谓"神学"思想，既不同于宗教意义上的神学，也不同于反对自然科学的神学，他更多是在借神学之"酒杯"，浇胸中之"块垒"，此"块垒"在笔者看来，至少有两处。

一 对"稻草人"谬误的反思

伊格尔顿讨论神学，首先是为了展示我们思维当中的误区。比如，无神论者会为了论证自身的正确性，歪曲神学以便于归谬。他经常在著作当中引用托马斯·阿奎那的神学观点，在《理性、信仰与革

[①] Terry Eagleton, *Reason, Faith, and Revolution (Reflections on the God Debate)*, New Haven and London: Yale University Press, 2009, p. 12.

命》中伊格尔顿说:"作为创世者的上帝并不是关于世界从何而来的一种假设,这种说法和宇宙来自某个量子真空的随机波动学说,并无矛盾之处。实际上,阿奎那已经准备接纳世界本无任何源头的学说了。"① 在他看来,阿奎那的思想显然把理性放到了首要位置,后者的神学观点并不是简单地把上帝当成世界的本源。人云亦云地给神学家们贴上非理性、盲从甚至迷信的标签,不仅仅是无神论者们惯用的"伎俩",也是人们的一种惯性思维。当无神论者说要对望远镜和显微镜表示感谢,因为后者让人们摆脱了"上帝的欺骗",伊格尔顿却认为,上帝根本就没想过成为万能解释,否则我们就可以说,"我们应该感谢电烤箱,因为它让我们免受契诃夫的欺骗"②。可见,伊格尔顿之所以与道金斯(Richard Dawkins)、希钦斯(Christopher Hitchens)等无神论者辩论,是为了说明有人经常会错把神学简化甚至歪曲成迷信、盲从、痴心妄想或者某种压制性的思想体系。

伊格尔顿在《神圣的恐怖》当中也讨论了神学,尤其是以激进的原教旨主义为代表的恐怖主义问题,但他并不是为后者开脱,而是有自己的理性思考。他认为"恐怖"一词在源头上和民主国家紧密联系在一起,因为在丹东和罗伯斯庇尔那里,恐怖主义就是国家恐怖主义③。可问题就在于,我们为什么一致谴责以宗教激进主义为代表的当代恐怖主义呢?其实早在《理论之后》一书中,伊格尔顿就指出:在反恐战争的语境当中,将恐怖冠以"邪恶",其真正含义就是"别去寻求政治解释",原因在于:一旦我们开始去反思、去理解这些所谓的恐怖分子还有一些尚未被发现的"目的"和"原因",而不是发疯发狂、不可理喻的一群怪物之时,就等于承认了"他们还是理性动物";而只有把他们当成"行动毫无理性可言的野蛮人",才可以不去回答人们的一连串疑问,这样做的话,"你就不用去调查他们残忍行为后面的动机"。④ 这样看来,反恐怖主义实际上是在变相地"抹

---

① Terry Eagleton, *Reason, Faith, and Revolution* (*Reflections on the God Debate*), New Haven and London: Yale University Press, 2009, p. 6.
② Ibid., p. 7.
③ Terry Eagleton, *Holy Terror*, New York: Oxford University Press, 2005, p. 1.
④ [英]伊格尔顿:《理论之后》,商正译,商务印书馆2009年版,第136页。

黑"某些宗教，这难道不是一种非理性的思维方式？

以上这种逻辑谬误就是典型的"稻草人"策略，抹黑、涂改甚至伪造一个显然不合理的辩论对象，正是我们常见的思维误区，只有理性的反思才能避开这种思维陷阱。在文化（理论）领域同样存在这个问题。比如反理论者们会认为，"理论就是如何试着证明自己生活方式的正确"①，"理论就是你的生活方式的一部分"，"我们永远不可能对我们的生活方式展开全面的批判"②。伊格尔顿认为，这种后现代主义思维方式其实是在用"另一种基础锚代替了这一种基础锚"③，他们把文化，而不是上帝或自然当成了世界的基础，因为"文化"这种基础也是无法置疑的，反理论者们说，"为了发起对我们文化的根本批判，我们需要站在我们文化之外某个不可能的阿基米德点上"。④ 这种貌似充分的理由在伊格尔顿看来，也属于抹黑论辩对象，歪曲对方观点，它有着不可示人的目的，这些后现代主义者们看似激进无比，实则保守至极。伊格尔顿始终认为：人具有反思能力，理论、文化、习惯、语言之类的东西，可以对其进行批判，但这种批判是从其自身而不是从外部开始的。他说："反躬自省对我们就像宇宙空间弯曲或像海浪有曲线一样自然，它不需要我们跳出自己的皮囊"，"彻底批判自己所处的环境，不需要你脱胎换骨"。⑤ 在伊格尔顿看来，"理论之后"四字中的理论就是自我反思，就是打碎原有的思考模式。而以反理论者为代表的后现代主义分子认为文化无法反思，其背后寓意就是现状无法改变，他们打着反本质、差异化、相对主义的旗号，所作所为却是固守原有的思维惯性，若按这些人的逻辑，文化最终会沦为某种阻止共同交流和相互理解的障碍物。伊格尔顿觉得这种想法实在令人痛心，最终将不利于人类整体福祉，它最终是一个政治和伦理问题。

顺着这个逻辑，伊格尔顿还对那些主张摒弃文化理论甚至文学理

---

① ［英］伊格尔顿：《理论之后》，商正译，商务印书馆2009年版，第53页。
② 同上书，第54页。
③ 同上书，第58页。
④ 同上书，第59页。
⑤ 同上书，第59—60页。

论的文学研究者们进行了批评,他先对所谓的理论批评家进行了反驳,他认为理论并非"隔在批评者与作品之间",也不是"一张置于作品之上的厚网,只允许一小部分精选的内容稍稍露脸,另外的部分要么遭扭曲,要么被掩盖",① 抹黑理论在他看来就是放弃反思。伊格尔顿称赞"理论"冲破了原有的学科障碍,是一种思维探索,是后现代主义带给我们的礼物,虽然他总是对后现代主义冷嘲热讽,但在这个问题上,他的立场很客观,因为"理论"这种方式不仅发明了全新的写作方式,更冲破了原有的界限,所以伊格尔顿说,海德格尔、阿多诺、德里达"这样的哲学家只能通过创造新的文学风格,冲破诗歌和哲学之间的界限,才能表达自己的想法",② 难道我们会说,这几位醉心"理论"的哲学家给文学带来了灾难?理解了这一点,我们也就能顺便理解了《理论之后》为什么是一部导致众说纷纭的另类著作——不知疲倦地反思、对众多人文学科话语领域进行全方位甚至底朝天式的反思,正反兼顾、左右开弓才是伊格尔顿最大的特点。

如此看来,把神学、恐怖主义、理论、文学理论当成"稻草人"予以歪曲,或者事先预设一些未经反思的先入之见,或称为解释学意义上的"前理解"(偏见),都是在看似合理的外衣下掩藏着主观目的,而这些目的尽管面貌各异,其起源却是类似甚至雷同的,这正是伊格尔顿胸中的第二个"块垒"。

二 对事实/价值、目的/手段分裂的反思

科学为什么要歪曲、丑化"神学"?"恐怖主义"为什么成了过街老鼠?"文化理论"为什么饱受批评?"理论"为何被丑化为"帝国主义"?此类问题不一而足,伊格尔顿并不仅仅是简单做个回答。站在马克思主义视角上,他是在试图反思当下资本主义发展所导致的思维与生活方式转变。

伊格尔顿在《理论之后》中反复提到亚里士多德及其所属的时

---

① [英]伊格尔顿:《理论之后》,商正译,商务印书馆2009年版,第90页。
② 同上书,第69页。

第五章　亚里士多德视野中的伊格尔顿"神学"

代,那个时候人的本性并不仅仅是"可以做什么",而且包括"应该做什么",善事恶事都可做,但人的本性是从善而非作恶,所以彼时,怎样做人和成为怎样的人,是一个硬币的两面,也就是说,实际行为和理想行为是合二为一的,实然的人和应然的人是同一个人,他认为:人性"可以描述我们是怎样的生物,也可以意味着我们应该有怎样的行为",显然在这个问题上他追寻着亚里士多德,后者认为"有种特别的生活方式使我们成为我们这类生物中的佼佼者,这种生活方式就是追随有德性的生活",①"有德性"既是实然问题,也是应然问题。人同时具备做善事和恶事的能力,但"你是怎样的人"和"你应当成为怎样的人"是一体两面的,这是个极其重要的前提,此时人类行为的目的和手段是统一的,做人(手段)便是做好人(目的)。

但是后来发生了变化。资本主义社会的形成与发展从某种程度上说是一个目的和手段、事实和价值不断分裂的过程,"现代资本主义社会念念不忘地从手段和目的的角度来进行思考,思考用怎样的办法能有效地达到怎样的目的……过体面的生活意味着什么,于是就变成了采取行动实现某种目标的问题"②。这种目标导向的思考方式会导致什么后果呢?伊格尔顿觉得这种将目的和手段分裂的思维会让人们过分重视手段而忽视目的。因为,为了达到目标,人们就要制定各种标准和规范,能否达到目标必须用后者去衡量,也就是说,借助拐杖走路的结果,很可能越来越离不开拐杖,甚至可能将注意力完全集中于雕琢拐杖之上。将神学迷信化、将原教旨主义邪恶化、将理论形容为帝国主义……诸如此类的想法都类似于"异化":为达目的不择手段,或者,追求事实忽略价值。

伊格尔顿认为这种逻辑始于康德苦行僧式的伦理学体系,在康德那里,道德法则是绝对的、至高无上的,道德法则是为了实现有道德的生活,法则是应然,生活是实然,但为什么要遵守道德法则,这无须理由,你只能无条件地去遵守法则。伊格尔顿指出,根据康德的观点,"世界的实然和我们在世界中如何行事的应然之间,或者说我们

---

① [英]伊格尔顿:《理论之后》,商正译,商务印书馆2009年版,第118页。
② Terry Eagleton, *After Theory*, New York: Basic Books, 2003, p.123.

的实然和我们的应然之间,不再存在确定的关系",[1] 此处的意思是,是什么的实然问题和为什么的应然问题,分属两个不同领域,做有道德的事不能去问为什么,只能依照法则(绝对律令)去做。做什么属于实然问题,而为什么属于应然问题,整个资本主义甚至现代科学的发展史就秉承着这样一套逻辑。

"应然"本是目的问题,"实然"本是手段问题,人的所作所为都是为了实现有道德的生活,可是既然现实的、此岸的"手段问题"如此重要,我们关注的重点就渐渐远离了理想的、彼岸的"目的问题",这就像是用驾驶手册代替安全驾驶,手段逐渐代替了目的。如果说,世界的"实然"是科学关注的问题,是物质问题、事实问题、客观问题;"应然"是神学(形而上学)、哲学(伦理学)关注的问题,是意义问题、价值问题、主观问题;那么此后,这二者的关系不但渐行渐远,而且人们越来越关注此岸的实然问题。获取关于世界的科学知识是一个实然问题,而知识为什么一定能带给人类进步和福祉却是一个应然问题,我们对后者几乎存而不论。伊格尔顿担心,这种分裂是有害的,利用目标和手段、事实和价值的二分法,资本主义只会越来越关注超越和转变,更迷恋工具理性,相信一切皆有可能,从而最终走向唯意志主义,并放弃形而上学思考,这个"后形而上学"阶段令人畏惧。

事实和价值分裂、手段和目的分裂的结局,就是人们变得越来越偏执,为了目标不择手段,不达目的决不罢休,耻于失败,拒绝谈论所谓的永恒话题,伊格尔顿对理论现状的反思、对后现代主义的批评、对美国通俗文化的嘲讽、对资本主义发展现状和生活方式的质疑,归根到底都是在反思这个问题。

当我们把手段、规则、律法视为达到某种目的的必经之路,并错误地把手段异化为目的之时,我们便容易迷失,这是伊格尔顿呼唤神学和形而上学的实质性理由,因为手段、规则、律法之类的东西都可视为符号,符号是用来指向指涉物的,其本身并非认识和行动的最终目的。

---

[1] [英]伊格尔顿:《理论之后》,商正译,商务印书馆2009年版,第147页。

第五章 亚里士多德视野中的伊格尔顿"神学"

以神学为例，上帝、偶像、律法之类的符号（sign 或 symbol）在相当程度上意味着一种手段，绝不是最终目的，"摩西律法不允许制作上帝的雕像，其实是禁止拜物教"，而资本主义发展让手段代替了目的，让人们对物质生活进行崇拜，这正是典型的异化，真正的神学并非如此，"对犹太教圣典而言，你不能制造上帝的雕像，甚至不能给他起个名字，因为上帝唯一的形象就是人，而人也同样是无法定义的"。① 如果我们把上帝这个名词和它的定义当成一种符号，那么，符号和定义的存在是为了认知的方便，而不是认知的最终目的，所以耶和华说，他不是神，他也没有名字，因为他生怕人们把这种符号化的东西当成神本身，上帝最终是个不可名状之物，但它又确定存在并指引着人不断在反思中前行，上帝教人完善自身，不是指涉物（referent），而是一个并不存在的存在物，表面上看他是一个作为符号的"手段"，实际上却是一个终极目的。

所以，发明符号是为了认识和理解事物，寻找事物的定义不仅仅是为了定义本身，而且是为了让事物为我所用；同样知识的目的不是知识，而是人类自身的价值；认识上帝不是目的，在世俗生活中追随上帝、完善自我、关爱他人才是人的价值和目的。从这个意义上说，伊格尔顿是将事实和价值、目的和手段合二为一的。在他看来，学习规则是为了抛弃规则，规则服务于目的，我们不能用符号去代替指涉物，更不能用规则去代替行为本身，制定并遵守道德规范的最终目的还是做有道德之事，成有道德之人，人的本性就是这样，能够在顺应现实和反思自我当中不断前行，所以他说：本性一词"游离于事实（某事的实然）和价值（某事的应然）之间"。② 由于本性既能认识外界，又能反思自身，本性既是目的（应然），也是手段（实然），本性相当于"实现自我本身就是目的"，"因为我们有能力做的许多事情是绝对做不得的"，③ 这样看来，本性既代表做事的能力，也代表做事的规则，既包括能做什么，也包括不能做什么，既指应当去做的

---

① ［英］伊格尔顿：《理论之后》，商正译，商务印书馆2009年版，第140页。
② 同上书，第165页。
③ 同上书，第116页。

事，也指如何去做事。如此，用"本性"来统辖"事实与价值""目的与手段"，便体现了伊格尔顿利用神学话语在整个西方人文学科话语体系当中的学术建树。

第三节 对"神学"与"形而上学"误读的反思

"神学转向"不能当作伊格尔顿在新世纪的标签，我们不能因为伊格尔顿有几篇著作关注神学话题，就将之定性为转向，毕竟当伊格尔顿发表《英国小说：导论》（2004）、《怎样读诗》（2007）、《文学事件》（2012）、《文学阅读指南》（2013）后，我们同样不能称其为"文学转向"。况且，我们也不能因为伊格尔顿的著作当中有许多概念、术语和神学体系当中的术语相重合，就将之理解为神学转向，毕竟在伊格尔顿的理论话语当中，形而上学概念和神学概念是混合使用的，尤其是他的"神学"观点并不仅仅是从宗教角度展开的，还有着亚里士多德神学（理性神而非人格神）的影子。这需要我们在下面继续分析。

一 被当作"稻草人"的神学和形而上学

神学尤其是天主教神学和伊格尔顿本人密不可分，这不仅仅因为他是天主教徒。有学者发现："早在1965年，伊格尔顿出版的第一部著作《新左派教会》就表明他的学术生涯从一开始就是关注基督教神学的"[①]。西方马克思主义和神学之间并非风马牛不相及，有学者曾如此描述二者间关系："在马克思异化思想和基督教末世学说的理论背景下，诉诸受压迫群体的独特经验和边缘话语，对现实社会和人类生存处境进行否定性批判乃至抵抗，进而寻求一种乌托邦/弥赛亚希望和审美/政治解放。"[②] 伊格尔顿显然没有排斥这二者间的联系。

但问题远不止于此。一方面，伊格尔顿喜欢在神学当中寻找诸如

[①] 曾艳兵：《理论之后与理论转向》，《中国图书评论》2011年第2期。
[②] 耿幼壮：《编者絮语：西方马克思主义与神学》，《基督教文化学刊》2010年第2期。

第五章 亚里士多德视野中的伊格尔顿"神学"

解放、平等、自由等话语资源,另一方面,伊格尔顿其实是在利用神学、形而上学的体系来建构一个拥有更坚实基础的,反"后现代"的,横跨文学、美学、伦理学、政治学的庞大思想体系,而这需要返回到亚里士多德,返回到古希腊时期,返回到那个将神学、自然哲学、政治学、伦理学、艺术有机融合在一起的时代。于是,神学和形而上学的关系需要提前做些解释,我们对这二者存在一些先入之见、甚至偏见。

通常情况下,在当代日常生活当中,我们是在信仰尤其是宗教层面上去理解神学的,但在现代社会形成之前,尤其是启蒙运动以前,神学的概念并非如此狭隘。在古希腊时期,神学、形而上学、自然科学与哲学密不可分,亚里士多德的形而上学就在其目的论的基础上被称为神学。而科学和神学最初也没有什么紧张关系,在那部与无神论者辩论的小册子里,伊格尔顿告诉我们,神学"在17世纪总体上并未将科学视为上帝的威胁,在早期现代社会,科学家们会为了宗教的正统观念去辩护,自然神论是一种允许科学和宗教并存的策略"[①]。可以认为,哲学和自然科学的诞生与发展都受到了神学的哺育。如此,我们不能局限在宗教信仰的角度去审视神学。

关于"形而上学"我们也存在认识局限。我们往往在恩格斯的影响下理解这个词汇,他把形而上学的思维方式看作与辩证法相对立,但西方哲学界主要把形而上学理解为哲学的核心部门;为了区别自己的辩证法,正是黑格尔把形而上学称为知性思维,因此恩格斯的使用方式是"对形而上学概念的泛化"[②],这时候我们容易把形而上学看成"低等"思维。

此外,我们对"形而上学"的理解还受到了实证主义哲学思潮的影响,实证主义哲学创始人奥古斯特·孔德认为:人类的思辨经历过三个阶段,神学阶段、形而上学阶段和实证主义阶段;在形而上学阶段,人们用推理和思辨去寻找事物的本质或者原因,他认为形而上学

[①] Terry Eagleton, *Reason, Faith, and Revolution (Reflections on the God Debate)*, New Haven and London: Yale University Press, 2009, p.76.

[②] 张志伟:《形而上学的历史演变》,中国人民大学出版社2010年版,第3—4页。

不过是改头换面的神学,这两个阶段人类的理智并未进入成熟;只有进入实证主义的科学阶段,通过可证实的经验去解释现象,尊重事实并发现规律,人类理智才真正成熟。孔德断言:"最后这一阶段才是唯一完全正常的阶段。"①

综合上述原因,一则我们常常把神学窄化为宗教,二则我们把神学和科学相对立,三则我们把神学和形而上学当作"低级知识"。因此,当伊格尔顿在《神圣的恐怖》一书中说自己发生了某种"神学或形而上学转向"时,我们便用略带偏见的眼光给他贴了一个偏离正统马克思主义的标签。可事实远非如此,我们不自觉地运用了"稻草人"策略。

二 亚里士多德的形而上学与神学

亚里士多德学说的基础是"形而上学",是我们进入亚里士多德思想体系的门槛。形而上学(metaphysics)是"第一哲学",是一切科学的基础,研究存在本身,研究先验的、超自然的对象,是经验的前提和依据,是"关于世界终极目的因的学问",研究"作为实体的本原和原因的东西",这是"一类特殊的实体、最高的实体",这些实体"是所有实体运动的本原和原因,是它们存在的终极目的因"②。亚里士多德认为世间万物运行、生灭都是有目的的,但还存在一种不运动的、不可感知的事物,后者是前者的本原,即最高的实体,推动事物进行永恒的生灭变化。正因为如此,亚里士多德在《形而上学》第六卷中把第一哲学界定为神学,认为形而上学研究的是特殊存在者,它是没有生灭的、静止的,独立于一切变化之外,这个自身不动却推动万物运动的存在物,亚里士多德称之为"神"。

不过,核心问题在于:这个"神"和我们现在理解的"神"不同,我们通常会把"神"人格化、具象化,但在亚里士多德那里,"神"是"理性",正所谓"生命本为理性之实现,而为此实现者唯

---

① [法]孔德:《论实证精神》,黄建华译,商务印书馆2001年版,第2页。
② 聂敏里:《存在与实体》,华东师范大学出版社2011年版,第6—7页。

神"（1072b 25 – 30），① 神是自我实现的，是至善，是永恒。学界通常认为，亚里士多德的"神"是"思想和愿望的对象"，是"最高意义上的快乐、幸福"，是"神圣的思想或理性"，是"万物的动因和目的"②。由于思维活动本身既是活动的主体，又是活动的对象，所以只有它是最完满的，是无求于外的，因此神就是"自己思想自己的思想活动本身"③。

既然神是自我实现的，无求于外的，那么神就是自主和自由的，思想活动也是如此，所以思想或者理性活动本身，就是最神圣的。人最高的幸福就是让理性在探索当中永续不断，故而在《形而上学》中亚里士多德说"理论学术"（吴寿彭译法，聂敏里译作"静观的知识"）在三门人类学问中是最高级的，高于"实用学术"与"制造学术"（聂敏里译作"实践的知识"与"创制的知识"）（1026a 21 – 25）。

伊格尔顿在《文学事件》中提出："一首诗或一幅画的形式完全与自由一致，这种自由应当被理解为积极主动的、自主自决的自由，而不是消极的、从束缚当中解放出来的自由。因为艺术作品中的每一个特征都是用来强化其他特征的，都是为了促进其他特征实现其最大潜能，每个特征的自我实现都是所有特征自我实现的前提条件。"④伊格尔顿从文学的形式问题出发，发现文学和思想活动（理性）之间的共同点，即尽管文学难以定义，但文学一直存在，这种存在表明了人类理性思维的自由，文学才是人类可以真正发挥自身潜能并自由实践的范例。

此外，伊格尔顿还借用了"神"在亚里士多德"形而上学"思想体系中的另一特点，即存在一个最终的基础，这个理性的神，和后

---

① 亚里士多德的著作按希腊文标准版统一了页码和行次，这是国际通行的标准编码，学者们一般参考希腊文和英文对照的 The Loeb Classical Library 版本，本文标注遵循惯例。引文主要参考吴寿彭译《形而上学》（商务印书馆1981年版）；汪子嵩等：《希腊哲学史》第3卷（人民出版社2003年版）；聂敏里：《存在与实体》（华东师范大学出版社2012年版）。

② 黄颂杰：《实体、本质与神》，《哲学研究》2008年第8期。

③ 聂敏里：《亚里士多德的形而上学》，见张志伟编《形而上学的历史演变》，中国人民大学出版社2010年版，第86页。

④ Terry Eagleton, *The Event of Literature*, New Haven and London: Yale University Press, 2012, pp. 141 – 142.

来人格化的上帝一样,都起着基础作用。

伊格尔顿多年来之所以对"反本质主义""后现代主义"嗤之以鼻,主要原因就在于,后现代主义者们对"本质""基础"之类的范畴唯恐避之不及。伊格尔顿嘲讽说,"反本质论主要是哲学票友和哲学无知的产物",因为实际上,本质论并不意味着没有差别,"本质论并不一定忽视自然和文化现象间的差异"①,相反,"只有在共同的框架之内,冲突才可能发生","差异是以相似性为前提的"②。反本质论放弃本质论,强调差异性,其实是对相似性、共同性的故意忽略,而这种忽略,其实是放弃了对本质和基础问题的思考。

比如说,自20世纪后半叶起,人们突然发现,原先被"人"终结的"神",如今却披上了符号、结构、文化、无意识的外衣,后现代主义者热衷于这些术语。以斯坦利·费什、理查德·罗蒂等反理论家为例,他们认为理论就是解释自己行为的理由,而这是不可能的,也是没必要的,"文化就是文化","它并没有任何理性基础"③。既然如此,文化就成了一个无须理性证明的东西,那么,评价文化差异也是不可能的,因为各有各的说辞;同样,反思文化自身也是不可能的,因为人不能通过揪头发拔高自己——伊格尔顿说,这不就是"用一种基础锚代替了另一种基础锚"吗?这不就是把"文化",而非"上帝或自然"当作了"世界的基础"④吗?如此说来,其实所有的理论都是本质主义的,后现代主义也不例外,"每个人都是基要主义者,因为每个人都心怀某些基本信念〔……〕它们必须是你生活方式的根本"⑤。顺着这个逻辑我们得知:伊格尔顿对"反本质主义"的反驳正是要寻找一种解释上的最终依据,神、信仰、理论、本质、基础,这些概念其实是同义词。如果说,在伊格尔顿这里,本质、基础、信仰、神都起着相同的作用,那么,我们便可以从亚里士多德将"神"视为一切理性反思的基础问题入手,去探究它对于伊格尔顿文

---

① [英]伊格尔顿:《理论之后》,商正译,商务印书馆2009年版,第117页。
② 同上书,第152—153页。
③ 同上书,第58页。
④ 同上书,第116页。
⑤ 同上书,第191页。

第五章　亚里士多德视野中的伊格尔顿"神学"

论的重要意义。

三　伊格尔顿的神学与形而上学术语

伊格尔顿讨论神学和形而上学有个显著特点,他喜欢对一些人文学科共用的词汇进行"抽丝剥茧"。

比如:绝对真理。在当代后现代主义语境下,"绝对"显然是个"坏"词。但伊格尔顿认为,这并不是绝对真理本身的问题,诸如人都具有社会性、都有性欲、都具有语言能力,这些判断难道不是绝对真理?"一些后现代主义者声称不相信任何真理——这只不过是因为他们把真理等同为教条主义,并在摒弃教条主义的同时将真理也一并摒弃了"。① 这里所谓的"教条主义"(dogmatism)即"独断主义"或者"武断论",它其实是缺少理性依据的偏见、先入之见甚至盲从、迷信,"教条主义(dogmatism)意味着拒绝为自己的观点提供依据,而只是一味地信奉权威。"② 伊格尔顿认为很多后现代主义者其实是教条主义者:他们想当然地认为"绝对真理"是霸权的化身,可实际上,他们并不论证自己的观点,只是把字面上的意义生吞活剥,这种随大流的想法往往是偏见,他们不但不运用理性反思自己的思维方式,相反,还拿出尊重文化差异、反对宏大叙事的旗号来给自己贴金。殊不知,"绝对真理"之类并非不可置疑,要经过理性论证,是人类运用理智不断反思的结果,它本身并不否认在不同的时刻存在不同的真理。所以伊格尔顿说:"绝对真理和狂热盲信毫无关系"③,"绝对真理并不是脱离了时间与变化的真理","绝对真理并不意味着非历史的真理"。④

比如:符号(sign)。自然科学使用符号,人文艺术更是离不开符号,人类语言本身就是符号。伊格尔顿指出,"用符号(sign)来实现自身意指的思想有一个古老的神学名称,那就是圣事活动(sacrament)。圣事活动是一种言语行为(speech act),仅仅通过言说来实

---

① [英]伊格尔顿:《理论之后》,商正译,商务印书馆2009年版,第99页。
② 同上书,第103页。
③ 同上书,第104页。
④ 同上书,第105页。

现其目的，比如，我给你施行浸礼、我给你施坚信礼、我授你以圣职、我赦免你的罪等。"① 符号具备的这种"述行"（performative）特征有何特殊意义？在圣事活动中，语言符号不是指涉物（referent），它并不指称事实，是自我指涉的，是为了引起活动，符号所说的就是它所做的，在这里"符号和现实完全等同"。② 有人认为宗教是一种语言游戏，它拥有的指涉物就是上帝，但伊格尔顿说这是一种"偏见"，因为犹太—基督教传统当中并没有什么终极的指涉物，二者是禁止偶像崇拜的，"上帝"或者"真主"这种符号存在的实质意义并不是让人们对它俯首帖耳，而是号召人们追求平等，关爱他人。能否认识彼岸的某一个上帝是一回事，能否实现此岸所有人的幸福是另一回事。

比如：信仰。反理论者们有一个信条，即——不能用理论去证明自己生活方式的正确，文化就是文化，它自己并没有任何理性基础，文化和信仰是一回事，因为"你不能证明你的生活方式或整套信仰是有理由的"。③ 伊格尔顿指出，该想法其实是"中世纪唯信论（fideism）这种异端邪说的最新形式"，唯信论认为，"人的生活是构建在不受理性观察的某些信念之上的，信仰运行在不同于理智的另一个领域"。④ 唯信论（fideism）来自拉丁语 fides，意为信仰（faith），它和自然神学开辟的理性思路完全不同，认为用理性来论证信仰既不必要，也不适合。而在伊格尔顿看来，这才是最要命的，理性反思是我们人类具有的特殊能力，他之所以在近年来的多部著作多次引用托马斯·阿奎那、奥古斯丁、邓·司各脱正是要让人们知道，这些大名鼎鼎的神学家都是注重理性的，经院哲学史上的争吵一定程度上就是围绕着理性和信仰的关系而展开的，神学并不像一些无神论者们"暗示"给我们的：与理性无关。恰恰相反，二者关系极为密切，信仰离不开理性，理性也是种信仰。

---

① Terry Eagleton, *The Event of Literature*, New Haven and London: Yale University Press, 2012, p. 135.
② Ibid.
③ ［英］伊格尔顿：《理论之后》，商正译，商务印书馆2009年版，第54页。
④ 同上。

第四节　余论

伊格尔顿在《泰晤士高等教育》中那篇题为《局外人》（The Outsider）的报道中[①]提到：激进往往会带给人们格格不入、自命清高的感受，但喜剧幽默是一种能起到团结作用的友好形式。他的意思是，挑战威权需要扮演某种激进反叛的角色，而易于被人们接受的幽默甚至戏谑可以起到团结大众的作用。我们知道，伊格尔顿年轻时曾积极投身左翼运动，16岁时就参加左翼组织"斯托克波特青年社会主义者"（Stockport Young Socialists），在剑桥读书时参与"天主教左翼运动"（Catholic Left），这些"左派"标签导致他在相对保守的牛津教书时经常会有同事躲开他绕道走——如果说那时候的伊格尔顿给人以"格格不入、自命清高"感受的话，那么，现如今伊格尔顿就显得很"接地气"，他时而调侃贝克汉姆，时而探讨恐怖主义，对大众文化尤其是大洋彼岸美国文化的嘲弄更是让他常常处于舆论的风口浪尖上。

可以说，在21世纪的头十几年里，"激进的"伊格尔顿似乎隐身了，接棒的是一位"有趣的"伊格尔顿。但事实上，从《理论之后》《论邪恶》《神圣的恐怖》到《陌生人困境》《文化与上帝之死》等一系列著作的公开出版来看，伊格尔顿的学术旨趣却越发显得严肃起来，难道他打算运用不太严肃的话语方式和我们讨论相当严肃的宏大话题吗？

其实，伊格尔顿并没有变，因为他探讨的终极问题仍然是哲学与伦理学意义上的人类存在本身，如何让我们生活得更幸福，如何全面实现每个人自身的价值；但伊格尔顿又变了，因为他试图化用各种表达方式、借鉴各种话语体系来表达自己的终极关怀。

如果说关注社会现实，探讨人生意义是一种"所指"，那么，伊格尔顿多年来的终极"所指"从未发生改变，他更希望世人能了解

[①] http://www.timeshighereducation.co.uk/features/interview-terry-eagleton/2017733.fullarticle.

自己的观点和态度，只不过年轻时过于激进的表达反而让人们把注意力集中在那个激进的表达方式上，进而忽视了他所要表达的内容。随着年龄的增大，他逐渐把自己的锋芒收敛了起来，反其道行之，用一些大众化的、世俗的、幽默的甚至有些情绪化的言辞重新发出自己的声音，这便导致有人误以为："和维特根斯坦、布莱希特、王尔德一样，伊格尔顿更喜欢讨论世俗而不是形而上的话题。"[1]事实绝非如此。正像伊格尔顿自己经常提到的那个属于文学同时也属于语言学、符号学甚至人类学的问题：表达形式和表达内容的矛盾——当他试图用一些通俗的、简化的、夸张的甚至漫画式的语言呈现自己观点立场的时候，人们的注意力再一次放到了"形式"而不是"内容"上面——我们读到的是伊格尔顿惊人的词汇量，读到他莫衷一是、前后矛盾甚至天马行空的表述，我们似乎习惯于被这些眼花缭乱的"能指"牵着鼻子到处跑，可这些话语背后的终极"意味"或者这套话语的"所指"或多或少都遭遇了冷落。

在深入分析了新世纪伊格尔顿文论的主要观点之后，总体上我们可以说，他从各个学科角度切入去探讨人本身的目的问题、价值问题、理性问题、道德问题、审美问题，最终都是在反思人存在必然要面临的普遍性与个别性矛盾。

比如，从我们最熟悉的文论视角出发，伊格尔顿认为，"理论"并不是隔在作品和批评者之间的大网，似乎这个网破坏了作品的独特性。如果说作品是个别之物，理论是普遍之物，理论并没有对作品进行侵蚀，相反，正是"理论"才让我们接触到了艺术品，才让我们认识到自己面前的这个东西为何要被如此理解，所以，普遍性其实是个别性的前提，理论在分析阐释作品的时候，其概念是独立的，但作品和批评本身也是一种具有普遍化意味的理论，难道每件作品、每个作者、每一种阐释不都是某种对生活世界"总体化""概念化"的认知甚至重述？

比如，从伦理学视角出发，康德义务论体系的出发点是为了解决

---

[1] Sabah A Salih, "The Gatekeeper: A Memoir" (Book review), *World Literature Today*, Apr – Jun 2003 (1) 77, p. 110.

第五章　亚里士多德视野中的伊格尔顿"神学"

每个独立个体应当得到平等对待的问题，因为随着社会生产关系的变迁，原子化的、迅速流动的个体出现了，为了像自由市场那样公平对待买卖双方，必须制定一种不考虑具体内容的纯粹形式来实现制度性约束、保护个体利益，康德认为只有那个抽象的、不能再问为什么的道德律可以实现这种约束，可以让每个主体收获平等。然而伊格尔顿发现，这种普遍化的道德律在实际生活中是南辕北辙的，因为它没有考虑每个独特个体的个别需要，公平不是把个体视为相同的原子，而是公平地处理每个人的独特处境。如此我们才能理解，伊格尔顿为什么如此推崇亚里士多德的德性伦理学，因为在后者那里，每个个体的全面自由发展既是目的也是手段，目的和手段之间互为因果，人具有完善自我的潜能，而人也只有在完善自我的行动中，才能实现这种潜能，同时，这种实现的过程可以达到目的和手段、事实和价值、实然和应然的和谐统一。正因为每个人是千差万别的，所以完善自我既体现了普遍性，也保护了个别性。

再比如，就文学形式和内容（寓意）而言，也存在同样的问题。当我们认为内容大于形式的时候，我们强调了寓意的重要性，可是，这种寓意仍然是一种普遍化的命题，就像某些语文教师用中心思想、作品梗概、艺术特色来代替阅读和感悟作品一样，我们把自己能够理解并认同的、已被提前"普遍化"了东西当成了最重要的东西，用意义的普遍性代替了作品形式的个别性。但这个过程有没有意义呢？当然不能说没有。只是，在文学的实体领域，在文学生活当中，文学形式终究还是首要的，因为就亚里士多德形而上学意义上的形式/质料二分法而言，形式才是事物成其自身的根本原因，没有形式，何来事物？没有艺术作品对于生活世界的"重塑""言说""赋形"……意义从何而来？就像我们用语言指代事物一样，我们用"这一个小黄鸭"来指代事实上存在的这样一个事物，可"这一个""小黄鸭"之类的词汇仍然是普遍性的，普遍性的词汇指向了那个个别性的事物，语言本身就是一种形式，只有语言能为事物赋予所谓的本质。文学作品同样如此，它们用普遍性的、读者可以理解的语言指向了那个具体的生活世界，在这个过程当中，普遍性和个别性之间的永恒矛盾就显现了出来。

回归古典

从某种程度上说，在亚里士多德的思想体系中，普遍性是高于个别性的，在政治学当中，城邦高于个人；在伦理学和诗学当中，行动高于性格，因为行动是看得见的、可摹仿的、可以再现的，但性格是不可见的，是个别的，因此，行动具有普遍性意义，性格正相反；而在其形而上学中，形式高于质料，现实高于潜能，因为形式是言说（logos），现实是事物终极目的的实现，在神之外的现实世界当中，事物都是质料和形式的复合体，形式（eidos）决定了事物之所以如此，形式不但表明事物是存在的，而且意味着某种普遍性。

在伊格尔顿这里，他也在反复强调这个问题，普遍性和个别性是难以割舍的，但是更重要的问题在于尊重普遍性，人类这个"类存在"都有生老病死，人都会面临苦难、悲剧，人都要在爱、道德、真理面前有所抉择，因此，后现代主义动辄鼓吹差异性、彰显个别性、热衷反本质主义，其实他们遗忘了这些最关键的"人的本质"问题，只有这些问题才是人生存的"理由"和"基础"，从前，上帝/神、理性、自然都能够成为基础、本质，可是如今，我们必须把注意力重新放在人的身上，没有普遍就没有个别，没有共性便没有个性，人不可能认识一个从未见过的事物，因为你和后者之间没有任何共性，只有先承认了这个问题，所谓的政治问题、伦理问题、审美问题才能够得到恰当讨论。

由于上述这些"一成不变"的问题始终伴随人类本身，属于人的"本性"，所以"回归"亚里士多德，借鉴后者思考人之目的、本性的思路，以此考察新世纪伊格尔顿的文论思想，还是有所收获的。

参考文献

一 伊格尔顿著作

1. *The Ideology of The Aesthetic*, Blackwell Publishing, 1990.
2. *After Theory*, New York: Basic Books, 2003.
3. *Sweet Violence: The Idea of the Tragic*, Oxford: Blackwell Publishing, 2003.
4. *English Novel: an Introduction*, Oxford: Blackwell Publishing, 2005.
5. *Holy Terror*, New York: Oxford University Press, 2005.
6. *How to Read a Poem*, Oxford: Blackwell Publishing, 2007.
7. *Trouble with Strangers: a Study of Ethics*, Wiley–Blackwell, 2009.
8. *Reason, Faith, and Revolution (Reflections on the God Debate)*, New Haven and London: Yale University Press, 2009.
9. *The Task of the Critic*, Verso, 2009.
10. *The Event of Literature*, New Haven and London: Yale University Press, 2012.
11. *How to Read Literature*, New Haven and London: Yale University Press, 2013.
12. [英]伊格尔顿:《沃尔特·本雅明或走向革命批评》,郭国良等译,江苏人民出版社2005年版。
13. [英]伊格尔顿:《后现代主义的幻象》,华明译,商务印书馆2005年版。
14. [英]伊格尔顿:《文化的观念》,方杰译,南京大学出版社2006年版。
15. [英]伊格尔顿:《二十世纪西方文学理论》,伍晓明译,北京大学出版社 2007 年版。

16. ［英］伊格尔顿：《理论之后》，商正译，商务印书馆 2009 年版。
17. ［英］伊格尔顿：《人生的意义》，朱新伟译，江苏人民出版社 2012 年版。
18. ［英］伊格尔顿：《美学意识形态》，王杰等译，中央编译出版社 2013 年版。
19. ［英］伊格尔顿：《论邪恶：恐怖行为忧思录》，林雅华译，湖南人民出版社 2014 年版。
20. ［英］伊格尔顿：《批评家的任务》，王杰、贾洁译，北京大学出版社 2014 年版。
21. ［英］伊格尔顿：《异端人物》，刘超等译，江苏人民出版社 2014 年版。

二 亚里士多德著作

1. ［古希腊］亚里士多德：《形而上学》，吴寿彭译，商务印书馆 1981 年版。
2. ［古希腊］亚里士多德：《修辞学》，罗念生译，上海人民出版社 2006 年版。
3. ［古希腊］亚里士多德：《灵魂论及其他》，吴寿彭译，商务印书馆 2007 年版。
4. ［古希腊］亚里士多德：《政治学》，吴寿彭译，商务印书馆 1983 年版。
5. ［古希腊］亚里士多德：《尼各马可伦理学》，廖申白译，商务印书馆 2003 年版。
6. ［古希腊］亚里士多德：《诗学》，陈中梅译，商务印书馆 1999 年版。
7. ［古希腊］亚里士多德：《范畴篇·解释篇》，方书春译，上海三联书店 2011 年版。

三 哲学、美学、伦理学及文学理论著作

1. ［德］奥尔巴赫：《摹仿论》，吴麟绶等译，商务印书馆 2014 年版。

2. ［德］海德格尔：《亚里士多德哲学的基本概念》，黄瑞成译，华夏出版社 2014 年版。
3. ［德］黑格尔：《美学》（第 1—3 卷），朱光潜译，商务印书馆 2009 年版。
4. ［德］康德：《实践理性批判、判断力批判》，李秋零译，中国人民大学出版社 2007 年版。
5. ［德］尼采：《悲剧的诞生》，周国平译，江苏人民出版社 2011 年版。
6. ［德］潘能伯格：《神学与哲学》，李秋零译，商务印书馆 2013 年版。
7. ［德］沃尔夫冈·伊瑟尔：《虚构与想象：文学人类学疆界》，陈定家等译，吉林人民出版社 2011 年版。
8. ［法］孔德：《论实证精神》，黄建华译，商务印书馆 2001 年版。
9. ［法］勒内·基拉尔：《双重束缚：文学、摹仿及人类学文集》，刘舒等译，华夏出版社 2006 年版。
10. ［美］艾伦·伍德：《康德的理性神学》，邱文元译，商务印书馆 2014 年版。
11. ［美］大卫·福莱：《从亚里士多德到奥古斯丁》，冯俊等译，中国人民大学出版社 2004 年版。
12. ［美］戴维斯：《哲学之诗：亚里士多德〈诗学〉解诂》，陈明珠译，华夏出版社 2012 年版。
13. ［美］弗兰克·梯利：《西方哲学史》，贾辰阳等译，光明日报出版社 2014 年版。
14. ［美］吉莱斯皮：《现代性的神学起源》，张卜天译，湖南科学技术出版社 2012 年版。
15. ［美］加佛：《品格的技艺：亚里士多德的〈修辞术〉》，马勇译，华夏出版社 2014 年版。
16. ［意］托马斯·阿奎那：《论存在者与本质》，段德智译，商务印书馆 2013 年版。
17. ［英］埃德蒙·伯克：《关于我们崇高与美观念之根源的哲学探讨》，郭飞译，大象出版社 2010 年版。
18. ［英］安东尼·肯尼：《牛津西方哲学史》（第二卷，中世纪哲学），袁宪军等译，吉林出版集团 2010 年版。

19. [英] 安东尼·肯尼：《牛津西方哲学史》（第一卷，古代哲学），王柯平译，吉林出版集团 2012 年版。
20. [英] 戈尔希尔、奥斯本编：《表演文化与雅典民主政制》，李向利等译，华夏出版社 2014 年版。
21. [英] 卡尔·波普尔：《开放社会及其敌人》，陆衡等译，中国社会科学出版社 1999 年版。
22. [英] 拉曼·塞尔登：《当代文学理论导读》，刘象愚译，北京大学出版社 2006 年版。
23. [英] 罗素：《宗教与科学》，徐奕春等译，商务印书馆 2009 年版。
24. [英] 麦金太尔：《伦理学简史》，龚群译，商务印书馆 2010 年版。
25. [英] 托尼·本尼特：《形式主义和马克思主义》，曾军等译，河南大学出版社 2011 年版。
26. [英] 维特根斯坦：《哲学研究》，陈嘉映译，上海人民出版社 2005 年版。
27. 方珊：《美学的开端：走进古希腊罗马美学》，上海人民出版社 2001 年版。
28. 马海良：《文化政治美学：伊格尔顿批评理论研究》，中国社会科学出版社 2004 年版。
29. 苗力田：《亚里士多德全集》（第 1—10 卷），中国人民大学出版社 1990 年版。
30. 聂敏里：《存在与实体》，华东师范大学出版社 2011 年版。
31. 盛宁：《人文困惑与反思：西方后现代主义思潮批判》，生活·读书·新知三联书店 1997 年版。
32. 汪子嵩：《亚里士多德关于本体的学说》，生活·读书·新知三联书店 1982 年版。
33. 汪子嵩等：《希腊哲学史》（第 1—4 卷），人民出版社 2003 年版。
34. 杨慧林：《在文学和神学的边界》，复旦大学出版社 2012 年版。
35. 余纪元：《亚里士多德〈形而上学〉中 Being 的结构》，杨东东译，中国社会科学出版社 2013 年版。
36. 张志伟：《形而上学的历史演变》，中国人民大学出版社 2010 年版。
37. 赵敦华：《基督教哲学 1500 年》，人民出版社 1994 年版。

38. 朱光潜：《悲剧心理学》，生活·读书·新知三联书店1996年版。
39. 朱志荣：《康德美学思想研究》，安徽人民出版社2004年版。

四 博士学位论文

1. 陈春敏：《文学·文化·意识形态——特里·伊格尔顿文学意识形态观研究》，北京大学，文艺学，2012年。
2. 段吉方：《意识形态与政治批评——伊格尔顿文学思想研究》，浙江大学，文艺学，2004年。
3. 方珏：《伊格尔顿意识形态理论探要》，复旦大学，外国哲学，2006年。
4. 蒋继华：《论生产性批评——以"西马"、"新马"四批评家为例》，扬州大学，文艺学，2014年。
5. 李映冰：《审美意识形态的模式研究》，苏州大学，文艺学，2013年。
6. 温恕：《文学生产论：从布莱希特到伊格尔顿》，四川大学，文艺学，2003年。
7. 肖寒：《革命的政治批评——论伊格尔顿的审美意识形态理论》，首都师范大学，文艺学，2008年。
8. 薛稷：《伊格尔顿文化批判思想研究》，山西大学，马克思主义哲学，2013年。
9. 赵光慧：《超越文化政治：走向宗教伦理的批评——特里·伊格尔顿的批评理论研究》，南京师范大学，比较文学与世界文学，2007年。

五 期刊论文

1. 陈太胜：《新形式主义：后理论时代文学研究的一种可能》，《文艺研究》2013年第5期。
2. 段吉方：《理论的终结？——"后理论时代"的文学理论形态及其历史走向》，《文学评论》2011年第5期。
3. 耿幼壮：《编者絮语：西方马克思主义与神学》，《基督教文化学刊》2010年第2期。
4. 金惠敏：《理论没有"之后"——从伊格尔顿〈理论之后〉说起》，《外国文学》2009年第2期。

5. 李劼：《试论文学形式的本体意味》，《上海文学》1987 年第 3 期。

6. 廖申白：《亚里士多德的技艺概念：图景与问题》，《哲学动态》2006 年第 1 期。

7. 陆涛、陶水平：《理论　反理论　后理论——关于理论的一种批判性考察》，《长江学术》2010 年第 3 期。

8. 毛崇杰：《本质主义与反本质主义》，《杭州师范学院学报》（社会科学版）2003 年第 3 期。

9. 南帆：《文学研究：本质主义，抑或关系主义》，《文艺研究》2007 年第 8 期。

10. 盛宁：《"理论热"的消退与文学理论研究的出路》，《南京大学学报》（哲学人文社会科学版）2007 年第 1 期。

11. 孙周兴：《本质与实存：西方形而上学的实存哲学路线》，《中国社会科学》2004 年第 6 期。

12. 汤拥华：《理论如何反思？——由伊格尔顿〈理论之后〉引出的思考》，《文艺理论研究》2009 年第 6 期。

13. 汤拥华：《文学理论如何实用？——以美国新实用主义者对"理论"的批判为中心》，《文学评论》2012 年第 6 期。

14. 王杰等：《我不是后马克思主义者，我是马克思主义者：特里·伊格尔顿访谈录》，《文艺研究》2008 年第 12 期。

15. 王晓朝、李树琴：《西方古典哲学本质主义思维方式的演进》，《学术月刊》2009 年第 10 期。

16. 王晓群：《理论的现状与未来》，《外国文学》2004 年第 6 期。

17. 王涌：《论伊格尔顿的几个理论贡献》，《国外文学》2013 年第 1 期。

18. 吴炫：《论文学的"中国式现代理解"——穿越本质和反本质主义》，《文艺争鸣》2009 年第 3 期。

19. 徐亮：《理论之后与中国诗学的前景》，《文艺研究》2013 年第 5 期。

20. 阎嘉：《"理论之后"的理论与文学理论》，《厦门大学学报》（哲学社会科学版）2009 年第 1 期。

21. 曾艳兵：《理论之后与理论转向》，《中国图书评论》2011 年第

2 期。
22. 张家龙:《论本质主义》,《哲学研究》1999 年第 11 期。
23. 赵宪章:《形式概念的滥觞与本义》,《文学评论》1993 年第 6 期。
24. 周宪:《文学理论、理论与后理论》,《文学评论》2008 年第 5 期。
25. 朱彦振:《晚期马克思主义之意识形态理论评析》,《哲学研究》2011 年第 7 期。

后　记

可算熬到写后记了。说话终于不用再拿腔捏调。

盛宁先生是我最重要的学术引路人，上次回济南开会，他仍然和我干巴巴伫立在宾馆房间里，畅聊三四个小时学术问题的同时，滴水未进……这再次说明了身体真是革命的本钱！看球赛、烧菜、旅游将会是他老人家近几年的主要工作了，当然，陪韩敏中老师弹琴、看电影、读东野圭吾是核心任务。

还要感谢我的博士后合作导师张法先生，他时不时地会传授给我一些"密宗真言"，比如学术问题应该如何讨论，学术文章如何让读者和编辑感兴趣，学术史梳理如何与现实结合等，有感兴趣的，加我微信。

特别感谢浙江师范大学刘彦顺教授，在博士后期间，他给了我很多支持与指点，让我非常感动。

尤其要感谢我的家人，感谢那个笑话我天天趴在蜘蛛网上不下来的闺女奕晴，"老爸，抓住猎物了吗？""快了，快了！"……感谢那位相识二十年、博士学位比我早拿八年、副教授都当了八年的媳妇儿阚文文，我是多么后知后觉啊，很惭愧，但媳妇儿总会冷不丁地激励安慰我道：朝闻道，夕死可矣！……感谢我的爸爸妈妈，虽然他们可以认出书名，读懂语句，但他们确确实实不清楚人文学科的"科研"到底是个什么东西：写本书就叫科研成果了？我得给他俩开个讲座。

这本小书是在博士论文的基础上修订出来的，这"修订"不仅仅是修改错别字，导论部分添加了一些新想法，论摹仿与虚构、论审美

后 记

与道德都已做过一定的修改。但康德美学与伦理学部分,现在看来,讨论依然浅显,不少地方有些想当然;亚里士多德的形而上学部分大体上意思是清楚的,但论述有点绕,请各位看官多批评,多交流。进一步的批评欢迎关注微信公号"可怕的伊格尔顿"。

2018 年 5 月

温州大学